EN MATEMATISK TILSTAND AV GRACE BOK 1 OG 2 KOMPLETT SERIE
FRAGMENT; FINALE-FUSION

Cathy McGough

STRATFORD LIVING PUBLISHING

Opphavsrett Copyright © 2015 by Cathy McGough

Tidligere utgitt på CreateSpace Via Stratford Living Publishing: paperback: ISBN: 978-0993893- 90-2 og VIA Stratford Living Publishing: e-bøker ISBN 978-1-988201-00-9, 978-1-988201-02-3, 978-0993893-93-2; innbundet 978-1-990332-11-1; paperback 978-1-988201-67-2.

Denne oppdaterte versjonen ble publisert i april 2026.

Alle rettigheter forbeholdt. Ingen deler av denne boken kan reproduseres i noen form uten skriftlig tillatelse fra forlaget eller forfatteren, med unntak av det som er tillatt i henhold til amerikansk lov om opphavsrett, uten skriftlig forhåndstillatelse fra forlaget Stratford Living Publishing.

ISBN: 978-1-997879-41-1

Cathy McGough har hevdet sin rett i henhold til Copyright, Designs and Patents Act, 1988 til å bli identifisert som forfatter av dette verket.

Cover art powered by Canva Pro.

Dette er et skjønnlitterært verk. Alle personer og situasjoner er oppdiktet. Likheten med nålevende eller avdøde personer er rent tilfeldig. Navn, personer, steder og hendelser er enten et produkt av forfatterens fantasi eller er brukt fiktivt.

HVA LESERNE SIER

USA:

"Strålende! Dette er en svært kreativ ungdomsroman. Dette er en fortelling om vill fantasi, fantastiske eventyr og tankevekkende konsepter om universets natur."

"Grace er en annerledes heltinne, og dette er en annerledes dystopisk ungdomsfortelling. Ved første øyekast er Grace ganske uanselig, bortsett fra at hun er et matematisk vidunderbarn. Etter en ulykke begynner det å bli tydelig at ting kanskje ikke er hva de ser ut til på overflaten. Jeg likte de mange lagene i denne historien. En unik fortelling som det er en fryd å lese."

"Den første delen er som en krimroman, noe som gjør at man får lyst til å fortsette å bla. Det er mange romantiske scener. Jeg likte også humoren som er spredt utover. Alt i alt er det mye å glede seg over, inkludert flotte karakterer, kule fantasy-elementer og gode beskrivelser."

«Historien har en svevende kvalitet som åpner tankene for nye muligheter.»

STORBRITANNIA:

«Utmerket skriving og et knakende godt plot holder denne romanen gående i et suverent tempo.»

"En nerdete jente og en sporty gutt kastes inn i en kaotisk verden med merkelige vinder og jordskjelv, og de står overfor å være de eneste levende vesenene som er igjen i verden. En historie om overlevelse og kjærlighet."

Innhold

SITAT	XV
DEDIKASJON	XVII
BOK ÉN:	XIX
BOK 1	1
BOK 2	5
***	12
BOK 3	14
BOK 4	16
BOK 5	20
***	26
***	29
***	32
BOK 6	35
***	40

BOK 7	41
***	46
BOK 8	48
***	52
***	54
***	56
BOK 9	58
***	64
***	66
BOK 10	68
***	74
***	76
***	79
BOK 11	81
***	84
***	86
BOK 12	88
***	93
***	97
***	98
***	100

***	103
***	105
BOK 13	108
BOK 14	112
***	114
BOK 15	118
BOK 16	123
***	128
BOK 17	129
BOK 18	134
***	137
***	138
***	139
BOK 19	141
***	144
***	146
BOK 20	148
BOK 21	152
***	155
***	156
***	157

***	159
***	161
BOK 22	163
BOK 23	166
***	168
***	170
***	171
***	173
BOK 24	175
BOK 25	180
***	185
BOK 26	187
***	193
BOK 27	195
***	199
BOK 28	202
***	205
***	208
***	211
***	213
BOK 29	215

***	220
***	223
BOK 30	225
BOK 31	227
BOK 32	231
BOK 33	233
BOK 34	236
BOK 35	238
BOK 36	240
BOK 37	243
BOK 38	245
BOK 39	247
BOK 40	249
***	251
BOK 41	253
***	257
BOK 42	260
BOK 43	266
BOK 44	269
BOK TO:	271
PROLOG	273

***	274
***	275
BOK 1	277
BOK 2	279
***	282
***	284
***	286
***	288
BOK 3	289
BOK 4	291
BOK 5	292
***	294
BOK 6	296
BOK 7	297
BOK 8	298
BOK 9	300
***	302
BOK 10	305
***	309
BOK 11	310
***	313

***	316
***	320
BOK 12	322
BOK 13	325
BOK 14	329
BOK 15	332
BOK 16	339
BOK 17	347
BOK 18	351
BOK 19	353
BOK 20	356
BOK 21	358
BOK 22	360
BOK 23	363
BOK 24	365
BOK 25	368
BOK 26	373
BOK 27	377
BOK 28	382
***	387
BOK 29	390

BOK 30	391
BOK 31	394
BOK 32	397
BOK 33	400
BOK 34	407
BOK 35	410
BOK 36	412
BOK 37	414
BOK 38	415
BOK 39	419
BOK 40	421
BOK 41	423
BOK 42	424
BOK 43	428
BOK 44	432
BOK 45	434
EPILOG	435
ETTERORD	437
TAKKSIGELSER	439
LESETIPS	441
MERKNAD FRA FORFATTEREN:	443

OGSÅ AV:

SITAT

"Jeg tror at mens vi fortsatt nærmet oss,
før vi fikk kontakt,
var vi i en tilstand av matematisk nåde."
Ian McEwan, ENDLESS LOVE

TIL MABEL OG MICHAEL MED KJÆRLIGHET

BOK ÉN:
FRAGMENT

BOK 1

Seksten år gamle Grace Greenway likte å sove lenge, spesielt på skoledager.

Moren hennes, Helen Greenway, åpnet døren med et kraftig rykk og marsjerte inn. De to hodene på koala-tøflene hennes ledet an. Hodene hvisket «shhhh» mens de beveget seg over det kjølige tregulvet.

Da Helen nådde den andre siden av rommet, slapp hun på forsiktigheten. Hun fjernet det parfymefylte lommetørkleet hun hadde holdt foran nesen. Luften i rommet var tung etter gårsdagens eksperimenter, som etter lukten å dømme hadde noe med svovel å gjøre.

Da hun kom til vinduet, åpnet Helen det på vidt gap. Hun stakk hodet ut og fylte lungene med ren uteluft. Forfrisket trakk hun gardinene til side. Helen rettet seg og tøflene sine mot klumpen på sengen: datteren hennes, Grace.

På den andre siden av rommet gjorde Graces datamaskin seg bemerket da en alarm gikk. Den begynte å blinke med tilfeldige tall på skjermen. Den leste dem høyt med en stemme som ikke var ulik Stephen Hawkings.

Helen vurderte betydningen av de nevnte tallene. De ga liten mening for hennes ikke-matematisk orienterte hjerne. Tøflene hennes med koalahoder lente seg frem og lot som om de forsto. Helen krysset rommet, mens koalahodene nikket og hvisket til hverandre. Helen selv var clueless når det gjaldt matematikk. Hun hadde ingen anelse om hvem datteren hennes hadde arvet sine numeriske gener fra. Helen vurderte denne genetiske overføringen mens hun studerte datterens kokongformede kropp.

«Det er på tide å våkne, kjære!» sa Helen.

Grace rørte seg litt og kastet av seg dynen. Hun strakk seg og gjespet uten å åpne øynene.

«God morgen, sovetryne,» sa Helen og kysset datteren på pannen.

«God morgen, mamma,» svarte Grace og åpnet endelig øynene.

«Bussen kommer om femten minutter! Du må skynde deg. Jeg skal lage noe du kan spise på veien.»

«Ok, mamma,» sa Grace mens hun reiste seg fra dynen. Hun satte seg opp, bare for å falle tilbake mot puta igjen. Hun ønsket så gjerne å komme tilbake til drømmen – tilbake til Vincente Marinos sinnstilstand.

«Kom igjen, Grace!» gjentok Helen mens hun gikk mot døra. «Vær nede om fem minutter!»

Grace hvisket Vincentes navn høyt, stille, mykt, nesten som om hun forestilte seg at han kunne høre henne. Hun forestilte seg at han klatret opp på gitteret utenfor vinduet. Tap-tap-tapping.

Lyden fra datamaskinen hennes vekket henne. Hun gned søvnen ut av øynene. Hun så ned på nattkjolen hun hadde på seg. Hun hatet den, med hvitt blonder og rødt bånd. Den var helt jomfruelig.

Grace kjørte fingeren over det røde båndet, og det skar seg inn i huden hennes. Det gjorde vondt som bare det, som et papirkutt ville gjort, men båndet var av stoff. Hun løsnet det fra nattkjolen. Så på mens det svevde mot gulvet, fulgt av noen sekunder senere av røde bloddråper.

Grace sugde på den blødende fingeren, men den fortsatte å dryppe på gulvet. Det blandet seg med det røde båndet, som vridde seg som en slange. Hun lukket øynene og falt tilbake på puta. Hun tenkte på Vincente Marino. Hun gledet seg til å se ham i dag.

Grace flyttet seg til kanten av sengen der bloddråpene hadde vært, men nå var de borte. Hun trakk på skuldrene og plukket opp det røde båndet. Grace festet det til blonderkragen på nattkjolen sin og gikk inn på badet.

Helen ropte en ny påminnelse fra underetasjen, men Grace reagerte ikke. I stedet lukket hun døren bak seg og lot den hvite nattkjolen falle på det kalde flisgulvet med et gjesp.

Grace lente seg inn i dusjkabinettet og skrudde på varmtvannet for fullt. Hun lot dampen stige mens hun kikket over skulderen. Nattkjolen hennes lå i en haug på gulvet og så nesten ut som en ånd som hadde kommet og gått.

Så gikk hun inn i det dampende varme vannet. Bare varmt, aldri kaldt. Hun vasket håret, ansiktet og resten av kroppen, og lot det varme vannet renne over seg.

Da hun var varm som en smurt crumpet, skrudde hun av vannet og gikk tilbake. Hun skrudde på kaldtvannet på full styrke, telte til tre og gikk inn i det. Sjokket til systemet hennes var som en kjemisk reaksjon, et elektrisk støt. I dette øyeblikket følte hun seg mest levende. Alle sansene hennes var i harmoni. Det var nesten som om hun var blitt gjenfødt.

Grace betraktet vannet mens det rant ned i avløpet. Hun la merke til at det røde båndet på en eller annen måte hadde falt ned i avløpet. Fanget i virvelen, snurret det rundt og rundt og rundt.

Hun strakte seg inn og fanget det røde båndet, krøllet det sammen til en ball i håndflaten for å tømme det for overflødig vann. Da hun åpnet knyttneven, sprang det til liv og formet seg til en figur.

Fascinert gjentok hun prosessen: Krumme båndet, knytte neven, åpne neven. Se resultatet igjen. Og igjen. Og igjen.

Det skjedde alltid.

Gang på gang tok det samme form: formen av et hjerte.

BOK 2

Grace kastet nattkjolen i skittentøykurven. Hun begynte å kle seg i skoleuniformen og trakk skjørtet så høyt opp som hun kunne uten å bli oppdaget. Alle jentene på skolen gjorde det for å gjøre det kortere enn det var ment å være. Da uniformen var akseptabel, gikk hun tilbake til rommet sitt og begynte å føne og børste det lange, rødbrune håret sitt.

Hun kikket over skulderen på dataskjermen: Fortsatt søker. Grace håpet den ville finne svaret over natten. Hun hadde programmert den med ett mål: Å finne den neste Fibonacci-sekvensen. Hvis hun lyktes, ville Grace Greenways navn bli skrevet inn i historiebøkene. Hennes oppdagelse ville kunne måle seg med Det gyldne snitt.

Grace smilte og satte håret på plass. Hun husket kallenavnet hun hadde gitt Vincente Marino. Hun kalte ham sitt gyldne snitt. Det var hennes lille hemmelighet.

For å fullføre saken, strakte hun seg langt bak i skuffen der hun gjemte sminken og børsten sin. Hun tok på seg litt foundation og litt rouge. Grace sprayet en liten dråpe parfyme på halsen før hun gikk ned trappen. Hun håpet å kunne smette forbi moren sin. Håpet at moren ikke ville legge merke til den kortere skjørtet eller noen av de andre endringene hun hadde gjort i dag. Ellers ville det bli drama.

Bussjåføren tutet ved fortauskanten, og Grace begynte å løpe. Hun tok med seg bøkene og en toast mens hun løp forbi moren sin. Hun gikk ut døren forbi morens skarpe blikk, opp trappen og inn i bussen.

Helen så på datteren sin gå om bord, vel vitende om at skjørtet hennes var kortere enn det burde være.

Helen fortsatte å se på mens datteren hennes ruslet mot baksiden av bussen. Hun husket første gang hun hadde stått der og sett på mens datteren hennes gikk på bussen. Helen hadde ønsket å gå til bussen sammen med datteren sin. Grace var så spent og fast bestemt på å være en stor jente at hun ønsket å gjøre det på egen hånd. Helen husket det som om det var i går: hvordan datteren hennes var klar til å klippe navlestrengen. For Helen var uforberedt på den overveldende smerten som rev i hjertet hennes. Hun fulgte bussen med blikket til hun ikke lenger kunne se den. En tåre rullet nedover kinnet hennes. Helen tørket den bort.

På bussen fant Grace sin vanlige plass og åpnet boka si. Hun gjemte seg bak læreboka som om den var en vegg, en forkledning. Der kunne hun vente på at Vincente Marino skulle komme, inkognito.

Mens bussen knirket langs veien, mistet Grace oversikten over hvor hun var for et øyeblikk. Hun kom tilbake til virkeligheten da Vincente Marino klatret om bord.

Grace satte seg rett opp, som om en adrenalinkick hadde gått gjennom henne. Hun holdt en lærebok foran seg som et skjold. Inni henne banket hjertet så hardt at det nesten var som om det hadde fått vinger og var i ferd med å fly av gårde. Pulsen hennes banket, og hun måtte tenke på hvert åndedrag.

Vincente gikk fra sete til sete, ga high-fives og hilste på folk, til bussjåføren ba ham sette seg. Etter å ha blåst i en fløyte så høyt at alle hundene i nabolaget må ha hørt det, satte Vincente seg på setet ved siden av kjæresten sin, Missy Malone.

Grace var forelsket i Vincente Marino, men hun elsket ham bare på avstand. Hun visste at han var helt utenfor hennes rekkevidde, men samtidig hadde hun håp. Hun trodde at kjærlighet var en matematisk ligning. Hun trodde at ekte kjærlighet var forutbestemt.

Det var som enhver annen matematisk formel: du måtte bare lete. Lete etter den til du fant den perfekte gyldne middelvei. Med alle tallene fra den riktige sekvensen på plass, ville universet konspirere for at to mennesker skulle forelske seg. Grace Greenway ventet på at hennes gyldne middelvei skulle falle på plass. Da ville hun og Vincente Marino være i den perfekte tilstanden av kjærlighet.

Grace så opp fra bak læreboka. Vincentes stemme fløt mot henne. Hun så på det blonde håret hans som glitret i sollyset. De gyldne lokkene hans strøk over skuldrene hans. Han lo og hvisket noe i Missys øre, og så snudde han seg mot baksiden av bussen.

Graces hjerte stoppet da øynene deres møttes i et brøkdels sekund. Kinnene hennes ble røde. Hun dekket ansiktet med læreboka igjen, som en gardin. Grace kunne fortsatt se føttene sine, skoene sine. Da berørte Vincente Marinos sportssko hennes. Hun senket boka, og hans koboltblå øyne møtte hennes nøttebrune øyne. Hun hostet da hun endelig husket å puste.

«Hei, Grace,» sa Vincente. «Jeg lurte på om du kunne redde livet mitt?»

Hun nikket.

«Kampen i går kveld varte lenge, og så måtte vi ut og feire, jeg mener, vi vant! Du vet hvordan det er.»

«Ja, jeg vet det», hvisket hun.

«Og så i morges innså jeg at jeg ikke hadde gjort matte-leksene mine, og du vet at gamle Mr. Dense har det inn på meg. Han ville elske å få meg kastet ut av laget.»

«Ja, jeg vet det.»

«Grace?» Hun trakk pusten dypt da han sa navnet hennes, mens han fortsatte. «Hvis du kunne finne det i ditt hjerte å låne meg leksene dine, ville jeg være evig takknemlig. Du ville absolutt redde livet mitt.»

Hun stakk hånden i vesken uten å nøle.

«Jeg skal gi den tilbake før timen starter.» Så gjorde han en gest som om han sverget på sitt liv. Han smilte bredt til henne. «Takk, kjære,» sa han og blåste henne et kyss mens han stappet boka hennes i ryggsekken. Vincente gikk tilbake til plassen sin, hvor Missy Malone fulgte med på samspillet deres.

Grace og Missys blikk møttes et øyeblikk over Vincentes skulder. De to var ikke rivaler. Missy visste at Grace ikke var noen trussel, men hun kunne se at den stakkars idioten var forelsket i Vincente. Alle visste at hun fulgte etter ham som en løshund.

Grace satte opp barrieren av lærebøker igjen og smilte for seg selv. Faktisk hadde hun det største og mest dumme smilet man kunne tenke seg. Hun var så spent over å få snakke med Vincente igjen. Selv tanken på Fibonacci kunne ikke distrahere henne.

Da skjønte hun at bussen hadde stoppet, og alle passasjerene klatret ut i midtgangen. Hun gjorde det samme og gravde seg inn til hun sto rett bak Vincente. Han lot Missy gå foran seg. Duften av Vincente sin parfyme svevde i hennes retning. Grace pustet den inn, pustet ham inn.

Da han trådte ut i sollyset, kysset strålene den blodgule ringen på fingeren hans, og for et øyeblikk ble hun blendet. Hun støtet borti ham, men han syntes ikke å bry seg om det. Han lo og strålte et bredt smil i hennes retning.

Grace glemte å puste.

Missy Malone hylte, la armen sin gjennom Vincentes og ledet ham bort.

Grace kom fram til skapet sitt. Hun trakk pusten dypt og kastet ryggsekken inn. Hun så på timeplanen sin for morgenen: Aboriginal Indigenous Studies, matematikk, kunst, deretter lunsj, etterfulgt av mer kunst, engelsk, fri. Hun kunne gå og se kampen. Klokken ringte. Hun smelte skapet igjen. Hun løp langs korridoren og satte seg ved vinduet.

Læreren hennes, Miss Smart, tok oppmøte og presenterte deretter en spesiell gjest for klassen. Gjestetaleren var en kvinne fra The Stolen Generation.

Hun fortalte klassen om hvordan hun ble tatt fra foreldrene sine. Deretter adoptert av en hvit familie. Hvordan hun ikke fikk lov til å praktisere eller følge tradisjonene til Gadigal-folket.

Grace syntes synd på henne. Tross alt, ingen barn bør bli forlatt, og enda mindre stjålet. Ingen barn bør bli ekskludert fra sin egen historie. Det var absurd.

Grace kunne ikke forstå hvorfor kvinnens foreldre hadde latt det skje. Grace forestilte seg situasjonen i sitt eget hjem. Fremmede som dukket opp. Krav om å ta henne med seg. Graces foreldre ville ha hyret alle advokater i byen og stoppet det hele før det i det hele tatt hadde begynt. Hun tenkte på å stille kvinnen dette spørsmålet. En annen klassekamerat kom henne i forkjøpet.

Kvinnen husket hvordan den hvite mannen hadde med seg våpen, blant annet skytevåpen. Foreldrene hennes visste at det ville bli blodig hvis de gjorde motstand, så de gjorde ikke det. Hun sa at det ikke var noen vits i å kjempe imot, fordi det å ta barna fra dem var lovlig.

«Det skjedde ikke bare i Australia,» forklarte kvinnen til klassen. «Det skjedde med kanadiske aboriginer og indianere, med urbefolkningen i New Zealand og med mange andre folk på forskjellige steder over hele verden. Hvert tilfelle var forskjellig, men disse forferdelige tingene forandret familiene våre for alltid.»

Selv om Grace følte empati, mente hun at kvinnen burde glemme fortiden og se fremover. Hun mente at livet var som en matematisk formel. Man måtte alltid fortsette å søke og bevege seg fremover. Omstrukturere. Gjøre fremskritt.

Grace begav seg til matematikktimen, hvor Vincente rakte henne leksene akkurat i tide til å levere dem inn. Mr. Dense var den typen lærer som gjorde alt etter boka. Han virket fornøyd da Vincente Marino var den første i køen som leverte leksene sine.

Fibonacci ble gjennomgått i timen i dag. Siden seksten år gamle Grace Greenway var et anerkjent vidunderbarn, slapp læreren henne tidlig. Grace brukte fritiden på å studere på biblioteket. Hun gikk til de andre timene sine, lunsj, engelsk. Deretter gikk hun tilbake til biblioteket for å ha fri frem til kampstart.

Etter å ha lest og valgt ut en haug med lærebøker hun ville låne, begav hun seg ut på banen for å se cricketkampen. Akkurat da gikk Vincente Marino fram for å slå. High school-publikummet brøt ut i stormende applaus.

Grace, distrahert av Vincentes hvite cricketuniform som reflekterte ettermiddagssolen, mistet kontrollen over bunken med bøker. Hun holdt bøkene i armene og balanserte dem, i håp om å klare å redde dem. Men hennes sterke vilje til å holde seg oppreist med armene fulle av verkene til matematiske forbilder som Sophie Germain, Hypatia, Lise Meitner og Mary Somerville, var ikke tilstrekkelig. Da bøkene traff bakken, ble også hun slått omkull på flere måter enn én.

✱✱✱

Da Grace kom til seg selv, var alt uklart og tåkete. Hun var svimmel og følte at hun måtte kaste opp. Hodet hennes gjorde fryktelig vondt. Det var som om hjernen hennes prøvde å finne en vei ut av hodet hennes. «Alle må trekke seg tilbake!» ropte noen. «Grace? Grace! Går det bra med deg? Snakk til meg, Grace! Kan du høre meg?»

Da hun åpnet øynene og så opp mot himmelen, var det en engel som ropte navnet hennes. Grace lurte på om hun var død. Kunne hun ha dødd og gått over til en annen dimensjon? Hun nektet å tro at det var sant, lukket øynene og åpnet dem igjen. En gutt svevde over henne med en glorie så stor som solen.

«Jeg er så lei meg, Grace,» sa han og tok en av hendene hennes i sin.

En folkemengde hadde samlet seg rundt dem, og de dyttet, skubbet og ropte. Det var et vanlig kaos blant tenåringer.

Grace kunne se dem bøye seg over henne – noen med lattermilde ansikter opp ned. I hodet hennes var det en konstant summing. Hadde det ikke vært for ett kjent ansikt, det til den unge mannen, ville hun ha følt seg redd.

Hun prøvde å være modig og reise seg. Bena hennes ville ikke samarbeide. De ristet og vaklet som overkokt spagetti. I ørene hennes var lyden av havet dominerende.

Hun satte seg ned igjen og hvilte hodet mot brystet til den unge mannen. Han syntes ikke å ha noe imot det.

BOK 3

Gutten nærmet seg Grace, slik at solstrålene fjernet glansen rundt hodet hans. Hun kunne kjenne hans søte, kanelduftende ånde på nakken sin. Grace visste hva han ønsket. Hun vendte sin nakne nakke mot ham. Hun ga ham tillatelse til å bite henne. Til å smake på henne.

«Noen må ringe Triple Zero!» ropte gutten mens han løftet Grace og holdt kroppen hennes.

Grace følte seg dårlig. Hun hadde tenkt å gå på et vekttapsprogram. Hun var ikke akkurat lett som en fjær. Hun lente hodet mot brystet hans i forventning om å høre hjerteslagene hans. Alt hun kunne høre var brølet fra havet.

Grace så opp på det kjekke ansiktet hans. Han så så bekymret ut.

Sammen beveget de seg mellom mumlingen og hviskingen fra mengden. Inn i et rolig sted. Til slutt opp noen trapper og gjennom en svingdør. Så ble Grace Greenway lagt ned på en myk seng i et rom som luktet antiseptisk middel og gymsokker. Hun presset ansiktet sitt mot ham igjen, i et forsøk på å gjenvinne hans kanelduft.

«Dette er sykepleierstasjonen. Vent her. Jeg skal hente hjelp.»

«Ikke forlat meg,» sa hun. «Vær så snill, ikke forlat meg.»

«Hun puster ikke!» ropte noen i tide for å minne henne på det.

Snart følte Grace seg som seg selv igjen. Hun ønsket bare at bølgene ville slutte å slå mot kysten av sinnet hennes.

«Kan du høre meg?» spurte en kvinne. Grace nikket. «Jeg er sykepleier Hands.»

«Sykepleier, 5. Hands, 5 – fantastisk!» utbrøt Grace.

«Hun er i vrangforestillinger!» Sa sykepleier Hands. Hun følte på Graces puls og pannen hennes, så så hun opp på Vincente og ristet på hodet.

«Nei, hun tenker på matematikktimen. Mr. Dense lot henne gå tidlig. Vi jobbet med Fibonacci,» forklarte Vincente.

«Vet du hva hun heter?»

«Ja, hun heter Grace. Grace Greenway.»

Grace klemte Vincentes skjorte i håndflaten.

«Jeg må virkelig tilbake til kampen.»

«Grace,» sa sykepleier Hands, «vi venter på ambulansen. Vincente må tilbake til kampen. Vennligst slipp skjorten hans.»

Grace skrek: «Ikke forlat meg!»

Vincente knelte seg ned ved siden av henne igjen og så henne inn i øynene.

Han ble værende.

Hun sukket.

Og så ble alt svart.

BOK 4

På sykehuset stoppet sykepleieren ved Graces seng og sjekket hennes vitale funksjoner. Hun var stabil foreløpig. Sykepleieren trakk teppet tilbake over Graces armer. Hun hentet brettet med ubrukte vannglass og stoppet et øyeblikk for å se på den unge mannen i cricketdrakten. Han sov dypt i stolen under vinduet.

Vincente hadde ikke forlatt Graces side siden hun ankom bevisstløs. Da hun gikk ut, så hun på klokken og regnet ut at hun hadde seks timer igjen av skiftet sitt. Hun elsket jobben sin, men dette kom til å bli en lang dag.

Tilbake på Graces rom begynte pasienten å røre på seg og bevege seg. Hun oppdaget snart at hun var lenket til sengen av en rekke støyende maskiner.

Hun var på et sykehusrom. Hvorfor var hun her? Hvordan hadde hun havnet her? Hun lukket øynene og prøvde å konsentrere seg. Hun prøvde å huske, men ingen minner kom.

I et forsøk på å slippe unna pip-pip-pipingen og drypp-drypp-dryppingen, prøvde Grace å sette seg opp. Da hun ikke klarte å oppfylle dette enkle ønsket, kastet hun seg tilbake på puten. Hun hadde et intenst ønske om å stikke av.

Hvorfor er jeg her? tenkte Grace. Og hvorfor har alle forlatt meg?

Grace la merke til en gutt som sov dypt i stolen ved siden av sengen hennes. Hun var tross alt ikke alene, og hun omfavnet seg selv så godt hun kunne med maskinene festet til kroppen.

Hun følte seg lykkeligere nå, vel vitende om at noen var der. At noen brydde seg.

Selv om hun ikke kunne se ansiktet hans, så hun hvordan det blonde håret beveget seg inn og ut med hvert åndedrag. Han sov dypt. Grace fortsatte å stirre på ham og på den hvite uniformen han hadde på seg. Hun lurte på om han jobbet på sykehuset. Det virket rart at en ansatt sovnet ved siden av en pasient.

Grace følte seg rar da hun så på guttens foldede armer og det fritt fallende blonde håret.

Sekundene gikk, og hun fortsatte å stirre. Så, nesten som om han hadde kjent blikket hennes på seg, våknet gutten med et rykk. Han kastet håret bakover og avslørte ansiktet til en engel.

Grace dekket munnen med hånden. Han var fantastisk. Gutten reiste seg og gikk mot henne.

Grace fikk ikke puste. Da han kom nærmere, fikk de mørkeblå øynene hans hjertet hennes til å slå fortere og fortere. Hun trodde hun kom til å besvime. Og så snakket han. «Du er våken, Gracie! Takk Gud! Jeg var så bekymret. Vi har vært så bekymret.»

«Ja», sa hun, uten å vite hva hun ellers skulle si. Han var ikke en ansatt. Han betydde noe mer for henne, det kunne hun føle i hjertet sitt, og hun visste det dypt inne i seg selv. Men hvem i all verden var han?

Hun strakte hånden ut mot ham, og forventet at han skulle ta den. Det gjorde han ikke. I stedet tok han et skritt tilbake. Hun trakk litt motvillig hånden tilbake.

Gutten fortsatte å stirre på Grace, som om han ventet på noe. Etter misforståelsen med «Jeg vil holde hånden din», beskyttet han seg selv. Han stakk hendene dypt ned i lommene. Etter noen sekunder tok han dem ut igjen.

Grace følte seg varm og kald på samme tid.

«Går det bra?» spurte han. «Har du vondt noe sted?»

Grace ventet og tenkte seg om før hun svarte. Hun ville at svaret hennes skulle være kortfattet, men ikke skarpt. Hvordan hun følte seg, spilte ingen rolle! Det hun ville vite, var hvorfor hun var her. Det hun ville vite, var hvem han var.

«Det er hodet som gjør mest vondt. Det er som om alt gjør vondt samtidig, hvis det gir mening. Og du?»

Han strålte med et smil som avslørte blendende perfekte hvite tenner. Grace tenkte at tennene hans burde komme med en advarsel: SOLBRILLER PÅKREVD. Han kjørte fingrene gjennom håret, og øynene deres møttes.

Grace kjente en energi fra ham som først traff henne rett i brystet, og deretter virket å sprette av veggene. Hadde hun ikke allerede ligget ned, ville det ha slått henne av føttene. Hun var forelsket. Det var hun sikker på. Men han oppførte seg rart. Som om han ikke visste hva han skulle si eller gjøre. Det var som om han ønsket å nå ut, men ikke visste hvordan. «Jeg har det bra, takk», sa han. Han så ut som Winnie the Pooh med hånden fanget i honningkrukken.

Grace falt bakover på puten igjen, uten å bryte øyekontakten med gutten. Hun ville stille ham spørsmål, mange spørsmål, men hvor skulle hun begynne? Skulle hun bare spytte dem ut? Han så så ukomfortabel ut. Hvorfor?

Hun justerte stillingen sin på sengen. Nå lente hun seg litt mot ham, med hodet hvilende på den ene armen – så mye man kan hvile når man er koblet til maskiner – og vinket ham nærmere.

Han stoppet opp og så på skoene sine. Så skuffet han fremover. Hun visste at han ikke kom til å gi henne noen informasjon, hun fornemmet det, følte det, men hun måtte vite. Tiden gikk. «Hva har skjedd med meg?» spurte hun til slutt.

Gutten tok et skritt tilbake, begynte å si noe, og stoppet så. Han åpnet munnen, og lukket den igjen, som en fisk.

Grace prøvde å hjelpe med mer direkte spørsmål. «Hva gjør jeg på dette sykehuset? Hvordan kom jeg hit?»

Han forble taus og kjørte fingrene gjennom håret.

Grace fortsatte, ufortrødent: «Og hvem er du?»

BOK 5

Gutten så bekymret ut ved spørsmål nummer én og bekymret ved nummer to og tre. Spørsmål nummer fire forårsaket den mest overraskende reaksjonen.

Alle visste hvem Vincente Marino var, og Grace Greenway visste det spesielt godt. Han så at hun så på ham med valpeøyne. Noen ganger, når hun trodde han ikke så det, fulgte hun etter ham rundt på skolen. Hun gjorde det til og med noen ganger når han var sammen med kjæresten sin, Missy Malone. Så, tullet hun med ham? Vincente var ganske sikker på at hun lekte med ham.

Han gikk mot henne og stirret inn i de nøttebrune øynene hennes, og så helt inn i sjelen hennes. Han måtte vite hva hun hadde i kikkerten. For å se om hun lekte med ham eller lurte ham, men Grace blunket ikke og avslørte ingenting.

Grace hadde ingen anelse om hvem han var.

Da gutten stirret inn i øynene hennes, lurte Grace på om hun hadde misforstått. Kanskje han heller ikke visste hvem han var? Han var tross alt blond.

«Jeg heter Vincente», sa han, mens han så Grace inn i ansiktet for å se om hun kjente ham igjen. Da det ikke skjedde, gjentok han navnet sitt. Faktisk sang han det nesten: «Vincente Marino».

Grace fikk gåsehud på armene og skalv. Hun kjente ikke igjen navnet hans, men noe dypt inne i henne rørte seg. Kanskje var det tonen i stemmen hans.

Hun gjentok navnet hans høyt. Ingenting vekket noen minner. Gåsehuden begynte å forsvinne. Hun prøvde å stave navnet hans, rullet hver bokstav på tungen som om hun følte seg frem i mørket:

«V-I-N-C-E-N-T.»

«Jeg staver mitt med en e på slutten,» sa Vincente. Han forklarte at han var oppkalt etter en av Christopher Columbus' navigatører. Foreldrene hans ville opprinnelig kalle ham Christopher. Da moren hans fortalte det til tanten hans, uten å vite at hun også var gravid, stjal tanten navnet. Foreldrene hans valgte et annet navn til ham, Vicente, etter Vicente Pinzon. Da de så ham, ombestemte de seg og kalte ham Vincente i stedet.

«Det er interessant», sa hun. «Men hvem er du egentlig for meg?»

«Tuller du?» spurte Vincente. «Husker du virkelig ikke meg?»

«Jeg er ikke sikker. Jeg føler noe med deg, men... jeg husker ikke engang mitt eget navn.»

«Det er Grace. Du er Grace.»

«Men for litt siden kalte du meg Gracie.»

«Ja, det gjorde jeg.»

«Hvorfor? Hvis jeg heter Grace..., hvorfor kalte du meg Gracie? Jeg liker det ikke.»

«Oi, ok, da skal jeg aldri kalle deg Gracie igjen.»

Han trakk seg tilbake og dro fingrene gjennom de blonde lokkene sine igjen. Han fortsatte å gjøre det. Sannsynligvis en nervøs vane. Grace ville også kjøre fingrene gjennom håret hans. Hvorfor tenkte hun slike tanker? Hun prøvde å forstå hva hun følte. De varme og kalde utbruddene. Prøvde å finne mening i det hele. Å finne et minne lagret et sted i hodet hennes. Men hver gang han gjorde det, kjørte fingrene gjennom håret, distraherte det henne, fikk knærne hennes til å skjelve som gelé.

«Kom igjen, Grace! Du må huske meg! Hvis du ikke gjør det, så kryss hjertet ditt og håp at du dør for å bevise det.»

«Jeg synes det er et merkelig ordvalg. Tatt i betraktning at jeg er på sykehus og alt.»

«Å, unnskyld. Tenkte ikke på det. Prøv å huske hvem jeg er, ok? Du bekymrer meg. Kanskje jeg bør gå ut og hente noen?»

«Er du bekymret? Jeg er redd! Hvis du sier at jeg burde kjenne deg, må det være et minne om deg lagret et sted her bak.» Hun banket på hodet med knyttneven. «Hvorfor finner jeg deg ikke her inne?»

Han grep hånden hennes og hindret henne i å slå seg selv igjen. Han trakk en stol bort til sengen og satte seg. Han hadde bestemt seg for å fortelle henne alt. Å forklare hvorfor hun var her, hvordan alt skyldtes ham. Hvordan han hadde skadet henne og deretter brakt henne til sykehuset.

Hvordan han satt ved siden av henne i flere dager mens hun var bevisstløs. Ventet. Ba. «Jeg er grunnen til at du er her.»

«Skadet du meg?»

«Ja, jeg skadet deg.»

Hun grimaset. «Du skadet meg!»

«Ja, men det var en ulykke. Jeg spiller cricket. Du var på kampen.

For tre dager siden.»

«For tre dager siden?»

«Ja. For tre dager siden slo jeg en ball, og den traff deg i hodet. Du har vært her siden. Jeg har vært ved din side. Ventet.»

«Slo du meg? I hodet? Og nå har jeg mistet hukommelsen?»

«Det ser slik ut.»

«Og så?»

«Jeg bar deg til sykepleierstasjonen på skolen. En ambulanse brakte deg hit.»

Grace undersøkte kroppen sin. Med den formen hun hadde, kunne hun ikke forestille seg at han hadde båret henne. Han var i god form, gikk i uniform, ja, men å bære henne? Umulig. «Bærte du meg?»

«Ja.»

Hun hadde en overveldende trang til å slå ham og klemme ham på samme tid. Men hodet hennes gjorde enda mer vondt.

«Jeg er så, så lei meg,» sa han.

Klemimpulsen overstyrte slagimpulsen. «Det var en ulykke, så du har ingenting å være lei deg for.»

«Takk,» sa han og bøyde hodet. Grace strakte ut hånden for å klappe ham som om han var en snill hund.

En fremmed kvinne presset seg inn i rommet gjennom svingdørene som en virvelvind. Hun stormet mot dem. Hun var liten av vekst, men full av energi, og beveget seg mot dem. Hennes tettsittende blå jeans suste, og støvelhælene klikket på det antiseptiske sykehusgulvet.

Kvinnen stirret på Vincente som om han var en byll som ventet på å bli stukket.

Han snakket med en merkbart lav stemme. Han tilbød seg å la dem være alene. Før de rakk å svare, reiste han seg og gikk ut.

«Ikke gå», ba Grace, men det var for sent. Grace stirret på døren et øyeblikk, i håp om at han skulle komme tilbake. Det gjorde han ikke. Hun vendte oppmerksomheten mot den merkelige kvinnen. Hun lurte på hva slags sykehus hun var på som tillot ansatte å gå kledd i jeans og støvler.

«Hvordan går det, kjære?» spurte kvinnen, og så bøyde hun seg ned og kysset Grace på pannen.

Grace anså dette som en altfor familiær gest og sa det. «Ikke gjør det!» utbrøt hun. «Hvem tror du at du er?» spurte hun, mens hun tørket bort bakteriene fra stedet kvinnen hadde berørt henne med leppene sine.

«Hva mener du med hvem jeg er?»

«Vet du det heller ikke?» spurte Grace, fornærmet over kvinnens mangel på anstand og profesjonalitet.

«Hvem er jeg?»

«Er det ekko her inne?» spurte Grace.

«Så du vet virkelig ikke hvem jeg er?»

Grace trakk på skuldrene. Kvinnen snudde seg og løp ut av rommet. Hun kunne løpe fort til å være en liten dame med høyhælte støvler.

Da hun gikk ut, kom Vincente inn. Hun veltet ham nesten. Grace ble forferdet da hun hørte kvinnen skrike som en banshee i korridoren.

Grace syntes dørene burde være roterende og sa det.

Vincente smilte bredt til henne, noe som igjen fikk hjertet hennes til å banke.

Grace lurte på hva slags sykehus hun var på. En psykiatrisk avdeling?

«Hvem var den gale kvinnen?»

«Det var ingen gal kvinne. Det var moren din.»

«Moren min? Hvordan kan det være mulig?» Grace stoppet opp og stirret på hendene sine. Hun kunne ikke slutte å se på dem. Hva var det? Det var noe som lurte der. Noe viktig. Hun måtte huske det, uansett hva det var, for hun følte at det var veldig alvorlig.

Så skjedde det. Hun fløy gjennom luften, raskt i armene til en engel. Hun så opp på ansiktet over seg, og solen strømmet inn bak engelen og skapte en naturlig glorie. Hun anstrengte øynene for å se hvem det var, men ansiktet var uklart. Hun lurte på om det var mulig å se ansiktstrekkene til en engel. Hun tenkte at ansiktstrekkene til en engel kanskje ikke var synlige for de levende. Det var det! Grace bestemte seg for at hun måtte ha hatt en nær-døden-opplevelse.

Hun holdt noe i neven mens hun fløy fremover, og de dukket inn i en tunnel. Et øyeblikk var det mørkt, eller kanskje hun hadde lukket øynene. Så så hun opp, og identiteten til engelen hennes ble avslørt. Det var faktisk ikke en engel i det hele tatt – det var gutten som sto ved siden av henne. Hun hvisket navnet hans gjentatte ganger. Det var som musikk, nynning. Det trommet en rytme inne i hodet hennes.

«Går det bra med deg?» spurte Vincente.

Grace smilte.

Han spurte igjen: «Går det bra, Grace? Vil du at jeg skal hente noen?»

«Jeg er takknemlig,» sa hun. «For hva?»

«For deg, selvfølgelig. For deg, min engel.»

Vincente så ned på føttene sine. Han stakk hendene i lommene. Han så veldig bekymret ut, som om han trodde hun virkelig hadde mistet forstanden nå.

Han trodde han hadde sett henne forlate ham før – ikke fysisk, men mentalt. Hun hadde reist langt bort i tankene sine. Man kunne se når noen var «borte», fordi øynene ble glaserte og drømmende.

Vincente ønsket at Grace Greenways mor skulle komme tilbake, så han kunne komme seg vekk derfra. Hun begynte å gi ham fnatt.

Så, helt ut av det blå, spurte Grace: «Vincente, er du kjæresten min?»

«Nei!» utbrøt han, med en tone som ikke kunne misforstås. For sikkerhets skyld trakk han seg enda lenger unna, til ryggen hans var mot veggen.

Han så helt og holdent ydmyket ut. Grace var forvirret. Hans benektelse, det ene ordet, traff henne med full kraft i brystet. Utropstegnet føltes som en ravnens nebb som stakk hull i hjertet hennes. Hun følte seg såret, men forvirringen var overveldende. Hun så på ham og ventet på at han skulle gjøre noe, si noe. Hva som helst.

«Hør her, Grace, du må vite at jeg ikke er kjæresten din. Jeg tok deg med hit bare fordi det var jeg som såret deg.»

«Så du er vanligvis for kul til å snakke med meg?»

«Grace, du har hjulpet meg med matteoppgavene mine, og du har hjulpet meg med å bli værende på laget. Jeg er takknemlig for hjelpen din, men ...»

«Takknemlig...» Hun lente seg tilbake mot puten og lukket øynene.

Hun ønsket å forsvinne inn i den myke puten.

Han ønsket å forsvinne fra rommet.

De ble værende sammen, delte samme rom, selv om hver av dem følte seg som en øy.

«Jeg skal hente moren din, ok? Jeg tror du bør være sammen med familien din.» Han snudde seg og forlot rommet.

Grace følte seg dum. Hun visste ikke hvem han var, men et sted i hjertet visste hun at hun elsket ham. Så dumt av henne å ha sagt det sånn. Kanskje hun hadde elsket ham på avstand? Kanskje han var forelsket i en annen, og nå hadde hun gjort seg til latter ved å fortelle ham hva hun følte.

Hun vendte ansiktet mot puten og gråt.

***

Grace ville løpe etter Vincente Marino. Hun dro i maskinene i et forgjeves forsøk på å løsne dem da kavaleriet ankom.

«Hva i all verden gjør du, Grace?» spurte Helen Greenway.

«Du rev nesten av disse, din dumme, dumme jente,» skjelte sykepleieren.

Vincente kom tilbake uten å si noe. Han skrapte med føttene og stakk hendene inn og ut av lommene som om han lette etter småpenger.

«Jeg var ...» begynte Grace.

Hun klarte ikke å fullføre setningen fordi sykepleieren begynte å vippe og justere sengen. Grace mistet balansen og falt sidelengs, og var i ferd med å slå hodet i gulvet. Hun ville ha slått hodet i gulvet hvis ikke Vincente hadde tatt hendene ut av lommene og fanget henne.

Han holdt henne i armene sine igjen, akkurat som i minnet hennes. Han var en gave, en gave fra et sted ovenfra, og igjen kom Graces minner tilbake. Minner strømmet inn som flashbacks. Vincente på skolebussen. Vincente som spilte cricket på banen. Vincente som smilte til henne og tok leksene sine fra henne. Vincente, Vincente, Vincente. Minner oversvømmet henne, og fra dem visste Grace to ting med sikkerhet.

Nummer én: hun elsket Vincente Marino. Nummer to: han elsket ikke henne.

Hun så inn i øynene hans. De var tomme lysspeil, bøyd mot henne, med et ønske om å redde henne fra fare, å være en helt. Men bak de mørkeblå øynene var det ingen kjærlighet. Ingen kjærlighet til henne.

Grace var solen, som strakte ut strålene sine, på jakt etter månen: månens mørke side. De var på motsatte sider, og snurret vekk fra hverandre.

«Ahem», Helen rømte seg, noe som fikk Grace og Vincente til å blunke dem fra hverandre.

«Ser du, sykepleier, hun er helt ute av kontroll. Hun innser ikke hvor alvorlig situasjonen hennes er. Hvor syk hun egentlig er.» Helen begynte å gråte. Ikke små tårer. Nei, en nærmest voldsom strøm av kroppsbrytende hulken.

«Det er greit, mamma», sa Grace, mens hun strakte seg ut for å ta morens hånd.

«Husker du meg?»

«Selvfølgelig,» sa Grace og løy. Hun kjente henne ikke og hadde ingen minner om henne, ikke mer enn om sykepleieren som fortsatt sto med munnen på vid gap.

«Legen er på vei,» kunngjorde sykepleieren. Hun løftet Graces arm og begynte å ta pulsen hennes. «Dine vitale tegn er utmerkede, men du må hvile. Kanskje det er på tide at vennen din går hjem. Han trenger også hvile.»

Hun så på Vincente.

Hennes subtile bekymring gikk ikke ubemerket hen.

«Ja, jeg tror jeg bør gå,» sa Vincente. Han gikk noen skritt bort fra sengen. Han kjørte fingrene gjennom håret. Han gikk tilbake mot sengen, som om han ventet på Graces godkjenning. «Eller jeg kan bli, hvis du vil.»

«Bare hvis du vil,» sa Grace med et glimt av håp i stemmen. Hun skjønte at han bare ble fordi han følte skyld, men hun bestemte seg for å ta imot ham uansett hva han ville. «Kanskje bare til jeg sovner?»

Helen småpratet med sykepleieren som om de var gamle venner da de gikk ut av rommet.

«Hun sovner om noen minutter,» sa sykepleieren. «Jeg ga henne nok beroligende midler til at hun vil få en god natts søvn.»

Helen så seg tilbake på dem to og blåste et kyss til datteren sin.

Grace syntes det var vanskelig for moren å forlate henne der alene med en nesten fremmed. Moren hennes klaget ikke. Hun bar det som et kampmerke.

Det tok ikke lang tid før Grace sovnet.

Vincente benyttet anledningen til å slå på mobiltelefonen og ringe moren sin. Han hadde sendt henne tekstmeldinger med oppdateringer om Graces tilstand. Han nektet å forlate henne før han var sikker på at hun var utenfor fare. Han trengte å dra hjem og ta en dusj, for ikke å snakke om å endelig skifte ut cricketdrakten sin.

Snart var Grace i en dyp, dyp søvn, hvor hun forestilte seg stemmer rundt seg. Hviskende stemmer. Så ble stemmene høyere og høyere. De fylte hodet hennes med latter. Djevelsk høy latter etterfulgt av skrik og skraping, som om noen hadde blitt begravet levende. Stemmene var fanget. De skrek og skrapte, skrek og skrapte.

Grace våknet med et rykk, med svette strømmende nedover pannen. Sengetøyet hennes var fuktig og kaldt. Hun var desorientert. For redd til å åpne øynene. Hun lurte på om det hun hadde hørt i drømmene sine, var i rommet med henne nå. Hvis hun åpnet øynene, ville hun se det, og hvis hun så det, måtte hun komme seg vekk. Hun lyttet intenst. De eneste lydene var tik-tik-tikking og slip-slop-slopping fra medisinsk utstyr.

Hun åpnet øynene, mens hun gjentok ett skvett, to skvett, tre tik, fire tak for seg selv. Grace var alene. Hun begynte å skjelve i det kalde rommet. Hun trengte å skifte klær. Hun kunne ikke komme seg dit hun trengte, så hun trykket på alarmknappen. I løpet av sekunder kom sykepleieren og hjalp henne med å skifte til en ren kjole.

«Må du ... gå?» spurte sykepleieren. Denne var mindre og vennligere enn den forrige, og hun smilte vennlig. Grace rødmet da sykepleieren satte potten under henne.

Etterpå spurte Grace om hun kunne flytte nærmere vinduet. Sykepleieren skjøv sengen fremover, uten å røre utstyret. Hun trakk gardinene til side og slapp dagslyset inn. Det blendet Grace med sin plutselige intensitet. Hun stirret ned på det spinkle gresset som bøyde seg i brisen. Hun så opp mot den dype blå, skyfri himmelen. Etter så lang tid på sykehuset følte hun seg levende.

«Si ifra hvis du trenger noe mer», sa sykepleieren.

Grace tok hånden hennes i sin og sa: «Takk.»

Igjen var hun alene, men denne gangen så hun lenger langs stien. Hun fikk øye på en liten blomsterhage, og like bak den, et tre. Ved siden av det så hun et stykke papir som svevde oppover, som om det hånte henne. Forbi de stillestående blomstene, nesten som om det sa: Se på meg! Du har kanskje vakre kronblader og livlige farger, men jeg kan gjøre noe du ikke kan. Du er bundet, men jeg kan fly. Se meg fly!

Papiret fortsatte sin ferd. Grace fulgte det mens det fløy høyt, høyere og høyere, til hun ikke lenger kunne se det. Grace lo. Det var som å se magi.

«Hva gjør du?» utbrøt Graces mor da hun så datteren sin stå nesten oppreist. Helen Greenway dyttet datteren tilbake på puten og skjøv sengen tilbake mot veggen. Deretter la hun datteren i seng. Grace satte pris på omsorgen. Hun tenkte at det kanskje ville vekke et minne – et minne om denne kvinnen som sto foran henne. Men igjen kom det ingen minner.

BOK 6

«Jeg håper du er klar for et besøk av Dr. Christiansson,» sa Helen. «Han kommer snart for å snakke om tilstanden din.»

«Har jeg en tilstand?» sa Grace.

«Ja, det har du, Grace.»

Grace var bekymret da legen kom inn. Han hilste på dem og trakk frem en stol. Han satte seg ned et øyeblikk og reiste seg så opp igjen. Han tok pulsen på Grace. Han følte på pannen hennes. «Hmmm. Hvordan føler du deg, Gracie?»

«Vennligst kall meg Grace.»

«Å, unnskyld. Grace, da. Hvordan føler du deg i dag?»

«Jeg føler meg bedre. Hodepinen er ikke så ille nå, men doktor, jeg kan ikke huske noe.»

«Ingenting?»

Grace så flau ut. Hun ville ikke at moren skulle vite at hun ikke husket henne. Hun nølte. «Jeg har glimt av minner.»

«Glimt?»

«Ja.»

«Fortell meg mer,» sa han mens han skrev notater på et skrivebrett.

«Glimt, mest om en gutt. Vincente Marino,» sa Grace.

Legen så på Helen med et løftet øyenbryn.

«Gutten. Han som traff henne med ballen,» sa Helen.

«Å, ja. Det er normalt, siden han var den siste personen du så før du mistet bevisstheten.» Han nølte, skrev ned noe. «Så du husker moren din, ikke sant?»

Grace hadde håpet og bedt om at han ikke skulle spørre henne om dette. Skulle hun fortsette å lyve for å gjøre moren sin glad? Hun visste at hun måtte fortelle legen sannheten, hele sannheten og ingenting annet enn sannheten, for at han skulle kunne hjelpe henne. Hun ristet på hodet. Helen begynte å gråte.

Legen klappet Helen på hånden, og så rettet han oppmerksomheten mot pasienten. «Grace, du har fått det vi kaller en traumatisk hjerneskade. Hva tror du det betyr?»

«Jeg vet ikke.»

«Vel, la meg prøve å forklare det for deg,» sa legen. «Du ble truffet av en cricketball.» Han nølte og så bort på Helen. Hun gråt så mye at brystet hennes skalv. Det var tydelig at hun prøvde å kontrollere følelsene sine.

Grace ville at han skulle komme til poenget.

«Det første slaget fra ballen som traff deg, den rene kraften i det, var nok til å forårsake skaden. Det er komplikasjoner. Alvorlige komplikasjoner.»

Først en tilstand. Nå komplikasjoner. Hva mer foregikk her? Var livet hennes i fare?

«Ja, komplikasjoner i form av blodpropp eller aneurismer nær hjernen. Trykket fra aneurismene kan forårsake hukommelsestap. Vi håper dette bare vil være en midlertidig tilstand.»

«Midlertidig?»

«Ja. Hvis vi går inn og fjerner dem, håper vi at alle minnene dine kommer tilbake. Men operasjonen er ekstremt farlig.»

«Mener du at jeg kan dø?»

Helens hulking ble høyere.

«For å si det rett ut, ja. Du kan dø hvis vi opererer, Grace. Men her er saken: Du kan også dø hvis vi ikke opererer.»

«Hva?»

«Blodproppene vokser, og forårsaker smerter og hukommelsestap. De er farlige. Det kan dannes flere, selv om vi ikke vet når. Dessverre vil de ikke forsvinne, med mindre de sprekker, brytes opp og kommer inn i blodet ditt.»

«Så hvordan blir jeg kvitt dem?» spurte Grace, mens hun prøvde å ikke gråte.

«Vi gir deg blodfortynnende medisiner. Til slutt opererer vi. I dag. Eller i morgen. Så snart du gir samtykke. Vi skal gjøre vårt beste for å bli kvitt dem alle. Vi har eksperter her til din disposisjon. Operasjon er din beste sjanse for å overleve og bli helt frisk.»

«Og hvis jeg sier nei?»

«Du er seksten, så moren din kan signere papirene for deg. Vi mener virkelig at du bør ta beslutningen og være enig i den. Det vil være bedre for alle. Det er derfor jeg forteller deg sannheten, rett ut. "

«Har jeg virkelig et valg?»

«Hvis du sier nei, vil blodproppene likevel brytes ned når de er klare til det. Resultatet kan være dødelig, og uten forvarsel.»

«Hvorfor kan vi ikke vente og operere senere? Hvis vi må.»

«Det kan vi. Det er opp til deg. Du kan vente. Du vil mest sannsynlig bli sterkere for hver dag, bli friskere. Men vi ville ta en sjanse. Hvis du får tilbakefall, blir svakere, kan sjansene dine for fullstendig bedring også reduseres.»

«Så jo før jo bedre, da?»

«Grace, du tar dette veldig rolig,» sa Helen, mens hun fortsatt hulket. «Min sterke lille jente. Så modig.» Hun omfavnet henne.

«Jeg vil ikke dø. Jeg er bare seksten.»

«Vi skal gjøre alt vi kan for å hjelpe deg gjennom dette,» sa legen.

«Hvordan skal vi vite når situasjonen blir mer akutt?» spurte Grace.

«Når blodproppene sprekker, kommer du på vår kritiske liste. Da får du umiddelbart operasjon. Da blir det en liv-eller-død-situasjon.»

Grace kjempet mot tårene. Hun ville leve. Hun ville ikke dø, ikke på denne måten. Hun trengte tid, men tiden var ikke på hennes side. Hun ville være alene. Hun ville ha tid for seg selv. Tid til å reflektere. Tid til å tenke.

«Jeg har gitt deg mye å tenke på, Grace. Det er mye å takle for en voksen, og enda mer for en tenåring. Snakk med familien og vennene dine. Du vil trenge deres støtte og kjærlighet. Å, og en ting til. Tilstanden din, blodproppene, kan ha vært slik en stund. Kanskje i dvale i måneder, til og med år. De kan ha påvirket deg følelsesmessig. Fått deg til å føle deg trøtt, gitt deg hodepine. Før den gutten traff deg med ballen, visste vi ikke om det. Nå som vi vet det, må vi betrakte den ulykken som en heldig katalysator for å hjelpe deg med å bli frisk igjen.»

Grace hadde ikke tenkt på det på den måten. Hun nikket.

«Du forstår – det er viktig å gjøre noe?»

«Du har gjort det helt klart, doktor.»

«Flink jente,» sa han. «Snakk med moren din. Hun er veldig glad i deg. Så hvil deg litt. Tenk på det. Jeg kommer tilbake i morgen for å svare på eventuelle spørsmål du måtte ha.»

Grace nikket. Helen gikk nærmere datteren sin. «Og du, Helen, må hvile deg. Grace vil trenge din styrke. Når sov du sist?»

«Jeg sover ikke så godt for tiden,» innrømmet Helen.

«Jeg skal be en av sykepleierne gi deg noe som hjelper deg å sove. Du må hvile deg, spise og ta vare på deg selv, ikke bare for din egen skyld, men også for Graces skyld.»

«Ja, jeg forstår. Takk, dr. Christiansson,» sa Helen.

Han snudde seg og gikk. Graces mor sto ved sengen, fortapt i sine egne tanker.

«Mamma, jeg vil gjerne være alene en stund, for å kunne tenke.»

«Men du er ikke alene. Du trenger ikke ta denne avgjørelsen helt alene.»

«Jeg vet det, mamma, og takk.»

Helen kysset datteren på pannen og forlot rommet.

Endelig alene, strømmet tårene fra Grace. Hun klemte seg selv hardt. Lot seg selv gråte ut.

Natteluften var iskald. Den pisket rundt henne. Den skar gjennom nattkjolen hennes, som bølget bak henne som et slør. Grace gjemte ansiktet sitt i Vincentes bryst. De fortsatte å fly oppover. Høyere og høyere. Inn i mørket. De etterlot alt bak seg.

Grace skalv.

Vincente trakk henne tett inntil seg. Armene hans foldet seg rundt henne. Han holdt henne. Hun følte seg trygg.

Nå var det nå. Nå eller aldri.

Hun trakk nattkjolen med den høye kragen bort fra halsen og løsnet det røde blonderbåndet. Hun lente seg tilbake og ventet på ham. Ventet på smerten og på nytelsen.

Vincente blottet tennene, og så begynte hun å falle. Drivende.

Ned. Krasjende. Ned.

Hun kunne føle ham dypt, dypt under huden sin mens hun styrtet mot fortauet som ventet.

Hun åpnet øynene og skrek.

BOK 7

Da Grace kom til seg selv, var det noen som la dynen rundt halsen hennes. Hun kjente en kjølig hånd streife kinnet hennes. Mannen spurte: «Er du våken?»

Grace blunket med øynene og prøvde å fokusere. Hun kunne se øynene hans – dype, nøttebrune. Kinnene hans fanget oppmerksomheten hennes, for når han smilte, spredte de seg som hos et barn. Hun prøvde å gni seg i øynene, men mannen hadde lagt armene hennes under dynen. Hun fikk dem ikke ut fra under teppet. Hun følte seg fanget. Hun var ikke redd.

«Grace,» sa han.

«Eh, jeg får ikke armene mine ut.»

«Å, jeg er så lei meg. Jeg la deg for tett,» sa han mens han trakk teppet ned, slik at Grace kunne gni seg i øynene og fokusere. Nå la hun merke til at en annen, yngre mann kom nærmere henne. Han hadde armene krysset over brystet.

«Takk.»

«Grace, vil du ha litt vann?»

«Ja, det ville være deilig», sa hun, mens mannen helte opp litt og la koppen i hennes skjelvende hånd. Han holdt den, som en forelder som holder et barns hånd når det lærer å drikke selv for aller første gang. Etter at hun hadde drukket opp, tok han den fra henne og satte den på nattbordet. Han ventet.

Grace så seg rundt i rommet, vel vitende om at hun burde vite hvem disse to personene var. De forventet at hun skulle vite det.

«Jeg er faren din,» sa den smilende mannen, «og dette er storebroren din, Daryl.»

Nå så Grace det: familielikheten, de nøttebrune øynene.

Ja, hun hadde farens øyne.

«Moren din nevnte at du kanskje ikke husker oss», sa han. Han klappet datteren sin på hånden. Daryl kom nærmere, langs siden av sengen. Han rakte hånden ut mot Grace.

«Du ser bra ut, jenta mi», sa Benjamin Greenway.

Grace følte seg både ukomfortabel og trøstet på samme tid. «Takk.»

«Vi var så bekymret for deg da vi hørte det.» Faren hennes tørket bort en tåre. «Jeg er lei for at jeg ikke kunne komme hit før. Jeg var på forretningsreise, som du vet.»

«Jeg forstår.»

«Ingenting er for godt for min lille jente, og vi skal skaffe de beste ekspertene hit. Vi skal gjøre alt vi kan for å gjøre deg normal igjen.»

«Normal?»

«Slik du var, du vet ... før.»

«Uh, takk,» sa Grace, og så skuffet hun med føttene under dynen og vekket dem fra en dyp søvn. Slik hadde det vært i det siste. En del av kroppen hennes var våken, mens andre deler sov dypt.

«Vi vil ha deg tilbake slik du var før,» sa broren hennes. Han lente seg frem og kysset henne på pannen. Leppene hans føltes kjølige, som om han nettopp hadde drukket en brus.

«Jeg har det bra,» sa Grace. «Bare trøtt... og så er det selvfølgelig det med at jeg ikke har noen minner.»

«Ja, det er kjipt å ikke kunne huske noen eller noe,» svarte Daryl. Så nynnet han litt og lo.

Pinlig.

Grace lukket øynene et øyeblikk og åpnet dem igjen.

Faren og broren hennes så litt forsiktige ut. Hun prøvde igjen å fremkalle et minne, hvilket som helst minne, men uten hell.

«Har du bestemt deg for å gjennomføre operasjonen, da?» spurte faren.

«Jeg har ikke bestemt meg for noe ennå.»

«Alt til sin tid, kjære, alt til sin tid,» sa han. Han strakte seg frem for å ta på Graces hånd. Da hudene deres møttes, forventet hun å kjenne varme, men huden hans var kjølig.

«Jeg snakket med legen i går,» sa faren hennes. «Jeg ba ham gjøre alt han kunne. Jeg sa at penger ikke var noe problem. Jeg ba ham hente inn de store kanonene. Gjøre hva som helst for å få min lille jente tilbake.»

«Jeg er her, pappa,» sa hun, da Vincente stakk hodet inn døren til rommet hennes.

«Kom inn, Vincente,» inviterte hun, «du forstyrrer ikke.»

Han så seg rundt i rommet og gikk mot henne. Kjørte fingrene gjennom håret. Stakk hendene dypt ned i lommene på de svarte Levi's-buksene sine.

«Jeg vil gjerne presentere deg for faren min og broren min, Daryl.»

«Faren din og broren din?»

«Ja.»

«Uh, det var derfor jeg ikke kom rett inn. Jeg, uh, jeg trodde jeg hørte deg snakke med noen.»

Grace syntes han oppførte seg veldig rart, nesten til det uhøflige.

«Vil du at jeg skal, uh, ringe noen? Legen din? En av sykepleierne? Trenger du hjelp?»

«Hva mener du?» Grace var veldig sint på ham, men hun smilte. «Pappa, dette er Vincente Marino, gutten som brakte meg til sykehuset. Daryl, dette er Vincente Marino. Vincente, min far og min bror.»

Vincente så seg rundt. Det var ingen andre i rommet. Ikke en eneste sjel. Men stakkars villedede Grace trodde det var noen der. Skulle han spille med på hennes vrangforestillinger? Late som? Strekke ut hånden? Ryste en imaginær hånd tilbake? Vincente var ikke medisinsk fagperson. Han hadde ingen anelse om hvor han skulle se eller hva han skulle gjøre. Han ville ikke ta ansvar for å presse Grace Greenway over kanten. Han hadde allerede gjort nok mot henne.

«Jeg skal hente legen til deg, ok?» sa Vincente mens han kjørte fingrene gjennom håret.

«Hvorfor? Fordi jeg introduserer deg for familien min? Det er jo ikke som om jeg ber deg om å gifte deg med meg eller noe!»

«Grace? Hva om jeg fortalte deg ...»

«Ja?»

«Hva om jeg fortalte deg at det ikke var noen andre her i rommet enn deg og meg?»

Grace så inn i øynene til faren sin, deretter til broren sin. De nikket bekreftende.

«Hva mener du? De står jo her!»

«Grace, hør på meg. Vær så snill. Faren din og broren din ble drept i en bilulykke. Det var en frontkollisjon. Det var minnestund på skolen.»

«De kan ikke ha blitt drept,» sa Grace. «Med mindre, med mindre... jeg ser døde mennesker!»

«Jeg er sikker på at det finnes en helt uskyldig forklaring, Grace. Sannsynligvis bare en bivirkning av smertestillende medisiner. La meg ringe etter hjelp.»

Grace strakte seg etter faren sin. Han trakk seg unna. Hun strakte seg etter Daryl. Han trakk seg også unna.

«Kjære, vi må virkelig gå nå... nå som Vincente er her. Vi kommer tilbake en annen gang. En annen gang når du er alene,» sa faren hennes. Han og Darryl trakk seg tilbake mot veggen. De forsvant.

Grace dekket øynene og begynte å skrike. Og skrike og skrike.

Da det medisinske personalet endelig ankom, var det for sent. Grace hadde allerede trukket ut noen av slangene.

Etter at de ga henne beroligende midler, roet hun seg ned. Hun sovnet snart.

Vincente ble ved Graces side til Helen kom. Han forklarte hva som hadde skjedd.

Helen var opprørt fordi hun ikke hadde vært der. Hun lurte på hva det hele betydde. Var datteren hennes i ferd med å miste forstanden? Måtte hun snakke med legen om å legge henne inn på et annet sykehus? Et sykehus hvor hun ville bli overvåket døgnet rundt? Hun skalv ved tanken.

Vincente prøvde å berolige henne med at Grace ikke var gal. Samtidig prøvde han også å overbevise seg selv.

Han så ut av vinduet på en plastpose som seilte i vinden som et spøkelse om dagen. Han tenkte på bøker han hadde lest om døde mennesker som kom tilbake for å hente de levende. Kunne det være en overnaturlig forklaring?

Helen betraktet datterens sovende skikkelse. Hun så ut som en uskyldig sjel som hvilte der. Helen foldet armene rundt seg selv. Det var så lenge siden de hadde snakket sammen, virkelig snakket sammen. Hun kikket på gutten som sto ved siden av henne, og lurte på om han kanskje kjente datteren hennes bedre enn hun gjorde. Hun hatet tanken på at hun og datteren en dag kunne vokse fra hverandre.

Grace rørte seg i søvne. Så begynte hun å telle høyt.

Helen lyttet til Grace var nesten kommet til hundre. Så sluttet datteren hennes å telle. Hun hadde alltid stoppet ved tallet hundre. Grace hadde vært glad i tall hele livet. Hun fant trøst i tall.

Helen tenkte over dette. Selv om datteren hennes hadde mistet hukommelsen, gjorde hun fortsatt normale ting, som å telle i søvne. Helen mente dette var et godt tegn. Hun delte det nesten med Marino-gutten. Han var opptatt med å se ut av vinduet, så hun bestemte seg for å hente en kopp te.

Vincente forsikret Helen om at han ville bli i rommet til hun kom tilbake. Helen var takknemlig for hjelpen hans.

Vincente bladde gjennom et magasin og fortsatte å stirre ut av vinduet.

Grace ropte: «Vær så snill, ikke ta meg. Vær så snill!»

Vincente løftet henne opp og holdt henne. Hun sov fortsatt dypt, hun hadde bare mareritt. Da kroppen hennes slappet av, la han hodet hennes på puten.

«Vær så snill, ikke dø», hvisket Vincente. Han åpnet døren og så ut etter Helen. Han ønsket virkelig å bli reddet fra denne situasjonen. Hvor var Helen Greenway? Han så tilbake på Grace, som rørte seg i søvne igjen. Han sukket, lukket døren og gikk tilbake til sin post.

BOK 8

Grace våknet og følte seg helt desorientert. Hun hadde hatt en natt fylt med skremmende drømmer.

Hun drømte at hun hadde to besøkende: sin døde far og bror. Rommet var bekmørkt, og da hun åpnet øynene, var det en tydelig lukt av såpe og antiseptisk middel i luften. Hun lurte på hvor lenge hun hadde sovet.

Grace følte på pannen sin, og den var ekstremt varm. Hun hadde høy feber og trengte å skifte nattøy igjen. Hun strakte seg over sengen, trykket på ringeklokken og ventet. Ingenting skjedde.

Hun prøvde å helle seg et glass vann, men oppdaget at kannen var tom. Hun ventet på at sykepleieren skulle komme til rommet, men ingen kom. Hun trykket på ringeklokken igjen. Tørsten hennes ble stadig større. Hun følte på pannen igjen og lente seg mot ringeklokken.

Hun satte seg opp og fikk øye på Vincente. Han sov dypt, slengt utover to stoler like under vinduet. Føttene og beina lå på den ene stolen. Overkroppen lå på den andre. Problemet var at midten hans hang nedover, hang slapt. Han kom snart til å falle på gulvet. Den eneste måten å forhindre det på var å vekke ham.

Grace ropte navnet hans. Skremt flyttet kroppen hans stolene fra hverandre. Midten hans traff gulvet.

Han hoppet opp. «Hva? Hvor?»

Grace kunne ikke la være å le.

Han kikket i hennes retning et øyeblikk, og så strøk han klærne med hendene. Til slutt kammet han håret med fingrene. Han så på henne i et sekund eller to til, og så gned han seg i øynene og skjønte hvor han var. Han kjørte hendene gjennom håret en gang til, og så gikk han mot Grace og sa: «Oi, unnskyld. Jeg må ha sovnet.»

«Det er greit. Jeg håpet å kunne hindre deg i å falle, men beklager, jeg gjorde det bare verre.»

«Ingen skade skjedd,» sa Vincente. Han gjorde noen hopp, for å prøve å våkne.

«Det er veldig sent! Hvorfor hentet de meg ikke? Moren din skulle ta over. Bare familiegjester er tillatt etter klokka ti nå. Sykehusregler.»

«Jeg har ringt etter en sykepleier i ganske lang tid,» sa Grace, «men så langt har det ikke skjedd noe. Her, la meg prøve igjen.» Hun trykket på ringeklokken og holdt den inne.

Vincente kunne høre lyden gjalle gjennom korridoren. Merkelig. Han bestemte seg for å gå og se etter. Hvor i all verden var Helen? Vincente hadde spesifikt nevnt for Helen Greenway at han måtte være ute derfra klokka ti på slaget. Hun hadde lovet å vekke ham. Moren hans skulle hente ham, og han hadde en cricketkamp dagen etter. Han trengte en god natts søvn. Hun tok ham for gitt. Behandlet ham som familie. Hva i...?

Vincente ble mer og mer irritert mens han vandret rundt. Først virket alt normalt, men fraværet av sykehuspersonalet gjorde ham bekymret. Han stakk hånden i lommen og tok frem mobiltelefonen. Han slo den på og ventet på at 4G skulle koble seg til, men signalet var svakt, bare én strek. Han sjekket om han hadde tekstmeldinger og e-poster, men det var ingen. Han kikket på klokken i enden av korridoren. Den viste 02:30. Hva i all verden?

Nysgjerrig åpnet han et av sykehusrommene, klar til å be om unnskyldning for å forstyrre, men det var tomt. Han fortsatte å åpne dør etter dør, og resultatet var det samme hver gang: tomt.

Han gikk inn i heisen. Han kjørte ned en etasje: samme som ovenfor. Hvor hadde alle blitt av? Dette begynte å bli merkelig. Han tok heisen ned til første etasje. Der var det samme. Selv resepsjonistenes skrivebord var tomt. Det var ingen pasienter eller familiemedlemmer i venterommet eller på akuttavdelingen.

Han gikk ut og pustet dypt inn. Luften hadde en merkelig lukt, en blanding av bileksos og eukalyptus. Alt han kunne høre var en uopphørlig summing.

I det fjerne møtte blikket hans fullmånen, hvis lysstyrke opplyste nattehimmelen. Stjernene var ute i full styrke. Han dvelte ved disse tingene i noen øyeblikk, fordi de var det han forventet å se, dvs. normale.

Noen sekunder senere brakte summingen ham tilbake til virkeligheten, og øynene hans skannet parkeringsplassen. Han hostet mens han gikk mot den nærmeste bilen, som hadde eksos som strømmet ut av eksosrøret.

Døren på førersiden var vidåpen, så han lente seg inn, bare for å finne at den var tom. Han sjekket baksetet og fant at det også var tomt. Han slo av tenningen, men motoren startet umiddelbart igjen. Til slutt tok han ut nøkkelen, og det virket.

Han gikk til neste bil, som også var tom og med motoren fortsatt i gang. Han sto midt på parkeringsplassen. Alle bilene hadde motoren i gang, men det var ingen sjåfører eller passasjerer å se. Vincente skalv og løp tilbake inn for å finne Grace.

Grace satt fortsatt der han hadde forlatt henne. Han hadde aldri vært så glad for å se noen i hele sitt liv. Han bet seg i overleppen da han kom inn i rommet og lurte på om han skulle fortelle henne hva som foregikk. Men han visste jo ikke hva som foregikk. Han gikk gjennom fakta i hodet:

Fakta: Sykehuset var øde.

Fakta: Parkeringsplassen var øde.

Det var de kalde, harde fakta.

Vincente lurte på hvordan han skulle formidle situasjonen. Skulle han pynte på det for henne? Eller skulle han fortelle Grace alt? Han kunne ikke la være å lure på hvordan hun hadde det psykisk akkurat nå. Hun hadde virket så nær kanten for bare kort tid siden. Han ville ikke være den som dyttet henne over kanten. Han hadde allerede gjort nok skade på henne.

Vincente la merke til at Grace svettet mye. Hun virket allerede bekymret og engstelig, og han hadde ikke engang fortalt henne noe ... ennå. Han spurte om hun ville ha et glass kaldt vann, og hun sa ja.

Han fylte den lille kannen med vann og helte opp et glass. Grace, som trodde det var til henne, strakte ut hånden for å ta det. Men Vincente virket å være i sin egen verden, og i stedet for å gi det til henne, tømte han glasset selv. Han gjentok deretter hele prosessen og tømte også det andre glasset helt.

Da han kom tilbake til virkeligheten, begynte Grace å bli mer og mer redd. Noe var definitivt galt. Vincente hadde sett noe, og han var redd for å fortelle henne om det. Det var så ille.

Vincentes øyne møtte Graces. Han helte opp et glass vann og satte det i hennes ventende hånd. Hun drakk og så Vincentes ansiktsuttrykk forandre seg fra ett øyeblikk til det neste.

Grace orket ikke mer. Hun ville at Vincente skulle komme seg ut av det. «Jeg, øh, må virkelig på toalettet.» Hun trykket på ringeklokken igjen. Hun håpet at en av sykepleierne ville komme inn i rommet om et øyeblikk.

Vincente hadde ikke mye tid igjen. Han observerte Grace. Hun ventet på at en sykepleier skulle komme og hjelpe henne, selv om det ikke var noen sykepleiere i nærheten. Hva i all verden skulle han gjøre? Hun var i en alvorlig helsesituasjon og trengte medisiner. Han var ikke lege og hadde ingen anelse om hvordan han skulle ta seg av henne.

Da fikk han en idé: han skulle ta henne med til et annet sykehus.

Ja, det var det han skulle gjøre.

«Beklager det i går. Jeg mener det med å se døde mennesker,» sa Grace.

«Det er greit.»

Han måtte fortelle henne det. Jo før, jo bedre.

✳✳✳

«Den sykepleieren burde få sparken!» utbrøt Grace. «Hun trengte virkelig å gå på toalettet!
«Når fikk du medisinen din sist?» spurte Vincente.
«Jeg vet ikke. Jeg sover så mye at det er vanskelig å vite om det er dag eller natt noen ganger.»
«Det er natt nå. Langt over besøkstiden.»
«Så de lot deg bli lenge igjen?»
«Jeg tror ikke det. Moren din skulle vekke meg. Hun skulle overnatte hos deg. Med tanke på...»
«Med tanke på hva? Tror hun at jeg holder på å miste forstanden?»
«Eh, på en måte. Jeg mener, hun vil bare holde øye med deg.»
«Vel, da bør hun sørge for at jeg får medisinen min,» sa Grace.
«For å hindre at blodet koagulerer, trenger du medisinen din.»
«Jeg vet det,» sa Grace irritert, «De skriver alltid ting ned på kartet ved enden av sengen. Ta en titt. Der står alt du trenger å vite.»
«God idé,» sa Vincente og løftet opp skriveplaten. Den var full av forkortelser som lignet på en hemmelig kode. Han klarte å forstå hovedtrekkene.

Grace hadde ikke sett noen – verken sykepleier eller lege – på over tjuefire timer.

Hun måtte virkelig på toalettet. Drypp-drypp-drypp-lyden fra maskinen ved siden av henne hjalp ikke. Hun prøvde å ikke tenke på det. Hun prøvde å ikke tenke på vampyrversjonen av Vincente Marino. Og hun prøvde å ikke tenke på å se døde mennesker, men det var vanskelig å ikke tenke på noe av det. Spesielt når blæren hennes var full.

Vincente bestemte seg for at det var nå eller aldri. Han måtte fortelle henne det. Han måtte fortelle henne sannheten. Han måtte få dem ut av dette sykehuset, få dem et annet sted. Til et sted hvor Grace kunne få den omsorgen hun trengte.

Han gikk til vinduet og trakk gardinene til side. Han bestemte seg for at han ikke kunne utsette det lenger. Han måtte fortelle henne det... nå.

***

«Grace, du og jeg er alene her på sykehuset,» sa Vincente plutselig. Brutalt, tenkte han. Helt brutalt.

«Hva?»

«De er alle... borte.»

«Det er umulig! Sykepleier! Sykepleier!» ropte hun, mens hun trykket på nødknappen igjen.

«Jeg sjekket for noen minutter siden, og dette sykehuset er øde. Helt øde.»

«Prøver du å skremme meg?»

«Ja. Jeg mener, nei, men jeg tror vi bør komme oss ut herfra.»

«Men utenfor... Jeg mener, utenfor sykehuset, så du noen mennesker?» spurte Grace.

«Nei. Jeg kunne ikke finne noen her inne eller utenfor bygningen. Vi må dra. Komme oss vekk herfra. Dra til byen. Jeg så biler der ute, med motorene i gang, men det var ingen mennesker bak rattet. Ingen passasjerer. Mange tomme biler.»

«Men jeg kan ikke forlate sykehuset. Hva med tilstanden min?» utbrøt Grace. Hun så på Vincente, og et øyeblikk lurte hun på om hun drømte igjen. Hun lukket øynene og åpnet dem igjen. Nei, hun var helt våken. Kanskje det var Vincente som sov, og hun var i drømmen hans? Eller verre: kanskje det hun hadde var smittsomt? Kanskje de var i ferd med å miste forstanden?

«Hvis vi drar nå, kan vi finne familiene våre. De vil vite hva vi skal gjøre.»

«Men jeg er koblet til disse,» sa hun og pekte på maskinene og ledningene.

«Ikke noe problem, jeg skal koble deg fra,» sa Vincente.

«Vet du hva du skal gjøre?»

«Det virker åpenbart, men du må stole på meg.»

BOK 9

Grace vurderte alternativene sine. Hvis Vincente hadde rett, og hvorfor skulle han lyve? Da hadde alle i og rundt sykehuset forsvunnet i løse luften. Selv etter å ha erkjent dette, tvilte Grace fortsatt på sin egen fornuft. Først trodde hun at Vincente kunne være en vampyr. Så trodde hun at broren og faren hennes hadde besøkt henne, selv om de var døde. Og nå var det dette.

«Selvfølgelig stoler jeg på deg, Vincente. Men jeg er redd. Jeg forstår ikke hva som skjer med meg.»

«Dette skjer ikke bare med deg. Det skjer med meg også. Du og jeg er sammen om dette. Det er ingen andre her enn deg og meg.»

«Men drømmer jeg? Er du sikker på at dette ikke er en drøm, Vincente? Si at det ikke er en drøm! Jeg tror jeg holder på å miste forstanden!»

Vincente trakk Grace tett inntil seg og holdt henne. Hans varme pust kilte øret hennes. Han hvisket: «Du holder ikke på å miste forstanden. Dette er virkelig. Du og jeg er sammen om dette... og vi må komme oss ut herfra.»

«Hva om blodproppen sprekker? Hva om?» begynte Grace.

«Da tar vi oss av det. Jeg tar deg med til et annet sykehus. Et annet sted.»

Grace nikket, mens Vincente koblet fra hjertemonitoren. «Jeg er redd,» innrømmet hun.

«Og jeg er redd for hva som vil skje hvis vi blir her,» sa Vincente. Han fjernet den siste borrelåsen, noe som førte til at maskinen plutselig viste en flat linje. Maskinen skrek og blinket til Vincente trakk støpselet ut av veggen.

Da ble det stille i rommet.

«Nå kommer det vanskelige,» sa Vincente. «Jeg må fjerne nålen fra hånden din, og det kommer til å gjøre vondt.»

«Snakk til meg. Distraher meg.»

«Ok. Fortalte jeg deg at jeg hadde en viktig kamp å spille? Jeg gledet meg sånn til å spille. Det føles som det er lenge siden min siste kamp.» Vincente nølte. «Alt er ferdig.»

«Det gjorde ikke vondt i det hele tatt. Takk,» sa Grace mens hun svingte beina over sengen. Det var nakne ben, som hadde vært gjemt under dynen helt til nå.

Vincente så bort da hun tråkket ned på det kalde linoleumgulvet. Kulden fikk en ufrivillig skjelving til å ta kontroll over hennes svekkede kropp. Vincente holdt henne oppe og støttet henne. Hun så på baderomsdøren. Hun gikk mot den. Han støttet henne til hun var trygt inne.

Grace tømte blæren. Hun spylte ned og gikk til vasken for å vaske hendene. Hun så på speilbildet sitt og gispet. Håret hennes var i uorden, og hudfargen var blek. Hun så veldig syk ut – noe hun også var. Grace pusset tennene og kammet håret. Hun åpnet døren og så Vincente ransake stedet.

Før hun rakk å si noe, spurte han: «Hvor er klærne dine?»

«Jeg har ingen anelse. Kanskje mamma tok dem med hjem for å vaske dem?» Hun gikk tilbake til sengen. «Jeg tenkte at vi kanskje bare burde bli her og vente på at de kommer tilbake? De kommer sikkert tilbake. Eller kanskje jeg bare våkner, eller du våkner, og så blir alt normalt igjen?»

«Nei, Grace. Vi må komme oss ut herfra ... nå. Du drømmer ikke, og du er ikke i ferd med å miste forstanden – med mindre jeg også er i ferd med å miste min! Ikke tenk på klærne. Sykehusskjorten din holder fint til vi finner noe annet til deg.»

Hun skalv igjen. Vincente la et teppe rundt skuldrene hennes.

«Kom igjen, Grace. La oss slutte å snakke om det som var, og tenke på oss her og nå. Vi må komme oss vekk herfra.»

«Kanskje du bare burde forlate meg. Jeg vil bare sinke deg.»

«Jeg forlater deg ikke, Grace. Vi må holde sammen. Vi er i dette sammen nå. Kom igjen.»

«Men Vincente, kanskje hvis jeg bare legger meg her på sengen og sover en stund, kan du finne hjelp på egen hånd. Jeg føler meg veldig trøtt.» Hun gikk mot sengen og begynte å klatre opp på den.

Vincente strakte seg ut og trakk henne mot seg. Han la hendene på skuldrene hennes. «Grace, stoler du ikke på meg?»

«Jo, men...» Grace sto der og skalv, mens hun så inn i Vincentes mørke øyne. Hun var redd. Hun var redd for å være våken. Hun var redd for å sove. Hun ønsket distraksjon, og hun ønsket å vite mer om ham, mer om livet hans. Hun ønsket å holde seg tilbake, for å være sikker på at han var den ekte Vincente Marino. Hun hadde begynt å stille spørsmål ved alt.

«Hvor bodde du før du flyttet hit?»

«Familien min flyttet mye rundt,» sa Vincente. «Vi har vært her i Sydney i nesten fem år nå, og fem år er lang tid for familien min å bo på ett sted.»

Grace husket overraskende nok den aller første gangen Vincente kom til skolen. Det var en minnegave. Hun lot det strømme inn i bevisstheten sin, og hun gjenopplevde scenen. Hun så den gjentatte ganger i tankene sine.

«Går det bra, Grace?»

Hun var så opptatt av å huske. Hun glemte at den virkelige Vincente sto rett foran henne. Grace var usikker på om hun skulle fortelle ham om drømmen. Hun ville at den skulle være for seg selv, og bare for seg selv. Men til slutt bestemte hun seg for at det ikke var noe å frykte.

«Jeg husket den første dagen du kom til skolen vår. Det var som om et lysstråle gikk rett gjennom hjertet mitt og gjennomboret sjelen min. Jeg fikk ikke puste.»

Vincente visste ikke hva han skulle si til denne tilståelsen, så han sa ingenting.

Grace var sikker på at han ikke husket å ha sett henne på sin første dag på skolen. Hvorfor skulle han det?

«Jeg husker deg,» sa han.

«Du sier det bare for å få meg til å bli med deg,» sa Grace.

«Hvorfor skulle jeg lyve? Det var på gresset foran skolen. Du satt der og leste en bok. Du satt under et tre, helt alene.»

«Ja. Jeg leste Wuthering Heights.»

«Og jeg gikk forbi og lot som om jeg snublet. Jeg mistet en penn i nærheten av deg.»

«Jeg plukket den opp og ga den tilbake til deg.»

«Ja, men Grace, du så på meg som om jeg var et vesen fra en annen planet.»

«Ja, hele den oppvåkningen av hjertet og sjelen min. Jeg var målløs.»

«Men du kjente meg jo ikke engang.»

«Jeg kjente deg, Vincente. Jeg har alltid kjent deg.»

«Grace, tenk på det du nettopp sa til meg. Du har spesifikke minner lagret i hjernen din, om meg. Jeg tror det er et utrolig positivt tegn. Et tegn på at du blir bedre.»

Hun tenkte på det og smilte fra øre til øre. «Ok,» sa hun, «nå stikker vi herfra.»

«Jeg forlater deg ikke, Grace. Vi må holde sammen. Vi er sammen om dette. Kom igjen.»

Telefonen ved siden av Graces seng begynte å ringe. Grace strakte seg etter røret. Vincente hindret henne i å svare, fordi en annen telefon i rommet også begynte å ringe. Så ringte en til i rommet ved siden av. Så ringte enda en, og enda en. Telefonene ringte i korridorene. Lyden var øredøvende.

«Kom igjen!» ropte Vincente da de gikk ut i gangen. Ringingen gjallet og ble høyere og høyere.

De holdt seg for ørene og kom fram til heisen. Dørene åpnet seg og lukket seg, så åpnet seg og lukket seg. Det var for risikabelt å gå inn. De gikk mot trappeoppgangen.

Ringingen ble svakere mens de gikk ned trappene. Da de kom til første etasje og åpnet døren, var lyden høyere enn noensinne.

«Kom igjen!» ropte Vincente mens de gikk ut døren. De fant en bil. Han festet Grace i passasjersetet.

Han trykket gasspedalen i bunn, og de kjørte av sted inn i den stille, mørke natten.

Vincente sang en sang om å kjøre til et ukjent reisemål. De kjørte gjennom Sydney Inner West. Han la merke til at Grace var stille og hadde sovnet. Han tenkte at det nok var bra, siden han trengte tid til å tenke. Til å legge en plan.

Bilene sto på rekke og rad overalt og blokkerte hovedveien. Han måtte snike seg inn og ut mellom dem. Noen ganger måtte han kjøre opp på fortauet for å komme seg gjennom.

Underveis så han mange forlatte og kjørende biler. Det var også lastebiler, drosjer, politibiler og ambulanser. Alle sto og tomgangskjørte i gaten – til og med fly og helikoptre. Luften var tykk av eksos. Det var som noe fra en Stephen King-roman, en absolutt apokalypse.

Først stoppet Vincente ved fotgjengerfelt og holdt øye med barn, voksne og til og med hunder som krysset veien. Da han ikke så noe, ga han opp.

Det virket som om ingen var igjen. Likevel håpet Vincente å finne familien og vennen sin som ventet i forstedene. Han prøvde å ringe moren sin på mobilen, men fikk ikke svar. Han la igjen en beskjed. Han gjorde det samme hos besteforeldrene sine.

Grace våknet og spurte: «Hvor er vi?»

«Vi kjører bare rundt i Sydney nå. For å sjekke ut situasjonen. Mens du sov, dro jeg til Royal Hospital og sjekket det ut.»

«Du burde ha vekket meg.»

«Nei, det var ikke nødvendig. Jeg kunne høre telefonene ringe der også. Jeg visste at sykehuset var tomt uten å gå inn.» Vincente kjørte inn i et kryss. Grace grep tak i armen hans og ba ham stoppe.

Han bremset hardt. De ventet, for det var et fotgjengerfelt, men det var ingen som skulle krysse veien.

Grace nevnte klesvask som flagret i vinden, klesvask som hadde hengt ute i hvem vet hvor lenge. Hun la merke til at det ikke var noen fugler å se på himmelen. Ingen hunder som bjeffet. Hun så at butikkene fortsatt var åpne, men det var ingen ansatte som jobbet, og ingen kunder som kjøpte noe.

Det var også utbrente biler.

«Byen er helt øde», sa Vincente.

«Det er håpløst», mumlet Grace.

«Gi aldri opp håpet.»

***

«Alt kommer til å gå bra,» forsikret Vincente mens han strakte seg over og tok Grace i hånden. Hun kjente et støt da hans hud kom i kontakt med hennes.

«Hva skal vi gjøre?» spurte Grace.

«Vel, vi skal fortsette med plan A,» sa Vincente.

«Har vi en plan A?»

«Mens du sov, Grace, utarbeidet jeg plan A. Den innebærer å sjekke det andre sykehuset og kjente forsteder. Jeg tenkte at hvis noen trengte vår hjelp, ville vi mest sannsynlig finne dem.»

«Det var en god plan.»

«Så langt har vi ikke sett noen, verken døde eller levende.»

«Hvor har fuglene blitt av?» spurte Grace.

«Sannsynligvis ute mot vannet. De vil nok komme seg vekk fra de støyende bilene som forurenser luften,» sa Vincente.

Han la merke til at tanken var nesten tom. Han fylte den opp på en bensinstasjon. Så kjøpte han noen ting i en dagligvarebutikk. Vincente kastet en sjokoladebar til Grace, og åpnet en Mars-bar. «Jeg la pengene på disken.»

«La du igjen penger?» Grace var virkelig overrasket.

«Ja. Jeg kan ikke bare ta bensin uten å betale. Det ville være slutten på sivilisasjonen slik vi kjenner den, hvis vi bare tok det vi ville! Dessuten har eieren av den bensinstasjonen kjent familien min siden vi flyttet hit. Han har hjulpet mamma noen ganger når hun hadde problemer med bilen og pappa var utenbys.»

«Jeg liker logikken din.»

«Ja, vi vil vel ikke ha anarki nå, eller hva?» lo han.

Grace var nå mer imponert over Vincente enn hun hadde vært før. Hun beundret hans handlekraftige holdning. Hans ærlighet. Uansett årsak hadde skjebnen ført dem sammen. Hun og Vincente var på et eventyr. Det var spennende, skummelt og rart på samme tid.

Vincente svingte raskt inn til et hus som lignet på et pepperkakehus. «Her er vi,» sa han.

BOK 10

«Dette er huset til besteforeldrene mine. Jeg bor alltid her i skoleferien og når foreldrene mine er på forretningsreise. Siden familien min flyttet mye, har dette alltid vært mitt andre hjem.»

Mens hun inhalerte duften av eukalyptus i luften, sa Grace: «Det er veldig tidlig på morgenen. Tror du de vil ha noe imot det?»

«Jeg prøvde å ringe i går kveld, men ingen svarte. Jeg la igjen en beskjed. Hvis de sover, vil de ikke ha noe imot det. Vi kan bare gå inn, for jeg har min egen nøkkel. Dessuten er dette en slags nødsituasjon.»

Vincente åpnet døren.

Grace så fortsatt på hagen og fokuserte på et stort tre midt i hagen. Treet lente seg og hadde de fleste røttene blottlagt. Hun skalv og foldet armene rundt seg selv.

Vincente, som allerede var inne, ropte: «Kom inn!»

Nå som hun var inne, prøvde Grace å føle seg hjemme. Plutselig kom det en vindpust inn gjennom den åpne døren og tok tak i baksiden av sykehusskjorten hennes. Hun frøs helt inn til beinet og skjelvet igjen.

Vincente strakte seg over sofaen og tok frem et håndheklet, flerfarget teppe som bestemoren hans hadde laget. Han la det rundt skuldrene hennes.

Grace krøp inn under det og pustet inn den deilige duften.

«Vent her», sa Vincente. «Jeg går opp og ser til dem.»

«Ok», sa Grace og så Vincente gå opp trappen og rundt hjørnet av gangen.

Da han var ute av syne, gikk Grace til vinduet og kikket gjennom gardinene. Trærøttene så ut til å bevege seg. Grenene begynte å svinge. Hun skalv igjen og lukket gardinene.

Hun så seg rundt uten å være for nysgjerrig. Hjemmet var et helligdom for Vincente. Det var bilder av ham overalt. Vincente som baby. Vincente som liten gutt. Vincente i sportsuniformer. Vincente med foreldrene sine. Vincente med trofeene sine. Bildene fortsatte i det uendelige. Hun la merke til en spesiell type bilder som hun ikke så blant de andre, nemlig Vincente og en kjæreste. Det var et godt tegn.

Vincente kom tilbake ned. Hun kunne se på uttrykket hans og hastverket at besteforeldrene hans ikke var i huset.

«De er ikke her, og det er ingen tegn til at de var her i går kveld. Sengen er ikke sovet i, og det er ingenting i vaskeromskurven. Bestemor var alltid nøye med å legge skittentøy i kurven før vi gikk til sengs.»

Han satte seg ned, kjørte fingrene gjennom håret og la hendene på hodet med fingrene flettet sammen. Å sitte i denne stillingen hjalp ham å konsentrere seg. Han gjorde dette ofte når han trengte å stenge ute publikum under en av kampene sine.

Grace sto i nærheten, stille som en mus.

Vincente kom til seg selv og sa: «Ah!», før han hoppet opp og beveget seg raskt gjennom huset.

Grace fulgte ham langs gangen forbi kjøkkenet og badet inn i et lite rom i enden av gangen. Det var et kontor.

Han sjekket om datamaskinen var på og i gang. Det var den ikke – støpselet var trukket ut av veggen. «Bestefar må ha spart på strømmen igjen», sa han. «Det tar noen minutter å starte den på nytt, så vi kan like gjerne ta en matbit og litt kaffe i mellomtiden. Kom igjen.»

Grace og Vincente gikk inn på kjøkkenet, som hadde avokadogrønne hvitevarer. Kjøkkenhåndklærne hadde påtrykk av frukt og grønnsaker. Midt på bordet sto salt- og pepperbøsser i form av kaniner og smilte skøyeraktig til dem.

«Bestemor har alltid godt med mat i kjøleskapet», sa Vincente mens han åpnet døren. Han kastet et kyllingbein til Grace og begynte å tygge på det andre selv mens han satte kjelen på kokeplaten. Deretter hentet han kaffe og sukker, melkepulver og to kopper. Da vannet var kokt, skjenket han opp til dem, og så gikk de tilbake ned gangen mot datarommet.

Da de kom inn, satte Vincente seg ned og begynte å klikke på tastaturet. Da Facebook dukket opp, gikk han inn på profilen sin for å oppdatere den, og sjekket deretter om noen av vennene hans var online. Ingen var det.

Han klikket noen ganger og sjekket nyhetsfeeden. Ingen av vennene hans hadde lagt ut innlegg eller oppdateringer på over tjuefire timer.

«Jeg kan ikke tro at noen har vært her. Ikke engang Liz, kusinen min i USA, som oppdaterer profilen sin minst fem ganger om dagen. Jeg er redd for at dette kanskje ikke bare skjer med oss her i Sydney. Det kan være overalt.»

Grace dekket munnen og prøvde å holde inne et gisp, men det slapp ut og fylte det stille rommet. «Kanskje de er sammen et sted? Under jorden eller et trygt sted, et sted uten datamaskiner, og venter.»

«Hele verden, under jorden og ventende? Det ville virkelig være noe,» sa Vincente mens han logget seg ut av Facebook. «Jeg sjekker e-posten min,» forklarte han.

«Du har fått e-post!» hilste nettleseren. Det var en kort melding fra bestemoren hans som spurte om cricketkampen hans.

«Så, hva skal vi gjøre nå? Hvor ellers skal vi sjekke?» spurte Grace.

«Jeg vet ikke», sa Vincente, og igjen la han hendene på hodet og la hodet mellom knærne.

Grace strakte seg frem og la hånden på skulderen hans. Han tok hånden hennes i sin og takket henne takknemlig for trøsten. «Jeg vet det er tidlig på morgenen og alt det der», sa hun, «men jeg er utmattet. Kanskje vi burde ta en lur, hvile oss litt her. Når vi våkner, kan ting ha endret seg, eller kanskje vi drømmer om en god idé om hva vi skal gjøre videre.»

«Ja, jeg er også utmattet, og du har rett, kanskje det har kommet en e-post, eller kanskje noen har gått på Facebook i mellomtiden. Hvem vet? Vi har ingenting å tape.

«La meg prøve én ting til,» sa Vincente mens han tok frem mobilen. Han sendte en gruppemelding til alle i adresseboken sin. «Sånn,» sa han. «Hvis noen har telefonen sin, vil de svare. Nå kan vi hvile oss litt. De vil ikke svare hvis vi bare sitter her og stirrer på datamaskinen og telefonen.» Han plugget inn mobilen for å lade den og gikk mot trappen.

« «Hvor skal jeg sove?» spurte Grace.

«Kom opp, så skal jeg vise deg rundt.»

Vincente og Grace gikk opp trappen og kom inn i et soverom med en himmelseng. «Dette er rommet til besteforeldrene mine, og du kan sove her. Jeg har mitt eget rom nede i gangen. Et par dører lenger ned.»

For å være ærlig følte Grace seg litt redd og ville ikke være alene på rommet. Men hva kunne hun gjøre? Be Vincente om å sove på stolen ved siden av sengen eller dele samme seng med henne? Hun nikket og la seg takknemlig ned på den myke sengen foran seg og sovnet umiddelbart.

Vincente skjønte hvor trøtt Grace var, men han var ikke trøtt nok til å sovne selv. For å bøte på dette vandret han rundt i huset og spiste noen Vegemite-smørbrød. Han gikk tilbake til datamaskinen, i håp om at ting hadde endret seg. Det hadde de ikke.

Han klikket på fjernsynet, i håp om å bli litt distrahert. Alle kanalene var ute av drift og fylt med snøhvit støy. Det samme skjedde da han prøvde radioen: bare støy. Han begynte å tro at verden hadde gått under, for alle – alle unntatt ham selv og Grace Greenway.

Hvor rart at dette skjedde, for to mennesker som knapt kjente hverandre. Å bli satt i en så merkelig situasjon. Hun var en søt jente, og han likte henne, men hun var ikke hans type. Han lurte på om han, vel vitende om hva hun følte for ham, ville skade henne mer ved å gi henne falske forhåpninger. Han hadde visst at Grace hadde vært forelsket i ham en stund.

Selv om de var på samme alder, var de milevis fra hverandre når det gjaldt sosiale kretser og erfaringer.

Vincente tenkte på matematikktimen deres. Grace var alltid foran alle andre, inkludert læreren. Hun var skjebnebestemt til å bli matematiker – det var det ingen tvil om. Han var skjebnebestemt til å bli profesjonell idrettsutøver – det var det heller ingen tvil om. Hva ville de to gjøre, eller være, hvis de var de eneste som var igjen på planeten? Hva ville fremtiden bringe for dem?

Han ristet på hodet og fordømte seg selv for slike negative tanker. Han gikk opp trappen og kikket inn til Grace. Hun sov dypt. Han gikk til sitt eget rom.

Han gikk til kommoden for å finne klærne sine, men pyjamasen hans var ikke der. Merkelig. Han hadde sovet i klærne hele natten, og han var klar til å ta på seg noe annet. Han sjekket den andre skuffen og fant et par svarte underbukser og et par sokker. Han tok på seg begge deler og la seg i sengen. Snart sov han dypt.

✳✳✳

«Vincente! Vincente!» ropte Grace, og et øyeblikk senere var han tilbake ved hennes side.

«Går det bra?» spurte han.

«Jeg glemte hvor jeg var,» sa Grace. Hun gikk bort fra sengen og kastet armene rundt ham. Snart var de i en uventet, kraftig omfavnelse. Da hun innså det, trakk hun seg tilbake og ba om unnskyldning.

«Du trenger ikke å be om unnskyldning,» sa han. Han så ned og innså at han var praktisk talt naken.

Da la hun også merke til det. Hun rødmet dypt. «Jeg skal kle på meg nå, hvis det er greit for deg?»

Da Vincente begynte å gå bort, begynte lysene over dem å riste. Lysarmaturene som var festet til taket begynte å skjelve og blinke av og på. Rommet til besteforeldrene hans lignet et lurvete motellrom med stroboskoplys.

Tingene på kommoden begynte å skjelve og riste i en rytmisk dans – så begynte gulvet også å riste.

«Jeg tror det er jordskjelv!» ropte Vincente. «Kom igjen! Det er ikke trygt her oppe.»

De to gikk ut på trappen, og plutselig begynte den å leve. Den beveget seg fra side til side i en rytmisk to-trinns bevegelse. Grace prøvde å holde seg fast i rekkverket, men hun hadde vanskeligheter med å komme seg fremover. Vincente grep tak i hånden hennes, og hun beveget seg ned trappen.

Så snart de kom til første etasje, stoppet rystelsene. Trappen var nå ute av justering, og dens undergang var nært forestående.

«Det kommer garantert et etterskjelv,» sa Vincente. «La oss holde oss nær inngangsdøren, for sikkerhets skyld.»

En ny skjelv rammet. Men denne gangen var det mer kritisk. Trappen ble til en rulletrapp. Trinnene styrtet ned til første etasje i en massiv haug.

Vaser og bilder fløy rundt i rommet. Stolene begynte å gynge. Et speil knuste med et øredøvende smell. Grace skrek.

De løp mot inngangsdøren.

Før Vincente rakk å åpne inngangsdøren, åpnet den seg av seg selv under påvirkning av en kraftig vindkast.

Tenåringene holdt seg fast i hverandre mens de gikk ut på verandaen.

Rett foran dem vridde og snudde det gigantiske treet som Grace hadde lagt merke til tidligere. Grenene strakte seg ut som gamle, artrittiske fingre. Det hadde en uhyggelig holdning mens det strakte seg i alle retninger. Røttene beveget seg som slanger.

Foran dem suste livløse gjenstander som ikke var ment å fly forbi. Paraplyer, søppelkasser, griller og tørketromler pisket rundt. De krasjet inn i alt. En flygende spade traff siden av treet, og et nesten menneskelignende stønn fylte luften.

«Det er bare vinden», beroliget Vincente mens han trakk Grace tilbake innendørs. «Vi kan ikke gå ut dit – det er for farlig. Det er som en haglstorm av Home Depot-gjenstander!»

Med vinden som presset på baksiden av døren, måtte de bruke hele sin samlede vekt for å få døren lukket. De sto med ryggen fast mot den. Den beveget seg og presset mot ryggen deres. Vincente og Grace holdt stand.

«Så, hva gjør vi nå?» spurte Grace. Hun skalv. Knærne hennes kunne ikke lenger holde henne oppe. Likevel holdt hun stand side om side med Vincente.

«Vel, jeg har lest om jordskjelv, og de blir vanligvis verre før de blir bedre. Det er vanligvis noen forvarselsskjelv, og så kommer det et stort. Jeg antar vi må bestemme oss for om det var det store, eller om vi bør komme oss vekk herfra mens vi kan.»

«Jeg tror det kommer til å bli verre.»

«Da følger vi magefølelsen vår, for min sier meg akkurat det samme. Først må vi hente telefonkatalogen, så vi kan sjekke hjemmeadressen og telefonnummeret ditt. Du kan ringe moren din når vi har den informasjonen. Ok, nå stikker vi herfra!» ropte Vincente, da det kom et nytt skjelv.

Denne hadde en fenomenal kraft. Den ble etterfulgt av et brak, et knakk og en knusing. Så falt det store treet ned på huset og presset seg rett gjennom taket. De to sto og så opp på treet, som nå var fast plantet i stuen. Det virket ironisk at døren de beskyttet fortsatt var intakt, mens taket nå var himmelen.

«Kom igjen!» ropte Vincente mens de løp ut gjennom døren.

Gjenstander fløy rundt dem mens de løp mot sikkerheten i bilen. Da Vincente åpnet døren, la Grace merke til at ringen på fingeren hans glitret og glødet som et tredje øye. Den så ut til å trekke til seg lyset fra himmelen.

Merkelige tanker fløy rundt i hodet på Grace, mens gjenstander ble spredt og knust rundt henne. Hun så på Vincente og tenkte at hvis han var en vampyr, så var han udødelig. Han kunne gjøre henne til en vampyr også. Hvis det skjedde, ville ingen av dem være alene igjen. Hun visste at tanken var gal.

Da blinket noe rart, men tydelig, i hodet hennes. Et fjernt minne om å drepe vampyrer med trepinner. Hun så på Vincente mens en gren fløy mot dem. Den ville stikke Vincente i ryggen hvis hun ikke gjorde noe.

«Hopp inn!» ropte hun. «Pass på ryggen!»

Han hoppet inn akkurat i tide, da trebiten traff og bulket bilen.

«Takk! Det var nære på!» utbrøt Vincente.

Da de var inne, suste en virvlende dervish i form av en metallparaply forbi, rett foran øynene deres.

Et øredøvende smell. Så høyt at de måtte holde seg for ørene. Et nytt smell fulgte. Jorden begynte å åpne seg foran dem som en knust kokosnøtt. Sprekken i jorden beveget seg langs veien og kom farlig nær dem. Ting falt ned i den, som hele hus, trær og biler.

«Kjør!» skrek Grace da det ødeleggende smellet kom nærmere dem.

Vincente rygget og tråkket deretter gassen i bånn. Nakken deres fløy bakover som elastiske bånd da de kjørte av gårde i en sky av støv.

«Ikke se deg tilbake!» ropte Vincente.

Han kjørte som han aldri hadde kjørt før. Han unngikk forlatte biler og vrakrester som en profesjonell racerbilfører. Han fortsatte å kjøre; han holdt dem trygge og ute av jordskjelvets dødelige ødeleggelsesbane.

De kjørte og kjørte og kjørte, uten å se seg tilbake.

***

Det tok en god stund før de sluttet. Før pusten deres ble normal igjen.

«Vi kan dra tilbake når det er trygt,» sa Grace.

«Jeg er redd det ikke er noen vits,» sa Vincente og trakk pusten dypt. «Huset ligger sikkert i hullet. Det er borte. Alt er borte.»

«Jeg er så lei meg, Vincente.»

«Det er greit, jeg har noen gode minner fra det huset. De er her inne.» Han pekte på hjertet sitt. «Og her inne.» Han pekte på hodet sitt. «Ingen kan ta dem fra meg.»

Grace tenkte på sin nåværende situasjon. Hvordan minnene hennes var blitt tatt fra henne. En ensom tåre rant nedover kinnet hennes.

«Jeg er lei for det, Grace. Jeg mente ikke å ...»

«Jeg vet at du ikke mente det, men det er sant. Mine er blitt tatt fra meg.»

«Men du vil få dem tilbake. Jeg vet at du vil det.»

«Takk for at du sier det, men ingen vet med sikkerhet om jeg vil det eller ikke, spesielt uten noen leger i nærheten.»

«Jeg vet at minnene fortsatt er der et sted, inne i deg. De er ikke helt tapt. Du må bare finne en måte å få tilgang til dem på.»

Grace ga seg. Hun likte tanken på å få tilgang til minnene sine.

«Og når vi snakker om det,» sa Vincente. «Hvorfor blader du ikke gjennom telefonkatalogen og finner telefonnummeret og adressen til familien din? Så kan vi ringe moren din.»

Grace smilte og begynte å bla gjennom sidene med fingrene, og stoppet da hun fant Greenway. Vincente ga henne mobiltelefonen sin, og hun begynte å ringe. Da hun hørte en stemme i den andre enden – stemmen til moren sin – smilte hun. Hun begynte å snakke, men ble bedt om å legge igjen en beskjed etter pipetonen.

«Det er bare en maskin.»

«Det var det samme hos meg. Det er greit. Vi har adressen, så nå kan vi dra dit og sjekke.»

«Høres ut som vi har en plan C.»

BOK 11

«Å, nei!» utbrøt Grace. «Pass opp!»

Vincente vendte oppmerksomheten mot veien. Grace strakte seg over og grep tak i rattet. Bilen svingte brått til høyre. Vincente prøvde å beholde kontrollen over bilen, men med Graces hender klemt fast om hans, klarte han det ikke.

«Pass opp!» ropte hun igjen.

Vincente kjempet med Grace. Han fikk tilbake kontrollen over bilen. Da var det for sent å stoppe den – kursen var allerede satt. Dekkene begynte å skrens, og snart stoppet bilen helt da den kjørte inn i stammen på et tre.

«Er du gal?» brølte Vincente.

«Jeg ...» sa Grace.

«Hva i helvete tror du at du gjør?» Han ristet på hodet, som om han nettopp hadde kommet ut av dusjen. «Vi kom oss så vidt ut av den forrige situasjonen i live, og nå, for helvete, Grace! Hva i...?»

«Jeg...» sa Grace.

«Hvorfor gjorde du det?»

«Vil du at jeg skal svare deg nå?» sa Grace, veldig rolig.

«Ja, for faen, det vil jeg.» sa Vincente. «Du fikk oss nesten drept. D-E-R-E-P-T!»

«Jeg vet hvordan man staver drept, takk skal du ha. Vil du at jeg skal forklare meg eller ikke?»

«Ja,» sa Vincente, irritert. Han prøvde å roe seg ned ved å puste dypt.

«Først,» sa hun, «må jeg gå tilbake dit og se om jeg kan finne henne. Så skal jeg forklare.»

«Henne?»

«Den lille jenta,» forklarte hun.

Og snart løp hun. Sykehusskjorten hennes flagret i vinden, men hun brydde seg ikke om det. Alt hun brydde seg om var den lille jenta.

Vincente løp etter henne. Han var rett bak henne. Han trodde hun hadde gått fra vettet. En liten jente? Han hadde ikke sett noen. Grace måtte ha forestilt seg henne.

Grace stoppet. Hun snudde seg rundt og rundt i sirkler og lette etter den lille jenta i hver busk, i hvert mulig gjemmested. Grace var andpusten og klarte ikke å finne henne, så hun stoppet. Hun sto helt stille og lyttet intenst.

«Hun var et barn, kledd i en hvit nattkjole med blonder rundt kantene og en rød sløyfe på kragen. Hun hadde langt, mørkt hår som falt over skuldrene, og de største olivengrønne, mandelformede øynene.»

Vincente sto ved siden av henne og lyttet til beskrivelsen hennes. Han fulgte med og prøvde å forstå, men forsto ikke.

«Hun var akkurat her. Vi – du – traff henne nesten.»

«En liten jente?»

«Ja.»

«Grace, det var ingen liten jente her.»

«Hun var der! Jeg så henne! Hun sto midt i veien. Hun var vakker.»

«Grace, jeg så henne ikke. Hun var ikke ekte.»

«Hun var ekte, like ekte som du er for meg som står her nå.»

«Sier du at hun bare viste seg for deg?» spurte Vincente i håp om å få henne til å komme til seg selv.

«Jeg vet ikke. Jeg har ikke tenkt på det.»

Vincente ville ikke gjøre det, men han måtte få dem tilbake på sporet igjen. Han nølte. «Ekte – som faren din og broren din var?»

«Det er et lavt slag, og det vet du!» sa Grace, mens hun løp over veien, gjennom trærne. Vekk.

Vincente var enda mer sikker på at hun var i ferd med å miste forstanden.

Grace prøvde å redde en liten jente fra fare. Hun så den lille jenta helt tydelig, stående der. Hva skulle hun gjøre – la ham slå henne? Hun hadde så lyst til å slå ham, og hardt. I stedet fortsatte hun å løpe. Løpe hvor som helst. Hvor som helst bort.

※※※

Da han endelig fant henne, satt Grace på gresset i en eng og så på skyene som drev forbi over hodet hennes.

«Kan jeg sette meg her?» spurte han.

«Ja, gjerne.»

Han kjente på det myke gresset og luktet på det. De satt stille en stund.

«Fortell meg igjen hva du så på veien med den lille jenta.»

Hun forble taus.

«Jeg lover at jeg skal lytte til det du har å si.»

«Se på skyene der oppe, de fortsetter som om ingenting har skjedd. De er så vakre, høyt oppe i himmelen, og flyter vektløst.»

«Grace, fortell meg det.»

Hun trakk pusten dypt, så på Vincente og så opp mot himmelen igjen og sa: «Det var en liten jente. Hun så meg. Hun anerkjente meg. Hun gjorde et tegn som dette til meg.» Hun holdt opp hånden og gjorde tegnspråkets stopptegn.

«Når lærte du tegnspråk?» Vincente rynket pannen og innså at hun ikke ville huske når eller hvorfor hun hadde lært det. «Beklager, dumt spørsmål.»

Grace var stille og så på skyene, og ga dem sin fulle oppmerksomhet.

«Vent litt, du kan ikke huske telefonnummeret ditt, men du kan huske tegnspråk?»

«Jeg antar det.»

«Forstår du ikke hva dette betyr, Grace?»

Hun forble taus.

«Det betyr at jeg hadde rett. Du kan få tilgang til, tappe inn i minnene dine når du vil,» sa Vincente med begeistring i stemmen.

«Jeg antar jeg gjorde det med faren min og broren min.»

«Og nå, denne lille jenta. Hvem var hun? Hva betydde hun for deg?»

«Jeg vet ikke, men nå tenker jeg på hvordan jeg satte oss i fare. Vi kunne ha dødd da vi krasjet inn i det treet.»

«Ja.»

Grace sto opp og følte seg håpefull igjen. Hun lurte på om barnet gjemte seg, redd. Hun ropte: «Lille jente, hvor du enn er, kom frem og snakk med meg. Vi skal ikke gjøre deg noe. Du er trygg. Vi kan hjelpe deg.»

Bare lyden av raslende blader og vindens sus fylte luften. Grace la hendene på hoftene. Hun følte sterkt at den lille jenta ikke kunne ha forsvunnet i løse luften. Hun måtte være der et sted.

Vincente var fortsatt skeptisk. Han prøvde å ta på Grace, men hun slo ham bort som et insekt.

Hun fortsatte å rope på den lille jenta om å komme ut. Grace var fullstendig fokusert på oppgaven og ropte til stemmen hennes ble hes.

***

All Graces energi var nå brukt opp. Fortsatt ingen tegn til den lille jenta. Det var på tide å gi opp, så hun gikk tilbake til bilen. Vincente fulgte etter henne i stillhet. Kroppsspråket hennes sa alt som var å si: hun forsto sannheten nå. Den lille jenta hadde vært en illusjon. Spørsmålet var hvorfor?

Vincente sparket til bilens dekk og så opp på Grace. Hun var utmattet og flau. Hun klarte ikke engang å se ham i øynene. Likevel, på tross av det, syntes han hun var ekstremt attraktiv der hun sto. Hun så så håpløs ut, og så alene. Som om hun trengte å bli reddet.

Han gikk mot henne og tok en hårlokk mellom fingrene. Han viklet den rundt og rundt, og trakk Grace nærmere og nærmere seg. Så kysset han henne. Forsiktig, mykt. Et lite kyss, nok til å gi henne lyst på mer. Hun svarte først, og så trakk han seg unna. «Jeg er lei for det.»

«Jeg er ikke det,» sa Grace og smilte både innvendig og utvendig. «Men neste gang jeg ber deg stoppe bilen, så bare stopp, ok?»

«Det skal jeg, jeg lover.»

«Selv om du ikke ser noen?»

«Selv om jeg ikke ser noen.»

«Ok.»

«Ok.»

«Jeg tror kanskje vi bør bli her litt lenger, i tilfelle hun kommer tilbake.»

«Grace, hun kommer ikke tilbake. Vær så snill, bare sett deg i bilen.»

Motoren startet med en gang. De kjørte av gårde. Grace prøvde å ikke se seg tilbake, men impulsen var overveldende.

BOK 12

Mens bilen fortsatte å kjøre i høy fart, fokuserte Grace på nåtiden. Hun rullet ned vinduet og strakte armen ut. Hun lot brisen kile hårene på underarmen, noe som ga henne gåsehud. Hun følte seg levende. Som om hun og Vincente nå hadde en sjanse til å bli det hun drømte om at de kunne bli. Likevel var hun redd for å tenke for mye på det, å fokusere for mye på det, fordi hun ikke ville ødelegge det.

Grace lo da vinden strømmet gjennom fingrene hennes. Et øyeblikk tenkte hun tilbake på det øyeblikket. Øyeblikket da de kysset hverandre: deres første kyss. Det hadde vært fint, ømt, varmt, klissete, og hun kunne føle hans begjær etter henne presse seg mot henne.

Det var rart å kjøre langs en bølge av stillestående biler. Ingen tutet. Ingen sirener som ulte. Ingen som ropte. Hun savnet ikke de lydene. Lydene, som hun bare hadde et vagt minne om, var generelt irriterende. Men hun savnet fuglenes sang. Hun savnet deres aktivitet, sangene, flaksingen fra tre til tre. Hun savnet summingen fra biene. Hun lurte på hvordan naturen ville sørge for pollinering nå. Naturen var tilpasningsdyktig til mange endringer. Moder Natur ville finne en måte å overleve på.

Grace så bort på Vincente. Han konsentrerte seg om å kjøre.

Han virket dypt i tanker.

Vincente var bekymret og sint på seg selv. Først sa han til seg selv at han ikke skulle gi henne falske forhåpninger. Han visste at hun ikke var hans type. Ikke hans type i det hele tatt. Hun var Grace Greenway: et intelligent matematisk fenomen. Hun tenkte i tall.

Hun drømte sikkert i tall.

Han prøvde å ikke tenke på kysset, deres første kyss. Han bestemte seg for at deres første kyss var deres siste. Selv om det hadde vært uventet fint. Søtt. Uskyldig. Hun hadde ikke forventet det, og så var det... Ugh, han ville ikke tenke på hvordan han følte seg da hun kysset ham. Hvordan han hadde blitt så opphisset så fort, av bare ett enkelt kyss. Det var sannsynligvis fordi han var ute i verden og vandret rundt i undertøyet. Hans begjær etter henne var sannsynligvis bare en ukontrollerbar trang, en naturlig reaksjon. Ikke noe han ønsket skulle skje.

Han stoppet opp et øyeblikk, kjente blikket hennes på seg og justerte grepet om rattet. Han prøvde å tenke på andre ting for å distrahere seg fra å tenke på henne. Han tenkte på filmer. Videospill. Mat.

I mellomtiden tenkte Grace på verden. Den store verden der ute, som var deres, hennes og Vincentes alene å dele. Hun tenkte på fortiden sin, hvordan hun følte seg ufullstendig uten alle minnene sine til disposisjon. Hun tenkte også på at det var en god ting, i stedet for noe negativt. Det var en måte hun kunne gjenskape seg selv på. Samtidig visste hun at hun aldri ville bli hel uten at den største delen av seg selv ble gjenopprettet. Den delen som var hennes matematiske natur: den matematiske tilstanden til Grace.

Hun prøvde å huske alt hun en gang visste om Pythagoras. Hun pleide å vite alt om hans liv og hans matematiske teorier. Nå var fakta og tallene blandet sammen i hodet hennes. Hun prøvde å huske Fibonacci-tallene, men de var heller ikke lenger klare i hodet hennes. Hun bestemte seg for å gå til biblioteket og lese om disse to, samt andre, blant annet Einstein og Galileo. Hun ville lære seg alt hun en gang visste, og ved å gjøre det håpet hun å åpne minnebanken sin og få tilgang til den.

«Jeg så denne filmen for lenge siden,» sa Vincente. «Den handlet om romvesener som kom til jorden og angrep i romskipene sine.»

Grace ble overrasket. Hun hadde blitt vant til den behagelige stillheten de delte. Hun oppmuntret ham til å fortelle henne mer om filmen. «Høres spennende ut.»

«Det var akkurat det. Men jeg har ikke fortalt deg det mest fascinerende ennå.»

«Vel, ikke hold meg i spenning.»

«I filmen var det bare to overlevende igjen, en mann og en kvinne.»

«Nei, det er ikke sant!»

«Og hvorfor drepte ikke romvesenene dem?» spurte Vincente. Grace trakk på skuldrene. «Fordi de ville observere dem. Studere dem.» Han stoppet og ventet, mens han så på Grace med et hjørne av øyet. «Og så satte de de to menneskene i et bur, som i en dyrehage. For å se dem formere seg.»

«Hva om de ikke ville formere seg?» sa Grace med skjelvende stemme.

«De tvang dem.»

«Hvordan kunne de tvinge dem til det?»

«De ville ikke dø, og de trengte mat for å overleve. Så de gjorde det de måtte gjøre, og romvesenene så på dem og observerte hva som fikk mennesker til å fungere.»

«Ekkelt.»

«Vel, hvis du tenker på det, har mennesker satt dyr i bur i århundrer. Sett på dem mens de formerer seg. Studert dem, til og med brukt dem til eksperimenter, for å fremme medisinen og sånt. Så ville de virkelig være verre?»

«Nei, jeg tror ikke det, ikke når du sier det sånn. Men du og jeg, vi har en mulighet her til å forandre ting. Vi kan ikke forandre fortiden.»

«Sant. Hvis vi er de to siste overlevende,» antok Vincente, «så kan vi leve slik vi vil.»

«Hva skjedde... jeg mener, på slutten av filmen?»

«Jeg så aldri slutten. Jeg var på overnatting hos en venn. Vi var barn og burde ikke ha vært oppe så sent. Da foreldrene hans oppdaget oss, løp vi til soverommet hans. Jeg fant aldri den filmen igjen.»

«Hva gjorde romvesenene med alle de andre jordboerne hvis de var de eneste to som var igjen?»

«Det vet jeg. De zappet dem! Det er egentlig ganske ironisk, når du tenker på det, for i filmen skjøt romvesenene dem alle ned med faservåpen – puf! – og så forsvant de bare. Ingenting ble igjen, ingen rester i det hele tatt. Jeg mener, ingen bein, ingen lik og ingen aske. Det var som om de aldri hadde eksistert.»

Grace foldet armene rundt seg selv og innså for sent at det ga henne fnatt. Hun håpet han var ferdig nå, så hun kunne gå tilbake til sine herlige tanker om fremtiden, deres fremtid, sammen.

Vincente avbrøt hennes lykke med mer filmprat. «En annen jeg husker handlet om romvesener som kom til jorden og brente alle. Alt som var igjen var en haug med støv på stedet hvor hvert menneske hadde vært. Det var det eneste beviset på at de hadde levd. Bevis på at det en gang hadde vært mennesker der.» Han pause. Hun kommenterte ikke. Hun håpet han var ferdig nå. «Så var det en annen, hvor de tappet inn i alle menneskers sinn ved å plante en chip i hjernen deres og kontrollere dem. Disse filmene ble stadig skumlere.»

«Ikke glem E.T.,» sa Grace.

«Hva?» Vincente gispet, fascinert, og ventet på at Grace skulle innse at hun uten å vite det hadde tappet inn i et minne.

«Du vet, 'E.T. ring hjem?'»

«Ja, jeg vet det,» sa han, og han smilte så bredt at Grace et øyeblikk lurte på hva han smilte av.

Så gikk det opp for henne. Hun hadde låst opp et minne. Det var riktignok ikke den mest fascinerende informasjonen, men det var likevel et minne. Hun strålte tilbake til ham.

Han var så stolt at han strakte seg over og tok hånden hennes i sin et øyeblikk, så ble de stille igjen.

★★★

Når Vincente måtte svinge i en rundkjøring eller en kurve, slapp han taket i Graces hånd. Øynene deres møttes et øyeblikk, så konsentrerte han seg om veien igjen.

Han var stolt av henne.

Grace var enormt stolt av sin lille hukommelsespause. Hun forestilte seg innsiden av sinnet sitt som et bibliotek. Hun gikk opp og ned gangene og lette etter minner. Hun strakte seg mot hyllene, plukket dem opp og undersøkte dem én etter én. Hun valgte en tykk bok med rødt omslag, i håp om å finne noe om seg selv i den, men ingenting skjedde. Hun hadde ikke tenkt å gi opp denne teknikken. Hun hadde tenkt å fortsette å prøve.

Vincente tenkte på teknologiske fremskritt gjennom årene. Så mange oppfinnelser var blitt skapt, noen gode og noen ikke så gode. Han så seg rundt, med bare de to å ta seg av, og lurte på hva alt det harde arbeidet egentlig hadde vært godt for.

I det fjerne hørtes lyden av en klokke. Den ble høyere og høyere da de stoppet foran en bygning. «Kjenner du den igjen?» spurte han.

Grace leste skiltet: «Queen Victoria's High School, skolen hvor du kan realisere drømmene dine.» Hun husket den ikke.

«Det er vår videregående skole», sa han.

«Jeg tenkte meg det, men var ikke sikker», sa Grace. Hun så seg rundt på skoleområdet og fant til slutt cricketbanen på baksiden: Banen hvor hun hadde blitt skadet på sin siste dag på skolen. «Jeg lurer på hva den klokken var til?» spurte Grace.

«Jeg tenkte akkurat det samme. Sannsynligvis bare satt på en timer. Automatisk. Men det er en sjanse for at noen kan være fanget inne og trenger hjelp, så jeg vil gå og sjekke det. Vil du bli her?»

«Nei, jeg vil bli med deg.»

«Ok, men hold deg bak meg. Vi vet ikke hva vi kan forvente. Det er sannsynligvis ingenting, men man vet aldri,» sa Vincente. Han hadde forestilt seg at noen var fanget inne, for redd til å komme ut.

Grace hadde forestilt seg romvesener, som i filmene, som ventet på å fange og fange de to siste menneskene på jorden. Hun skalv da Vincente svingte dørene opp og de trådte inn i den lange korridoren. Det var veldig stille; de eneste lydene var deres føtter som slo mot det kjølige linoleumgulvet.

Vincente husket hvor mye moro han hadde hatt innenfor disse veggene. Han hadde alltid vært litt av en sportshelt, i mangel av et bedre ord. Han kom fram til skapet sitt, åpnet det og tok ut gymbagen. Han tok på seg et par cricket-shorts over det svarte undertøyet og kastet på seg trøya. Man kunne fortsatt se det svarte undertøyet gjennom shortsene. Grace lo.

«Det er ikke som om du ikke har sett dem før,» sa Vincente, selv om han også lo.

De fleste skapdørene sto på vid gap, og innholdet lå strødd overalt. «Det var nok på grunn av jordskjelvet», antok Vincente.

Grace skjelvet fortsatt.

«Pust dypt inn», sa han og prøvde å roe henne ned og berolige henne.

Graces hjerte slo stadig raskere. Hun hadde en dårlig følelse om stedet.

Vincente spurte høyt: «Hallo, er det noen her?»

Stemmen hans ekko opp og ned korridorene, uten å få svar. Så ringte skoleklokken igjen. Fordi de var inne, ga lyden gjenklang.

Lenger ned i korridoren dyttet Vincente dørene opp og gikk inn i gymsalen. Den var blitt stående i forberedelse til en basketballkamp. De tomme tribuneplassene og banen føltes litt triste.

«Var du også flink i basketball?» spurte Grace.

«Jeg var overraskende flink i de fleste idretter. Jeg elsket spenningen. Jubelen fra publikum. Rusen jeg fikk når jeg kastet en kurv, eller når vi vant en kamp. Veldig berusende.»

«Ja, jeg kan se det. Det høres ut som en kraftig rusmiddel.»

«Det føltes som et rusmiddel noen ganger, men dette er bare videregående skole, å få en pause i den store kampen, ikke sant? Å bli proff – det var bare en drøm.»

«Ville du bli proff?»

«Ja, men det virker litt dumt nå.»

«Drømmer er aldri dumme,» sa Grace alvorlig.

«Det er den slags ting mamma og pappa ville ha sagt til meg.»

«Jeg skulle ønske jeg hadde møtt dem,» sa Grace. «Det vil du, en dag.»

De hoppet da klokken ringte igjen.

«La oss komme oss ut herfra, det gir meg fnatt,» sa Grace.

«Nei, først sjekker vi kontorene, rett ned gangen. Sørg for at de er tomme, så kan vi gå.»

Grace fulgte Vincente ut av gymsalen. Den dårlige følelsen i magen til Grace forandret seg fra en rumling til et brøl.

***

Å nei! Å nei! Å nei! var ordene som gikk gjennom hodet på Grace. Hun hadde ingen kontroll over det mens hun fortsatte å gå bak Vincente.

«Dette er sekretærens kontor. Der borte er rådgiverens kontor.» Han kikket inn, siden døren var vidåpen, og bekreftet at det var tomt. «Dette er viserektors kontor. Og dette er rektors kontor.» Han prøvde døren. Den var låst. «Hallo!» ropte han.

De hørte noe. Det var en tapp-tapp-tapping. Svak, men konstant. Den kom fra rektors kontor.

Vincente banket på døren. «Er det noen der?»

Ingen svarte.

«De fremmede kan nok ikke engelsk,» sa Grace.

Vincente presset mot døren med skulderen, men den rørte seg ikke.

Bankingen stoppet. De ventet og holdt pusten. Den startet igjen.

Hva det enn var, var det i ferd med å gå tom for energi. De måtte komme seg inn dit. Tiden var i ferd med å renne ut.

***

«Tenk! Tenk!» sa Vincente høyt for å motivere seg selv mens han gikk frem og tilbake. Noen sekunder senere sa han: «Ok, jeg har det. Følg meg.»

Grace gjorde som hun ble bedt om. Snart var de tilbake inne i gymsalen. Vincente ba Grace om å stå bak tribunen mens han veltet en av basketballkurvene. De begynte å dra den langs korridoren.

Vincente forklarte at basen var fylt med sand. Når de hadde fått den tilbake til kontoret, kunne de bruke den til å slå inn døren.

«For en flott plan!» sa Grace. «Jeg tror det kan fungere.»

«Vi må bruke maksimal kraft. Jeg mener, gi alt vi har.»

Akkurat da de gikk forbi dametoalettet, innså Grace at hun hadde trengt å gå på toalettet en stund, og nølte før hun prøvde å åpne døren.

«Ikke snakk om!» ropte Vincente. «Du går ikke inn der uten at jeg har sjekket det først.»

«Det går bra.»

«Du husker det sikkert ikke, men de fleste skumle tingene i skrekkfilmer skjer på dametoalettet. Jeg går og sjekker, og hvis det er greit, kan du gå inn etter meg. Så bli her. Ikke rør deg en centimeter.»

«Ok, sjef,» sa Grace.

Det kom et spylt, og så kom Vincente tilbake og sa til Grace at alt var i orden.

Hun gikk inn, men oppdaget at hun ikke klarte å gå likevel, selv om hun visste at hun måtte. Hun begynte å la vannet renne i én, to, så tre kraner til nyrene hennes reagerte. Etter at hun hadde lettet seg og spylte ned, gikk hun ut av toalettet.

De fortsatte, med sitt atletiske våpen i slep. Utenfor kontoret stoppet de to og vurderte på nytt hvordan de skulle komme seg inn.

«Først bytter vi ender», sa Vincente. Han mente det ville være best om han hadde den bakre enden, den tyngste delen av våpenet, for å oppnå maksimalt resultat på målet: kontordøren. Da de var i posisjon, fortsatte Vincente å forklare hva han hadde i tankene.

«Når jeg teller til tre, skyver dere det fremover med all den kraften dere kan mønstre. Så stopper dere. Jeg teller til tre igjen, og så skyver vi en gang til. Og så videre, til vi bryter gjennom.»

«Høres ut som en plan», sa Grace og fikk et godt grep om fronten av apparatet.

Vincente telte, og deres første slag var perfekt, men døren rørte seg ikke. Ved det andre slaget rykket den i karmen, og de kjente at et av hengslene øverst sprakk. De prøvde igjen, med mer kraft, og på fjerde forsøk raste døren inn og falt med et brak ned på rektors skrivebord. Nå sto de overfor et nytt problem: døren var halvåpen og halvt lukket, vertikalt. De var ikke kommet noe nærmere å komme seg inn.

«Er det noen der inne?» spurte Vincente.

Stillheten var det eneste svaret.

De sto side om side og kikket inn gjennom åpningen, men begge var usikre på om de skulle klatre opp på døren og gå inn.

Fra gangen så de en gren. Den hadde brutt gjennom vinduet og lå på rektors skrivebord. De så også en stor mengde knust og splintret glass spredt utover gulvet.

De fikk begge den samme tanken samtidig. Siden vinduet var knust og sto vidåpent, ville alle som var fanget der inne allerede ha klatret ut. Med mindre de var skadet, selvfølgelig. Det så ikke ut til å være blod i nærheten. Kanskje han eller hun lå bevisstløs under skrivebordet?

Vincente bestemte seg for å bruke døren som en planke. Den var tross alt forankret i den andre enden, ved skrivebordet.

«Jeg kommer inn», ropte Vincente. Han tråkket på døren og beveget seg sakte fremover. «Nei, det er ikke sant!» utbrøt han, mens han ledet Grace inn på kontoret.

Det var en svart ravn. Den stirret dem rett i ansiktet mens den svingte frem og tilbake på enden av grenen. Nebbet klikket mot skrivebordet i et voldsomt mønster.

«Så rart», sa Vincente. «Veldig Edgar Allan Poe-aktig.»

Akkurat da virket det som om vinden tok seg opp. Det fikk grenen til å svinge. Fuglens hode traff skrivebordet flere ganger, noe som gjorde bankelydene enda høyere.

Vincente og Grace krympet seg ved lyden.

Grace, som ønsket å komme seg vekk, forberedte seg på å klatre ut av kontoret igjen. Da hun beveget seg bakover, stoppet Vincente henne med hånden på ryggen hennes.

Hun snudde seg.

Grenen løftet seg opp med hjelp fra vinden. Løftet seg? Ja, merkelig nok steg den høyere og høyere, nesten på høyde med det åpne vinduet.

Han så på grenen som bar fuglen oppover. Plutselig tok vinden grenen helt ut av vinduet. Vindkastet fortsatte å bære den opp i himmelen.

«Kom hit, Grace, du må se dette!» hvisket han.

Grenen skrapte mot det knuste vinduet på sin vei ut. Den trakk fuglen høyere og høyere og høyere.

De to stirret ut av vinduet og lurte på hvor treet tok den døde ravnen.

Grace kunne ikke ta øynene fra den døde fuglens øyne. De fanget solstrålene og reflekterte dem tilbake. Det var som en maske – en dødens maske.

«Vi må komme oss vekk herfra!» sa Grace.

«Nei, vent. Jeg vil...» begynte Vincente å si, og så feide vinden rundt grenen.

De andre grenene våknet plutselig til liv. De beveget seg oppover av egen kraft. De fulgte tett etter grenen med den døde fuglen festet til seg.

Lyden av alle grenene som beveget seg sammen, svaiet i vinden og steg oppover, skapte en forferdelig kakofoni. Det hørtes ut som knuste bein.

Grace la armene rundt seg selv da hun fikk gåsehud på den utsatte huden. Da lyden ble for høy til å tåle, dekket hun ørene. Likevel kunne hun ikke vende blikket bort fra ravnens døde øyne.

Den døde fuglen fortsatte å gynge frem og tilbake, frem og tilbake, som en vuggesang. Alt mens den forble spiddet på enden av grenen som en shish kebab.

Grace holdt pusten. Med hver fiber i kroppen ønsket hun å komme seg vekk.

Likevel klarte hun ikke å slutte å se på fuglens øyne. Hun var som forhekset. Oppslukt.

Det samme var Vincente.

De sto som frosset i tid.

De ventet på å se hva som ville skje videre.

G renene fortsatte å stige. Det var en uhyggelig stillhet på kontoret mens fuglen fortsatte sin reise. Den var fortsatt omgitt av grener, som omringet den og løftet den opp som om den var vektløs. Deretter begynte grenene å vugge fuglen i sine gamle, artrittiske fingre og gynge den frem og tilbake, frem og tilbake.

Synet var så forferdelig at Grace hadde lyst til å skrike. I stedet begynte hun å gynge frem og tilbake, akkurat som Vincente. Det var skjønnhet i bevegelse, stigningen. Gyngingen. Gyngingen og stigningen.

De måtte bevege seg fremover, nærmere vinduet for å se det nå. De var forsiktige med å ikke tråkke på glasskårene som dekket gulvet rundt dem, mens de strakk nakken gjennom det knuste glasset og ut av vinduet. Høyere og høyere, fuglen gynget fortsatt forsiktig, mens den ble båret mot himmelen.

Så stoppet alt opp, midt i luften.

Stillhet fylte scenen.

Treetrunk beveget seg.

Det var en liten bevegelse i begynnelsen.

Knapt merkbar.

Det ristet, som noen som nettopp hadde våknet.

Det hostet. Det sprutet.

Det svaiet og rykket.

Og så gjespet den ut av et grotesk ansikt. Et ansikt med en enorm, gapende munn som den døde ravnen falt ned i.

Det kom knasende lyder. Forferdelige lyder, som knuste bein, knusing.

Den rapte. Noen få svarte fjær fløy ut av munnen dens. En drev nedover og landet på vinduskarmen der Grace og Vincente sto og gapet.

Så begynte grenene å bevege seg igjen. Endret retning. Pekte nedover.

***

«Løp!» ropte Vincente.

Bak dem kunne de høre treet bevege seg raskt. Da grenene kom inn gjennom vinduet igjen, falt flere glassfragmenter ned på gulvet.

Vincente holdt Grace i hånden og dro henne med seg langs korridoren. De løp, nesten som om ravnens ånd hadde gått inn i kroppene deres.

De artrittiske, treaktige fingrene famlet seg frem langs korridoren, fulgte etter, banket på, ødela og skrapte på alt innenfor rekkevidde.

Da Vincente og Grace kom ut av skolen, tok han nøklene ut av lommen og kastet dem til henne. Han ba henne åpne døren, starte bilen og sa at han ville være tilbake om et øyeblikk. Hvis ikke, skulle hun kjøre vekk.

«Jeg kan ikke kjøre bil.»

«Du lærer det fort!»

Da hun var inne i bilen, så hun ham ta av seg skjorten. Hun så ham knyte trøya rundt dørhåndtakene. Han flettet den inn og ut så mange ganger han kunne, i håp om å kjøpe dem litt tid.

Da grenene rundet hjørnet i den andre enden av korridoren, snudde Vincente seg og løp. Han hoppet inn i bilen, smelte døra og tråkket gassen i bånn.

Bilen skled av gårde da grenene knuste dørene.

«Jøss! Det var litt for nært til å være behagelig,» sa Grace, da de var flere kvartaler unna skolen. Hun pustet fortsatt tungt og hadde problemer med å få pusten.

«Ikke tull! Alt ved det, den tingen var sinnssykt!»

«Hva slags tre var det egentlig?» spurte Grace.

«Jeg tror det var et oliventre. Spørsmålet er hvorfor det spiste fugler? Hvorfor hadde det en nesten menneskelig munn og behov for å spise kjøtt?»

«Jeg har hørt om fugler som bygger rede i trær, men aldri om trær som spiser fugler!»

«Ja, vel, vi er i en helt annen verden nå, Grace, og jeg tenker at vi kanskje bør sørge for å skaffe oss noen våpen. Hvem vet hva annet som finnes der ute? Vi må tenke på å beskytte oss selv. Jo før, jo bedre.»

«Hvor skal vi få tak i våpen?»

«Jeg vet om et sted i byen hvor vi kan prøve ut pistoler, kniver, alt vi trenger. Faktisk er det ingen tid som nå. Jeg er rystet nok til å skaffe våpen nå.»

«Jeg er utmattet, men jeg tror ikke jeg kommer til å sovne med det første,» sa Grace mens hun krysset armene over brystet.

Mens de kjørte langs de trærike gatene, hadde de nå en frykt i hjertet som aldri hadde vært der før: trær! Kjøttetende trær.

«Jeg har alltid trodd at oliventrær var symbolske, for fred. Og jeg husker historier om oliventrær i Bibelen og i mytologien,» sa Vincente.

«Er de hjemmehørende i Australia?»

«Absolutt ikke. Men hvorfor skulle det ha noe å si?»

Ingen av dem visste det med sikkerhet. De visste heller ikke hvorfor det kjøttetende treet hadde fått en så ukarakteristisk egenskap.

De prøvde å ikke tenke på det mens de kjørte mot våpenbutikken i hjertet av Sydney.

BOK 13

Et blinkende skilt utenfor viste ordene: «Våpen! Våpen! Våpen!» Med liten skrift sto det: Tillatelse kreves i henhold til lovgivningen i New South Wales.

Siden de levde i en helt ny verden, gjaldt ikke lenger disse lovene.

Vincente Marino og Grace Greenway hadde ikke tillatelse. De var ikke 18 år gamle. De hadde ingen identifikasjon og ingen penger. Men det spilte ingen rolle. De var her for å beskytte seg selv. Ingenting kunne stoppe dem.

Vincente dyttet døren opp, og de gikk inn. Grace sto bak Vincente og følte seg overveldet av alle våpnene. Hun så seg rundt og prøvde å komme i stemning, men det var utenfor hennes forestillingsverden.

«Denne er bra», sa Vincente. «Du kan fylle den med mange kuler, så du slipper å lade så ofte. Den vil være god å ha i en kamp. Den kan lett gjennomborre stammen på hvilket som helst tre.»

«Hmmm», sa Grace uten å forplikte seg, fordi hun ikke kunne komme på noe annet å si.

Så gikk Vincente videre og plukket opp et annet våpen. «Denne er også bra, fordi den er liten og lett å gjemme. Se, jeg kan ha den rett foran i buksene mine, og ingen vil engang vite at jeg har den på meg.»

«Men er ikke det farlig? For deg, mener jeg. Kan den ikke, øh, gå av ved et uhell?»

Vincente smilte: «Jeg ville ha sikkerhetslåsen på. Jeg vil ikke skyte noe av.»

Grace smilte og rødmet. Hun kunne ikke tro at de hadde denne samtalen da Vincente la pistolen i håndflaten hennes. «Den er også liten nok til at du kan ha den i vesken din.»

Hun kjente på pistolen. Den var helt vektløs og passet perfekt i håndflaten hennes. Hun var overrasket over at den ikke føltes fremmed for henne, men den var ikke så skremmende, sannsynligvis fordi den føltes som et leketøy.

«Den er ikke ladet,» sa Vincente. «Faktisk er ingen av våpnene ladet. Ikke vær redd for å ta dem opp og se nærmere på dem.»

«Prøve før vi kjøper?»

«Ja, veldig morsomt. La oss fortsette å se.»

Han så på mens Grace åpnet sinnet sitt og aksepterte det faktum at deres nye virkelighet krevde våpen.

Grace tok opp en plastkurv og begynte å se nærmere på knivene. De var i alle størrelser og former, og det var også sverd. Nysgjerrig tok hun noen kniver i metalletui og la dem i kurven. Hun kunne alltid bruke dem til å hakke gulrøtter og løk, hvis det verste skulle skje.

«Jøss, den der,» sa Vincente og pekte på en av knivene Grace hadde i kurven, «den kan sikkert hugge en stokk i to. Flott valg.»

Grace strålte. Vincente hadde stablet ganske mange våpen i en militærlignende koffert. Han bar flere store bærbare mål under armen.

«Jeg skal lære deg å bruke våpnene når vi er ute av byen. Jeg må også ta et oppfriskningskurs med ekte våpen, siden all min erfaring med våpen kommer fra dataspill.»

«Vi kunne skyte et skudd rett ned George Street uten at noen ville høre det,» sa Grace.

«Sant, sant, men det ville bare føles for rart. Ucivilisert, hvis du skjønner hva jeg mener?»

«Ja, det gjør jeg,» sa Grace. «Tross alt er Sydney vårt hjem. Vi må behandle det med den respekten det fortjener.»

«Ja, det er vår by, vårt Sydney, og jeg kan ikke tenke meg en vakrere by å være strandet i sammen med deg, Grace.»

Hun rødmet da han kom mot henne. Han tok plastbeholderen med kniver og gikk mot bilen. Hun hadde aldri elsket ham mer. Jo mer han tok kontroll, jo mer utstrålte han sensualitet og testosteron. Hun ønsket hun kunne løpe bort til ham og kysse ham åpent. Han ville sannsynligvis synes hun var for frempå og hadde mistet forstanden – igjen.

Vincente tenkte på hvor sexy Grace så ut med pistolen i hånden. Han tenkte at hun ville vært enda mer sexy hvis han lærte henne å skyte. Han stoppet seg selv. Grace var ikke hans type. Hun hadde vært veldig modig på rektors kontor. Hun holdt hodet kaldt når mange andre ville ha mistet besinnelsen. Likevel var han bekymret, mest fordi han tenkte for mye på henne. Hvorfor? De tilbrakte allerede 24/7 sammen. Hvorfor lengtet han ikke etter litt tid alene?

Med Missy Malone ble han lei etter et par timer – hvis de ikke kysset. Han ville drive med sport eller være sammen med gutta. Hun var hans type: pen og populær. Hun var ikke den smarteste, men det spilte ingen rolle så lenge de passet godt sammen.

Realiteten var at Missy sannsynligvis var borte nå, akkurat som alle de andre. Han savnet henne og lurte på om de var de siste som var igjen, om ting ville vært annerledes. Annerledes enn det var nå mellom ham og Grace. Han følte seg komfortabel med Grace, og hun var ikke krevende.

«Er vi klare til å dra NÅ?» spurte Grace, og fikk ham til å komme tilbake til virkeligheten.

«Ja, beklager. Jeg drømte meg bort et øyeblikk.»

«Det begynner å bli mørkt. Kanskje vi burde finne et sted å overnatte?»

«Ja. Jeg vet akkurat om et sted. La oss dra til Sydney Harbour. Der kan vi slappe av og late som vi er turister.»

«Høres perfekt ut.»

De kjørte mot The Quay og stoppet like utenfor Marriott. De gikk inn, og etter å ha laget seg mat i det tomme hotellkjøkkenet, fortsatte de opp trappen til penthouse-suiten med flere soverom.

I sine separate rom sovnet de og drømte om kjøttetende trær.

Og om å kysse hverandre.

BOK 14

Neste morgen sto Vincente på balkongen sin. Han så ut over Sydney Harbour Bridge og skuet så utover horisonten, hvor han så Operahuset. Alt virket normalt, akkurat som før. De fleste fergene i havnen lå fortøyd ved kaien og ble kastet frem og tilbake av bølgene. De ventet på passasjerer. På nært hold så alt ut slik han husket det. Så utvidet han synsfeltet og oppdaget at noen ferger hadde krasjet inn i kysten. De lå halvt i vannet og halvt på land.

Grace ropte på ham. Da han ropte tilbake, kom hun inn gjennom rommet hans og sluttet seg til ham på balkongen. Han laget kaffe til dem begge. De satte seg utenfor.

Grace hadde allerede dusjet. «Jeg tror vi virkelig må skaffe oss noen nye klær i dag.»

«Ja, jeg er enig. Vi burde ha tenkt på det i går.»

«La oss gå en tur, kjøpe noen ting, og så kan vi prøve å nyte dagen og solskinnet litt.»

«Det er en god plan for formiddagen. Så på ettermiddagen kjører jeg deg tilbake hit, og du kan kanskje kjøpe en bok, eller vi kan finne en bærbar PC til deg.»

«Jeg tror jeg heller vil være sammen med deg.»

«Å, da må du føle deg mye bedre i dag,» bemerket Vincente.

«Ja, det gjør jeg. Jeg føler meg... Vel, jeg føler meg utrolig lykkelig i dag.»

«La oss gå og kjøpe noe til frokost og så handle litt.»

«La oss gå!»

***

Tenåringene prøvde mange klær, både fancy og mer praktiske plagg, men shopping var ikke det samme når man kunne få alt man ønsket seg. Etter en stund ble de lei av det og tok bare med seg det de trengte.

Tilbake på rommet tok Grace på seg et par tynne blå jeans, en himmelblå halterneck-top og et par Nike-joggesko. Hun fant også noen knallrøde, komfortable flip-flops.

Vincente hadde på seg et par svarte Levi's-jeans, en hvit t-skjorte og et par Reebok Pumps.

I bilen var de merkbart stille mens de kjørte langs de trærike gatene. De la merke til alle slags døde trær, som virket som om de hånte dem på reisen. Skjelettene av trærne, døende eller allerede døde, gjorde dem litt mindre håpefulle. De lange, benete fingrene på grenene strakte seg ut og hånte dem.

Det virket som om naturen vendte seg mot dem. Et kjøttetende tre. Trærne var døde eller døende. Ingen flere epler. Ingen appelsiner. Ingen pærer. Ingen sitroner. Ingen limefrukter. Ingen oliven. Ingen juletrær. Ingen majestetiske eiketrær som svaiet i brisen.

Ved siden av veien fant de den mest bøyde og vridde trekonstruksjonen de noensinne hadde sett. Dens plagede, råtnende lemmer strakte seg mot himmelen, som om den strekte seg etter det den ikke kunne få, etter evigheten.

Grace skalv og så et enkelt tre i det fjerne. Dette treet var annerledes enn de andre. Dets armer sveipet over stammen, i form av et kors.

Vincente stoppet bilen. «Moren min er kunstner,» sa Vincente. «Jeg tror jeg husker et maleri av noen, kanskje Delacroix, med lignende trær og Jakob som kjemper mot en engel.»

«Tror du det er et tegn?»

«Hvis det er et tegn, vet jeg ikke hvordan jeg skal tolke det.»

«Kanskje det bare vokste opp av bakken på den måten.»

«Kanskje.»

Grace la merke til noe annet. Det var en busk. En rosenbusk. På enden av en gren vokste det en enkelt rød rose. Det var den siste. Kanskje den siste blomsten noensinne.

Grace bøyde seg ned ved siden av den, som om hun knelte for den. Ba til den.

Vincente så på, usikker på hva han skulle gjøre eller si.

Grace luktet på den duftende parfymen og holdt den i armene sine. Beskyttet den mot brisen. Grace tenkte at hun gjerne ville legge seg ned ved siden av den, forbli der, i synsfeltet til denne vakre, eneste røde rosen.

«Kom igjen, Grace,» avbrøt Vincente tankene hennes. «Det blir mørkere og mørkere nå.»

«Jeg vil bli her.»

«Vi kan ikke bli her. Vi kan ikke få tiden til å stå stille.»

«Jeg vet det! Jeg er ikke gal. Jeg vil bare bli her og holde fast i denne rosen.» Hun holdt den i armene. «Jeg vil være en del av noe virkelig vakkert. Jeg vil holde noe som har vokst opp av jorden, fra jorden vi en gang kjente. Jeg vil erstatte minnet om det blodtørstige treet med minnet om denne rosen. Noe vakkert –»

«– er en evig glede,» sa Vincente. «Engelskundervisning. John Keats.»

Grace var fortsatt fascinert av rosen.

Vincente begynte å bli bekymret, for det var så mørkt nå, og de befant seg i et felt omgitt av alle slags trær og busker.

Hva om ett av dem var som det andre treet, som de trodde var et oliventre? Hva om de alle var slik? Han ville bort derfra, få dem begge bort derfra. Vekk fra den overhengende faren.

« Grace, sa han og bøyde seg ned ved siden av henne, den blomsten vil falle når den er klar for det. Du kan plukke den nå og ta den med deg. På den måten vil den forbli hos deg. Skjønnheten vil forbli hos deg i noen dager. Eller du kan overlate det til skjebnen, til tilfeldighetene, til naturen eller til Gud, hvis det finnes en, og bare gå din vei.

Vinden tok seg opp, og Grace begynte å skjelve.

«Det er en storm på vei, Vincente. Se opp på skyene. De bygger seg opp, nesten som om de prøver å skyve hverandre ut av himmelen.»

Han så opp, men alt han kunne se var mørke.

«Kan du ikke føle det?» spurte hun. Hun skalv igjen, og tennene hennes begynte å klapre. Hun la armene rundt seg selv og slapp rosen.

Sammen sto de på marken, til den nattlignende himmelen begynte å virvle og snurre og krølle seg. Så begynte regnet å falle i svarte, blekkfargede dråper, og de måtte skjule ansiktene sine og løpe for å søke ly.

Lysstråler ble kastet ned fra den mørke himmelen i Z-formede spyd mot jorden, og traff hvor de enn ble rettet, i tilfeldige treff.

Rundt dem slo lyn ned i trær og hus, som brant opp. Regnet falt hardere, og lynet slo ned igjen.

«Den måtte lære å kjempe for seg selv for å overleve,» sa Grace. Hun refererte til rosen, men hun visste at også de måtte kjempe, og at naturen selv ville kjempe for sitt liv.

«Det var det med de nye klærne våre,» sa Vincente.

De rømte fra stedet, mens de lekte dodgem med lynene.

BOK 15

Da nattehimmelen endelig hadde brent seg ut av lyn og regn, kjørte Grace og Vincente inn til siden av veien. Sammen så de solen stige opp i horisonten.

«Det er en helt ny dag,» sa Grace.

«Ja, og i dag synes jeg vi skal ta en tur til din mors hus – ditt hus.»

«Virkelig? Det er litt skummelt. Tror du det kanskje er for tidlig for meg å dra tilbake dit, å oppleve hjemmet mitt igjen? Hva om ...?»

«Ingen 'hva om' i dag. La oss bare dra, så finner vi ut hva vi finner når vi kommer dit, ok?»

«Hvor langt er det?»

«Ikke langt fra der vi var før, ved skolen.»

Grace tenkte på hjemmet sitt et øyeblikk. Hun forestilte seg moren sin ved inngangsdøren, som åpnet den. Hun hilste henne med en stor klem. Glad for å se henne. Grace kjente en tåre renne nedover kinnet, og hun tørket den bort med håndflaten, i håp om at Vincente ikke hadde lagt merke til det.

«Det er greit å tenke på moren din. Du skal ikke være redd for å huske.»

«Det er bare det at... jeg forestiller meg ting, finner på ting, i stedet for å ha ekte minner å leve etter. Det føles som en løgn for meg.»

«Hei, du er ikke den første som lyver for deg selv, og du vil ikke være den siste! Da jeg var barn, drømte jeg om å bli kunstner, som moren min, og se på meg nå: Jeg er idrettsutøver. Og hvis jeg var kunstner i stedet for idrettsutøver, tror du jeg ville vært populær? Ville blitt akseptert?»

«Hvorfor er det så viktig for deg? Å bli akseptert av andre mennesker, noen av dem du sannsynligvis ikke engang kjenner?»

«Jeg har ikke tenkt på det før,» sa Vincente. Nå løy han for seg selv, og han løy også for Grace. Han kunne ikke fortelle henne at han faktisk var en kunstner i seg selv, fordi han aldri hadde fortalt noen om det eller vist noen sine verk. Han holdt dem alltid skjult på rommet sitt. Ingen visste om det, bortsett fra foreldrene og besteforeldrene hans.

Han så på henne. Grace Greenway, jenta som en gang gjorde matematikkleksene hans for ham. Grace Greenway, jenta som hadde en evne til å formulere matematiske ligninger som var langt over hennes alder.

Og her var han, Vincente Marino, den sporty fyren, den som ble beundret og elsket, den som var avhengig av hennes hjelp for å holde karakterene sine høye nok til at han kunne fortsette å spille. For hvis han ikke spilte sport, var han ingenting og ingen. Det var Grace som gjorde det mulig for ham å fortsette å spille, og hun ba ikke engang om takk eller anerkjennelse i gjengjeld. Faktisk nektet hun ham aldri, selv ikke da han ble en del av gjengen og ikke alltid var den snilleste fyren mot henne. Det vil si at han aldri støttet henne åpent, selv ikke når de andre guttene gjorde narr av vekten hennes og hennes overlegne matematiske evner.

Men nå satte han pris på henne, mer enn hun visste, og han var fast bestemt på ikke å falle i samme felle som før. Han ville ikke lenger være den typen fyr som tok Grace Greenway for gitt.

«Her er det», sa Vincente da de kjørte inn i oppkjørselen til 15 Wheat Field Lane.

«Før vi går inn, må jeg si noe.» Grace nølte og fortsatte: «Der bak, følte du at noe led? De svarte regndråpene, jeg mener svarte regndråper!? Jeg kan fortsatt føle det, men det er ikke like sterkt. Det er som om noe bobler under overflaten og venter på hevn – men på hvem, vet jeg ikke. Det er som om naturen selv har smerter og roper om hjelp.

«Grace, jeg tror du kan ha rett, og det er noe vi må tenke på. Virkelig tenke på, og kanskje til og med undersøke de regndråpene. De var bare midlertidige og ble vasket rett av klærne våre. Men foreløpig, la oss fokusere på nåtiden. Du er hjemme, og hva enn som skjedde der ute før, er det nå rolig. La oss nyte den nye dagen.»

«Jeg skal prøve,» sa Grace, «men hva enn det er der ute, tror jeg vi må være forberedt.»

«Vi er forberedt. Vi har våpen. Og viktigst av alt, vi har hverandre. Ingen av oss er alene om dette. Vi er et team nå.»

«Et team,» gjentok Grace mens hun gikk ut av bilen og så på huset sitt for første gang. Hun kjørte hånden langs de rødgule mursteinene helt til hun nådde inngangsdøren.

Hun stoppet et øyeblikk og betraktet dens skjønnhet. Hun forventet å huske en så betydningsfull inngangsdør, men ingen minner kom.

«Det er en...», sa Grace og beundret glassmaleriet, som hadde form av en fugl i flukt. Grace kjørte fingrene langs ytterkantene, i håp om å finne en forbindelse til det.

«Føniks», bemerket Vincente. «Ifølge legenden bryter den ut i flammer og blir så gjenfødt.»

«En brennbar fugl. Har foreldrene mine en brennbar fugl på inngangsdøren vår?»

«Det ser sånn ut. Jeg synes det er helt kult. Det er også et symbol på fred og sannhet. Det er vel en annen grunn til at de valgte det.»

«Ja, det høres ut som en fin fugl å ha som vokter av huset ditt.» Grace gikk forsiktig på den grønne plenen og så seg rundt.

«Ikke press deg selv for hardt, Grace. Bare åpne sinnet ditt for minnene. La dem vite at du er klar til å ta imot dem.»

«Jeg har vært klar til å motta dem siden den dagen jeg våknet!» utbrøt Grace, men hun forsto fullstendig hva han mente. Hun ønsket ikke å forsterke tvil og unødvendige barrierer. Hun ønsket å være som en elv, en elv som minnene hennes kunne strømme fritt tilbake til henne i.

«La følelsene dine lede deg,» sa Vincente. «La sansene dine ta kontrollen.»

«Ok, ok,» sa Grace. «Du får det til å høres så enkelt ut, men det er det ikke. Jeg føler meg som et blankt lerret, og jeg burde ikke føle meg slik. Ikke når jeg er hjemme.»

«Gi det tid. Vær tålmodig. La oss gå inn nå. Kanskje inne ...» Grace visste nøyaktig hva han tenkte. Hun strakte seg etter håndtaket. Det rørte seg ikke. Hun banket på døren og ringte på, men det var tydelig at ingen var hjemme.

«Kanskje det er en nøkkel et sted her ute,» foreslo Vincente. «Prøv å tenke – hvor ville moren din ha lagt en nøkkel?»

«Jeg har ingen anelse,» sa Grace. Selv om hun hadde en idé, en mistanke om at moren hennes kanskje hadde lagt den i postkassen. Hun fulgte impulsen, åpnet klaffen, men søket var resultatløst.

«Du klarer deg kjempebra!» sa Vincente.

Grace visste at han prøvde å oppmuntre henne. Hun følte seg bare så ute av sitt element at det var vanskelig å sette pris på eller akseptere hans små støttende meldinger uten å føle at de var nedlatende.

Grace lukket øynene og prøvde å forestille seg en nøkkel. Hun tenkte at den kunne ligge under en matte, men det var ingen matte ved inngangsdøren.

«Vincente, jeg tror den ligger under en matte.»

«Det er der moren min alltid legger nøkkelen til meg. Er du sikker på at du ikke tapper inn minnene mine?» spøkte Vincente.

De lo.

«Kanskje på baksiden?»

De fant en matte og nøkkelen. Grace Greenway var endelig hjemme.

BOK 16

Grace nølte før hun satte nøkkelen i låsen. Hun tenkte på hvor takknemlig hun var for at de hadde funnet nøkkelen. Hun hadde fryktet hva som ville skje hvis de ikke fant en. De ville måtte knuse et vindu eller bryte ned en dør. Hun ville komme inn i sitt eget hjem som en inntrenger, og tanken på det fikk henne til å skjelve, selv nå.

«Nesten fremme», sa Vincente og prøvde å få Grace til å åpne døren. Han visste godt hvor redd hun måtte være. Det var en ny verden, ja. Men det var fortsatt hennes egen verden. Hvis hun ikke hadde noen minner om den, hva da? Minner ville sikkert komme tilbake. Med tiden. Foreløpig ville de takle alt som kom i deres vei sammen. «Er du klar?», spurte han.

«Jeg tenker bare på hvor takknemlig jeg er for at vi fant nøkkelen.»

«Vi fant den ikke, det var du som fant den, og det er et godt tegn, men vi har ikke hastverk. Når du er klar.» Han satte seg på øverste trappetrinn og ga henne rom til å åpne døren i sitt eget tempo. En ting de hadde rikelig med nå, var tid. Slik hadde det absolutt ikke vært før, da de hadde timer å gå på, busser å rekke, venner å være sammen med, lekser og eksamener og skolesport, og familieforpliktelser også. Dagene var alltid fulle av ting å gjøre.

«Ok, nå prøver jeg», sa Grace. Hun snudde nøkkelen i låsen og dyttet døren opp. Hun inviterte Vincente til å bli med inn, og igjen kom det et glimt gjennom hodet hennes om at vampyrer trenger en invitasjon før de kan komme inn i et hjem.

Hun smilte og lurte på hvorfor vampyrtemaet stadig dukket opp i hodet hennes på de merkeligste tidspunkter. Hvis han var en vampyr, hvordan kunne han da overhodet spise? Når de var de eneste to levende menneskene igjen i verden? Med mindre det som hadde skjedd hadde forandret systemet hans, slik at han ikke lenger trengte blod for å overleve? Hvorfor kunne hun huske alt dette om vampyrer og ingenting annet?

Grace ristet på hodet. Hun prøvde å få de rare vampyrtankene til å forsvinne, slik at hun kunne vende tilbake til øyeblikket. Øyeblikket da hun kom inn i sitt eget hjem igjen. Men kanskje det var nettopp det hun prøvde å unngå å tenke på.

Den ene enden av huset var et atrium med mange planter og puter. Et sted hvor man kunne sitte, se ut i hagen og slappe av. Grace snudde seg og la merke til en huske og en sklie gjemt bak hageskjulet.

Hun forestilte seg et øyeblikk at hun skled ned og husket som en liten jente. Hun prøvde å huske moren eller faren som dyttet henne på husken, eller Daryl og henne selv som løp rundt i hagen. Hun kunne forestille seg alt dette, men det var bare det: hennes fantasi. Ikke minner om hva som virkelig skjedde.

Vincente sto ved siden av henne og så på henne, og samtidig så han ikke på henne. Han tenkte at hun trengte å ha plass, og han ville ikke være i veien eller gjøre henne ukomfortabel. Samtidig ønsket han at hun skulle vise vei. Tross alt, selv om hun ikke husket det, var det hennes eget hjem, og han var bare en fremmed her. Han så stille på henne, fortapt i sine egne tanker, mens øynene hennes speidet over hagen.

«Jeg husker det ikke,» sa Grace til slutt.

«Det kommer,» sa Vincente. «La oss gå inn og prøve å slappe av.»

«Ok,» sa Grace, og hun gikk videre langs gangen. Hun passerte et rom med lukket dør. Nysgjerrig åpnet hun den, bare for å finne vaskerommet. Lenger fremme kom hun inn på kjøkkenet. Det føltes som å gå inn i en solstråle. Kjøkkenet var helt gult. Kanarigult, inkludert hvitevarer, gardiner, tapet, duk og bordskånere. Grace gikk nærmere og la merke til små avtrykk av solsikker på nesten alt. Moren hennes var tydeligvis en stor fan av gult, og en enda større fan av solsikker.

«Solsikker», sa Grace og strålte av glede. Hun tok de tørre stilkene ut av vasen, fylte den ved vasken og satte dem tilbake i friskt vann. De kviknet til med en gang. Grace så ut av vinduet og oppdaget en rekke døde solsikker langs siden av huset. De hun nettopp hadde rørt ved, hadde blitt plukket av moren hennes. Kanskje av henne selv. De ble brakt inn på kjøkkenet og satt i akkurat denne vasen.

«Moren din visste virkelig hvordan man skulle bringe solskinnet inn i huset», sa Vincente og prøvde å berolige Grace, som igjen var fortapt i sine egne tanker. Han satte seg ved spisebordet og passet på å ikke lage for mye støy da han skjøv stolen tilbake. Han så seg rundt i rommet og syntes det var ganske fint, men litt overdrevet for hans smak. Litt solskinn i huset var bra, men dette var virkelig, vel, lyst. I dette øyeblikket savnet han virkelig solbrillene sine.

Grace strøk hånden over benkeplaten og prøvde å få tilbake kontakten. Hun åpnet noen av skapene og fant en kaffekopp med navnet sitt på. Det var en som sa «#1 Dad» og en annen som sa «World's Best Mum», og så en kopp som bare hadde ett ord på: «Daryl». Dette var huset hennes. Det var bevis. Bevis. Hvorfor kunne hun ikke huske?

La meg huske, tenkte hun, noe, hva som helst. Vær så snill.

Vincente syntes Grace hadde vært fortapt i sine egne tanker lenge nok og bestemte seg for at det var på tide med en distraksjon. Han flyttet stolen tilbake, ikke stille denne gangen, og lagde en skrapende lyd mens han sa: «Oops, beklager, men magen min rumler så mye at jeg virkelig trenger en matbit.»

Grace tenkte tilbake på vampyrtankene et øyeblikk, snudde seg og åpnet kjøleskapet. Det var ikke mye i det, siden moren hennes hadde tilbrakt mesteparten av tiden på sykehuset. Hun åpnet det øverste skapet, tok ut en kaffekanne og laget kaffe til dem begge. Hun tilsatte litt kunstig fløte. De nippet i stillhet i noen øyeblikk.

«Hvis du kunne spise hva som helst, hva ville du valgt?» spurte Grace. Hvis han svarte en flaske blod, ville hun besvimt.

«Jeg ville valgt en stor, saftig biff – rødstekt, og en bakt potet med rømme og smør smurt over hele, og til dessert en Lamington.»

«La oss lage et festmåltid neste gang vi overnatter på hotell, ok?» sa Grace.

«Er du en god kokk?»

«Jeg har absolutt ingen anelse! Men jeg er villig til å prøve.»

«Jeg har ikke laget mye mat. Vanligvis lager mamma mat, og når hun er ute, bruker jeg mikrobølgeovnen eller kjøper takeaway.»

De var stille igjen i noen minutter. Grace så nedover gangen og prøvde å tvinge seg selv til å se seg rundt i resten av huset. Hun sjekket klokken over vasken, og den viste at klokken var litt over seks.

Snart ville de imidlertid bli trøtte og måtte legge seg for å sove. Snart ville det bli mørkt. De kunne selvfølgelig slå på lysene, men hun foretrakk å se seg rundt i huset nå, mens de fortsatt hadde alt dette herlige naturlige lyset å jobbe med.

«Ok, jeg er klar til å fortsette utforskningen,» sa Grace. Hun reiste seg og skylte de tomme koppene i vasken. Deretter gikk hun ut av kjøkkenet og fortsatte langs korridoren.

Vincente fulgte stille etter henne og ga henne igjen tid og rom til å utforske fritt. Han ga henne muligheten til å åpne sinnet sitt helt.

***

Korridoren var lang og ikke så lys som kjøkkenet hadde vært. Men Graces mor hadde sidebord, speil og bilder som holdt deg med selskap mens du gikk mot den totale mørket i stuen. Grace gikk over det teppebelagte gulvet og dro gardinene til side med ett raskt grep. Hun snudde seg for å se hva hun hadde gått glipp av. Hun håpet at denne plutselige bevegelsen ville få henne til å huske alt igjen.

Vincente observerte uten å vise det. Han ville ikke legge mer press på situasjonen.

Grace la hendene på hoftene, og i noen øyeblikk oppstod det håp i hjertet hennes.

Hun holdt pusten.

Vincente la også merke til et glimt av håp, og han tok et skritt mot henne.

Hun stoppet ham med håndflaten. Hun begynte å gå frem og tilbake.

Grace var som en fugl som lette etter mat fra oven. Hun snurret rundt og rundt i rommet.

Snart forsvant glimt av håp fra øynene hennes, og hun falt sammen.

Hun la hendene over ansiktet og gråt.

BOK 17

Vincente knelte foran Grace. Han lette etter de riktige ordene. Han fant dem ikke fordi tankene hans snurret og hjertet hans banket. Han var andpusten av å holde seg tilbake – holde tilbake trangen til å ta henne i armene og...

Vincente tok seg sammen. Han hadde en samtale med seg selv om at hun ikke var den typen jente han var tiltrukket av. At det egentlig ikke spilte noen rolle hvor mye han ble påvirket av hennes følelsesmessige uro. Han var en empatisk person av og til. Ikke ofte, men av og til. Når han så ting på nyhetene, om mennesker som ble skadet, om mennesker som ble holdt fanget, eller krigsherjede land, eller barn eller dyr som ble mishandlet, gråt han.

Nå, når han så Grace foran seg her og nå, var det som å se på nyhetene for ham. Han ville strekke ut hånden og trøste henne på samme måte som han ville gjort med et barn. Så hvorfor følte han også noe annet? Noe annerledes? Og hva var det? Han undersøkte følelsen sin et øyeblikk, og han skjønte nøyaktig hva det var. Han følte behov for å ta vare på Grace. Å beskytte henne. Ja, det måtte være det! Det kunne ikke være det andre. Følelsen han hadde i underlivet akkurat da. Det kunne ikke være begjær. Nei, ikke det.

Da Vincente kom tilbake til nåtiden, sto Grace oppreist. Hun kjørte fingrene langs peishyllen og de innrammede fotografiene. Da Grace stoppet, gikk Vincente bort og stilte seg ved siden av henne.

Da han så fotografiet, smilte han og tok det opp. Sammen undersøkte de det nærmere. Det var Grace. Hun var sannsynligvis rundt fire eller fem år gammel, og hun holdt en abakus i armene.

«Det er definitivt deg,» sa Vincente. «Jeg kan se øynene dine i øynene hennes.»

Grace smilte og siktet gjennom tåken i sinnet sitt.

«Jeg vet at hun er meg. Jeg kan se at hun er meg. Men jeg kan ikke huske henne eller abakusen.»

Vincente tok hennes lukkede hender i sine, og åpnet dem en etter en, som om han åpnet to roser. Han trakk henne inn i armene sine.

Hun krøp seg inntil ham, lyttet til hjertet hans og følte en ny type forbindelse. Hun trakk seg unna.

«Se her!» utbrøt hun. «Det er faren min og broren min.» Under fotografiet sto det på en plakett: Benjamin Greenway, elsket ektemann til Helen, kjær far til Grace og Daryl. Gikk bort for tidlig, 55 år gammel.

Det andre fotografiet hadde også en plakett: Daryl Greenway, elsket sønn av Helen og Benjamin Greenway. Gikk bort for å hvile hos sin far, 21 år gammel.

Grace trakk pusten dypt og husket dem på sykehuset. Hun ristet på hodet. De hadde ikke besøkt henne, korrigerte hun seg, fordi de begge var døde. Hun må ha forestilt seg det.

«Det er så trist,» sa Grace. «To mennesker som betydde alt for meg, og jeg føler ingenting. Bortsett fra tristhet for meg selv, fordi jeg ikke kan huske dem. Jeg er så egoistisk!»

«Du er ikke egoistisk! Det er bare det at du ikke kan huske det akkurat nå, og det er ikke din feil.»

«Jeg vil så gjerne huske noe. Hva som helst!»

«Og det vil du, bare vær tålmodig. Gi det tid.»

«Jeg tror ikke det kommer til å skje, Vincente. Jeg tror ikke jeg noen gang vil huske det.»

Vincente la hendene på hoftene. «De kom tilbake for å besøke deg på sykehuset av en grunn. Kanskje de kom tilbake for å hjelpe deg.»

«Hvordan? Ved å få meg til å tro at jeg var i ferd med å miste forstanden?»

«Nei, for å bevise at du fortsatt kjente dem, selv om de hadde gått over til den andre siden. Du snakket med dem. Hadde en samtale med dem.»

«Ja, men det var meningsløst.»

«Fordi jeg avbrøt dem. Kanskje de ikke hadde fortalt deg det de trengte å si ennå.»

«Det ville vært interessant hvis det var sant, Vincente. Men jeg tror ikke det høres særlig troverdig ut. Takk likevel,» sa Grace. Hun gikk gjennom rommet og stilte seg ved foten av trappen.

«Kanskje,» sa Vincente. Grace snudde seg mot ham. «Kanskje de ga deg en beskjed. Tok deg tilbake til en tid i livet ditt da du hadde begge deler: en lykkeligere tid. En tid da du hadde en fortid å huske, en nåtid å leve i og en fremtid å se frem til.»

«To av tre, da,» sa Grace.

Vincente lo og begynte å synge og danse.

«Fortsett», oppmuntret Grace.

Vincente gled over gulvet, brukte en vase som mikrofon og sang en serenade på ett kne til Grace, som applauderte entusiastisk.

Kinnene hennes var dypt røde da hun gikk mot ham og kysset ham hardt på munnen.

Han kysset henne tilbake. Hendene hans vandret, og hendene hennes vandret, og tungene deres utforsket hverandre.

De ble begge klar over hva som skjedde samtidig og trakk seg samtidig tilbake.

«Hva prøver du å gjøre med meg?» spurte Grace.
«Jeg er lei meg, så lei meg,» sa Vincente.

«Det var oss begge ...»

«Ja, det var øyeblikket. Jeg er enig i at vi begge ...»

«La oss bare glemme at det noen gang skjedde,» sa Grace.

«God idé,» sa Vincente. Han så Grace gå opp trappen.

Da hun kom til toppen, snudde hun seg og smilte over skulderen. «Vi ses snart. Jeg skal bare finne rommet mitt og friske meg opp litt.»

«Flott!» utbrøt Vincente, mens han kammet håret med fingrene. Da hun var ute av syne, gikk han tilbake til toalettet og sprutet vann i ansiktet. Han så på seg selv i speilet og lurte på hvem den personen som så tilbake på ham var.

Hvem var den personen? Hvem hadde følelser, ekte følelser, for noen som for bare noen dager siden ikke hadde betydd noe for ham, bortsett fra en jente som kunne hjelpe ham med matteoppgavene slik at han kunne forbli på laget? Nå hadde han lurt henne, og hun hadde svart, åpnet seg for ham. Han skammet seg så mye over å ha utnyttet Grace, spesielt i denne tiden da hun var så sårbar.

Så tenkte han på hennes myke lepper, på hvordan de hadde nølt og så åpnet seg for ham. Hun kysset

ham som ingen annen jente hadde kysset ham før. Hun falt enda dypere for ham, og han visste det.
   Problemet var at han også falt for henne.

BOK 18

Oppe sprutet Grace også kaldt vann i ansiktet. Hun strålte, både innvendig og utvendig. For et øyeblikk brydde hun seg ikke om hun husket fortiden sin, fordi hun mente at fremtiden var viktigere. Vincente var viktigere for henne nå enn noen minner noensinne kunne være.

Hun gikk langs gangen, forbi rom med lukkede dører. Hennes tanker gikk tilbake til kysset og feberen som hadde strømmet gjennom kroppen hennes som ild, til hun fant soverommet sitt. Det måtte være hennes, for det sto en datamaskin der, og bilder av Einstein og Fibonacci, lærebøker, en abakus og ... ja, det måtte bare være hennes rom.

På kommoden oppdaget hun et lite smykkeskrin. Da hun åpnet det, begynte en sang å spille.

«Trenger du hjelp?» ropte Vincente.

Grace kom tilbake til toppen av trappen med en liten pute i hånden. Hun kastet den til ham. Det var en pute formet som et hjerte.

Tilbake på rommet sitt snudde hun på smykkeskrinet som identifiserte sangen som en kjent kjærlighetssang. Hun lot skrinet stå åpent og lyttet mens den spilte melodien om og om igjen mens hun gikk mot dusjen.

Hun stoppet et øyeblikk da hun hørte en merkelig lyd. En mumling. En hvisking. Hun lyttet. Hun lukket lokket på smykkeskrinet. Lyttet igjen. Tenkte at det måtte være i hodet hennes. Tok et skritt til. Hørte det igjen. Stoppet. Lyttet.

Volumet økte, men bare litt.

«Går det bra der oppe?» spurte Vincente da han så Grace stå stille og stirre tomt nedover korridoren.

Grace nikket. Hun gikk tilbake til rommet sitt. Hun skiftet klær akkurat i tide, da Vincente kom til toppen av trappen.

«Det går bra», sa Grace. «Jeg bare ...» Hun nølte. «Uh, hørte du noe?» Hun vendte hodet bort og ventet på å høre lyden igjen.

«Jeg hørte litt musikk», sa Vincente.

«Ja, det var smykkeskrinet mitt, det spiller musikk. Men noe annet?»

«Som hva?» sa Vincente og så ned på føttene sine.

Grace trodde han hadde hørt noe, men han ville ikke si det til henne, i tilfelle hun ikke hadde hørt det. Hun kunne se at han var bekymret for det. «Som en hvisken,» sa Grace.

«Ja, jeg hørte noe.»

«Jeg trodde det var i hodet mitt,» innrømmet Grace. «Først. Men nå ...»

«Nei, jeg kan også høre det. Det er som ...» Vincente stoppet opp og sto stille som en statue.

«Hysj,» sa Grace, da det begynte igjen. Litt høyere enn før.

Nesten som et stønn.

Det hvisket navnet hennes, Grace, gjentatte ganger, som om det var refrenget i en sang. «Kanskje det er moren min?» foreslo Grace.

«Kanskje.»

«Kanskje hun er skadet.»

«Kanskje.»

«Hysj.»

En sterk vindpust blåste inn gjennom inngangsdøren og presset seg opp trappen mot Grace og Vincente. Kraften var så stor at den presset dem flat mot veggen. Innholdet i huset ristet, og fundamentet knirket.

Enda et jordskjelv?

De bestemte seg for at det ikke var lurt å være på øverste etasje. De tok hverandre i hånden og begynte å gå mot trappen.

«La oss komme oss ut herfra!» utbrøt Vincente.

Grace visste at de måtte gjøre det, og det med en gang. Men hun var bekymret for at moren hennes var fanget i huset. Hva om hun var skadet?

Da de nådde trappen, grep de tak i tregelenderne mens trappen gynget fra side til side. Huset begynte å riste og vri seg, nesten som om det hadde tenkt å fly av gårde. Trappen begynte å spille som tangenter på et piano, og gikk i stykker, slik at de måtte oppgi planen om å gå tilbake til Terra Firma.

Igjen ropte stemmen: «Grace.»

***

Grace snublet langs korridoren, og virket som om hun fulgte lyden av stemmen. Den kom fra et rom med lukket dør i enden av gangen.

«Jeg tror det er mammaen min,» sa Grace da de passerte et soverom med døren på gløtt.

Det var Daryls rom, som hun kjente igjen på rekken av musikkinstrumenter, CD-er, den uredde sengen og den tomme kurvstolen. Stolen sto rett under vinduet, nesten som om den ventet på at broren hennes skulle komme tilbake. Vinduet var vidåpent, og en ny vindpust blåste inn. De hindret den i å skyve dem over rekkverket ved å smelle soveromsdøren igjen i siste sekund.

Stemmen hvisket tenåringens navn om og om igjen.

Tenåringene skalv og holdt hverandre i hendene. Sammen gikk de langs korridoren. Mot den lukkede døren i enden av gangen, mens huset skrek og brølte rundt dem.

***

Stønnelyden ble høyere og høyere.

Hviskingen var ikke lenger en hvisking.

Det var tydeligvis en kvinnes stemme.

Det var stemmen til Helen Greenway, som ropte på datteren sin.

«Kanskje du burde svare?» foreslo Vincente.

«Mamma!»

«Grace!»

«Mamma!»

«Grace, Grace!»

De kom frem til døren. Den føltes varm å ta på, og den var intakt. Den hang fortsatt i hengslene.

Huset hadde sluttet å riste og brøle.

De dyttet den opp.

Noe gled forbi dem og kom inn i rommet før dem.

Det var som en iskald bris.

De skalv da døren lukket seg bak dem og låsemekanismen klikket på plass av seg selv.

Tennene deres klapret mens øynene tilpasset seg lyset, og de kunne se seg rundt. Grace var sikker på at de ikke var alene, men hun kunne ikke se moren sin, og stemmen ropte eller hvisket ikke lenger navnet hennes.

Det føltes kaldt. Kaldt som døden.

«Kan du se noe, hva som helst?» spurte Vincente.

«Jeg kan se kald pust. I form av Fibonacci-snøfnugg.»

«Hva?»

«Ser du, der? Snøfnugg.»

Snøfnuggene falt rundt dem. De skalv mer og la armene rundt seg selv da huden deres kjente de våte, smeltende flakene forvandle seg fra krystallhvite til tårer.

«Jeg kan føle noe, en tilstedeværelse her hos oss. Kanskje det var derfor jeg husket Fibonacci-greiene.»

«Ja, bra gjort, men er det farlig?» spurte Vincente. «Jeg mener, vil det prøve å skade oss?»

«Nei, jeg føler ikke at det vil skade oss. Men jeg føler at det vil bli kjent med meg.»

«Hva?»

«Det vil at jeg skal trøste det.»

«Bli her, ved siden av meg. Ikke rør deg,» sa Vincente.

«Det prøver å nå meg, i tankene mine. Det trodde at hvis det brakte meg hit, oss hit, så ville det kunne få det det ønsket fra oss, men nå som vi er her, vet det ikke hva det skal gjøre.» Grace sluttet å snakke og la hendene på hodet i smerte.

«Snakker du med det? Skader det deg?» spurte Vincente. Graces hele kropp skalv som svar.

«Det bruker en slags ESP for å kommunisere med meg. Det skanner hjernen min, kroppen min. Det lytter til tankene og følelsene mine.»

«Kom deg vekk fra henne!» ropte Vincente mens han tok en stol og kastet den mot veggen.

Grace skrek av smerte mens Vincente ble løftet opp i luften og kastet voldsomt ned på sengen.

BOK 19

Grace fortsatte å se på med forferdelse mens Vincente ble ristet frem og tilbake som om en demon hadde besatt ham. Hun kunne ikke la være å lure på, gjennom den tilslørte smerten som nå og da gjennomtrengte kroppen hennes, hva som var årsaken til dette. Var det et vesen fra en annen dimensjon? En varulv? En vampyr? Et spøkelse? En demon? Grace skannet rommet på jakt etter et våpen. Da hun ikke fant noe, ventet hun på at Vincentes kropp skulle roe seg. Føttene og armene hans ble deretter bundet av et usynlig, ukjent vesen.

Vincente lå nå stille. Grace prøvde å løpe til ham, men det var som om føttene hennes plutselig var blitt sementert fast i gulvet. Overkroppen hennes skiftet fremover, som om hun var en sirkusartist, men beina hennes var rett og slett umulige å bevege.

«Går det bra, Vincente?»

«Jeg har ikke vondt lenger.»

«Det er bra.»

«Hva med deg?»

«Jeg føler meg normal igjen, men jeg er veldig redd, Vincente. Jeg kan ikke bevege føttene mine.»

«For ikke å nevne at det snart blir mørkt her inne. Kan du nå lysbryteren?»

Grace kjempet for å bøye overkroppen i retning av bryteren på veggen. Hun strakk seg og strakk seg, og forestilte seg at hun faktisk var en sirkusfreak laget av gummi, berørte den og hørte klikket, men ingenting skjedde. Strømmen var blitt kuttet.

«Det virker ikke, Vincente. Det blir snart bekmørkt her inne!» Grace la armene rundt seg selv og prøvde å stoppe skjelvingen.

«Kan du fortsatt føle det, tilstedeværelsen rundt deg?»

Grace prøvde å kaste bort følelsene sine, og forestilte seg at de var tentakler som lette etter noe usynlig og ukjent.

«Det er stille nå, Vincente. Kanskje det fikk det det ville ha fra oss, og nå har det gått videre. Eller kanskje vi ikke var det det håpet vi skulle være.»

«Ja, for første gang i mitt liv ville jeg ikke ha noe imot å være en skuffelse for denne tingen. Men la oss prøve å tenke. Hva kunne den ville ha fra oss? Hva kunne det være?»

«En varulv?» foreslo Grace.

«Det er ikke fullmåne, i alle fall ikke på noen dager. Men hei, jeg tror ikke de kan være usynlige.»

«Hva med en vampyr?»

«Ja, de kommer bare ut om natten, ikke sant?» sa Vincente og lo lavt. Tauet var bundet veldig stramt rundt lemmene hans, og behovet for å bevege seg var overveldende. Problemet var at når han beveget seg, strammet båndene seg enda mer, og så skar de gjennom huden hans. Han kunne se bloddråper samle seg på lakenet fra anklene hans.

Grace la også merke til blodet som dryppet på lakenet. Hun så det røde blø på det hvite og spre seg. Hun ble forvirret av bevegelser som kom mot henne fra under teppet. Det var definitivt bevegelse. Slangeaktig. Langsomt. Snikende. På vei mot henne.

«Vincente!» skrek hun, mens tingen krøp seg mot henne.

Overkroppen hennes rygget tilbake. Tilbake, tilbake, så langt den kunne.

Dessverre for Grace var det ikke langt nok.

***

«Vincente!» skrek Grace med øynene nesten på stilk.

Han kunne se at hun var livredd, men hadde ingen anelse om hvorfor. Han prøvde å løsne tauene, men det var ingenting han kunne gjøre. Enhver kamp førte bare til at de strammet seg og bet seg enda dypere inn i kjøttet hans.

Tingen fortsatte å rydde vei til Grace.

Vincente kunne skimte at det var noe som beveget seg under teppet. Han så at Graces ben ble som gelé da det lukket gapet mellom dem.

Grace sto fast og prøvde å kontrollere seg selv. Hun ville skrike og skrike, men i stedet konsentrerte hun seg om å puste. Da det kom nærmere og nærmere, kunne hun føle at det begynte å undersøke henne.

En følelse av ro overveldet henne, overveldet sansene hennes. Hun følte innerst inne at den ikke ønsket å skade henne.

«Grace!» ropte Vincente, og tauene skar seg inn i huden hans. Han bøyde seg i midten, og lignet nå en nyfødt kalv. Så kom det en knebel ut av det blå. Den festet seg på Vincentes munn.

Under den kunne Grace se at han skrek, skrek høyere enn han noensinne hadde skreket før. Men alt som kom fra hans retning var en smertefull stillhet. Stille skrik er de skumleste skrikene av alle.

De holdt hverandres blikk. De strakte seg mot hverandre med alt de hadde, og låste øynene sammen da tingen kom til Graces føtter.

Den begynte å bevege seg oppover, fra tærne hennes, og kryp videre og videre oppover.

Det var da Graces stemme fylte huset med et elektrifiserende skrik.

Ikke kjemp imot, sa Grace til seg selv, vel vitende om at Vincente ville sagt akkurat det samme til henne, hvis han bare kunne.

Slapp av, tenkte hun, la det gjøre det det må gjøre, så kanskje det vil forsvinne.

Hun prøvde å blokkere det, å blokkere alt unntatt Vincente på sengen med øynene vidåpne. Fra der hun sto, kunne hun se en liten blodpøl som samlet seg fra hans høyre ankel. Hun så brystet hans heve og senke seg.

Tingen snudde henne og vridde henne til hun følte at hun ikke var seg selv lenger.

Kraften hadde vokst. Først var smerten utholdelig, som en svak brennende følelse. Nesten som et varmt kyss. Det var vanedannende; hun ville ha et kyss til, og så et til, og så et til. Så ble det til noe annet. En mer definitiv brennende følelse. Som et merke. Varmt. Varmere. Sizzling.

Ansiktet hennes var rødmusset, og hun klemte nevene hardt sammen. Viljen til å kjempe presset seg frem, men smerten var for stor til å bære.

Da den nådde bekkenområdet, økte den sizzlende følelsen, og temperaturen steg høyere. Det var som om hun sto i brann. Brennende på bålet. Hun kunne ikke tenke. Hun var som en stor nerve – en rå nerve. Smerten var uutholdelig. Hun orket ikke mer, men likevel økte den.

Grace klarte å holde seg bevisst mens den beveget seg opp mot brystene hennes. Også de brant, mens varmen beveget seg videre og synkroniserte smerten slik at den pulserte gjennom hele kroppen hennes.

Til alt ble svart.

BOK 20

Da hun kom til seg selv, var Grace ikke lenger i kroppen sin. Hun forsto langsomt hva som hadde skjedd. Smerten hadde fått sinnet hennes til å splittes.

Fra et sted over scenen kunne hun fortsatt se seg selv vri seg, snurre rundt i en imaginær kokonglignende kapsel, mens smertevirvelen kastet henne rundt, snudde henne og vridde kroppen hennes, som fortsatt beveget seg inni henne. Den holdt henne fanget i sitt brennende grep.

Grace kjente brenningen, luktet sitt eget kjøtt svi, og orket ikke lenger å se på seg selv, så i stedet vendte hun oppmerksomheten mot Vincente.

Han vred seg også. Kroppen hans rykket fra side til side, og han skalv nesten som om han var midt i et epileptisk anfall. Hun beveget seg mot ham, svevende. Hun berørte hans brennende panne med leppene sine.

Øynene hans fløy opp, nesten som om han sanset hennes tilstedeværelse. Hun skrek til ham, prøvde å bryte gjennom barrierene, men hans dempede skrik ble ikke hørt. Intensiteten i hennes skrik, gjennom kroppen hun ikke lenger var en del av, kjølte ned det varme rommet og forårsaket ham enda mer lidelse.

Grace ønsket å drepe den tingen. Uansett hva det var, ønsket hun å ta den og kvele livet ut av den, kutte av ånden. Hun ønsket at det skulle ta slutt. Da visste hun hva hun måtte gjøre. Hun måtte tilbake til kroppen sin, for å møte den forferdelige skapningen ansikt til ansikt. Hun måtte tilbake. Hun hadde ingen andre steder å gå.

Ja, tingen hadde kroppen hennes, men den hadde ikke sinnet hennes, og den hadde ikke sjelen hennes. Det samme gjaldt Vincente. Ja, de ble begge torturert, av ukjente årsaker. Kanskje fordi de var de to siste menneskene på jorden. Akkurat som i den gamle filmen Vincente hadde nevnt, der romvesenene prøvde å finne ut hva som drev menneskene. Eller kanskje de prøvde å drepe dem!

Uansett årsak, Grace hadde ikke tenkt å la dem få det som de ville. Å la dem ta livene deres uten kamp.

I et brøkdels sekund forestilte hun seg at hun fløy ut av vinduet. At hun forlot seg selv og Vincente. Men hun klarte ikke å gjøre det. Hun elsket den kroppen, selv om den hadde sine feil. Selv om det var mange, var den fortsatt hennes og bare hennes. Og så var det Vincente. Hun elsket ham, det var det ingen tvil om. Hun måtte tilbake til seg selv. Hun måtte redde ham. Kanskje redde dem begge.

Utenfor rommet blåste de høye trærne frem og tilbake, frem og tilbake, i den magnetiske kraften fra brisen. Hun og Vincente var som de trærne, de beveget seg med smerten som de beveget seg med vinden.

Hun tok et dypt åndedrag og gikk så inn i kroppen sin igjen. Smerten skar gjennom henne som en kniv.

Hun ville øyeblikkelig bryte ut, men innså snart at det hadde svekket henne, redusert hennes kontroll og kraft. Hennes essens var blitt forandret. Hun forsto nå at ved å fragmentere seg, hadde hun gitt tingen ekstra makt over hennes fysiske selv. Hun var nå fast bestemt på å ta makten tilbake!

Når hun var inne i kroppen sin, sitt hjem, samlet hun alle sine positive tanker og all sin energi, pluss all kjærligheten hun kunne finne i hjertet sitt. Hun hentet disse tingene fra minnebanken, lagret langt utenfor hennes rekkevidde.

Hun presset tilbake viljen til å løsrive seg igjen og konsentrerte all sin energi, ikke på den sviende, ubarmhjertige smerten, men på å skape en kraftig lyskilde av seg selv.

Da hun hadde forestilt seg det, beveget hun det som en solskinnskule. Hun holdt den i håndflaten til lyskule var som et hjerte: Grace og Vincente sine hjerter kombinert.

Hun projiserte all energien fra kulen mot Vincente. Den drev gjennom rommet og strålte galant. I noen sekunder vred Vincente seg ikke lenger. Hun trakk hjertet tilbake da den brennende smerten igjen overmannet henne, og holdt det. Det ga henne styrken til å bære det hun trengte.

Og et sted inne i sjelen hennes begynte en sang å spille, en sang hun ikke kjente igjen. En sang som var helt ukjent for henne. Mens den spilte, og mens hun sang den, brant ikke leppene hennes lenger, og øynene hennes nådde ut til Vincente. Hjertet hennes ba hans om å bli med på sangen, å synge den sammen med henne.

Sammen sang de i sine sinn og sjeler, og lyskule ble sterkere og sterkere og sterkere.

«Jeg har aldri invitert deg hit, ånd, eller hva du nå er. Du har ingen rett til å invadere kroppen min. Å invadere kroppen til vennen min. Nå, kom deg ut!»

Og det gjorde den. Den forsvant.

Grace sank sammen på gulvet.

BOK 21

Noen timer senere følte Grace seg uvel, noe som ikke var overraskende siden hun ikke hadde noen anelse om hvor hun var.

Når hun prøvde å bevege seg, verket hver eneste del av kroppen hennes. Armene og bena var vridd i unaturlige stillinger, som døde eller avbrutte tregrener. Hun prøvde å samle kroppen sin, men hver bevegelse fikk henne til å vri seg i smerte.

Hun prøvde å reise seg – med vekt på prøvde – men kollapset bare igjen. Grace så på teppet. Prøvde å tenke, å huske. Hva var det med det teppet? Hun så seg rundt i rommet. Fant sengen. Fant Vincente.

Alt om deres skremmende prøvelse kom tilbake til henne.

Hun tvang seg til å reise seg, gikk som et småbarn, da hun måtte lære kroppen sin bevegelsene på nytt. Til slutt nådde hun Vincente og stirret ned på hans ubevegelige kropp. På blodflekkene, som nå var brune. De spredte seg ikke lenger.

Hennes øyne falt på hans lepper. Hans så kyssbare lepper. Hun lente seg frem, men stoppet da øynene hans åpnet seg, og så enda mer. Han var ikke glad for å se henne. Han var livredd.

«Hva er det, Vincente? Uansett hva det var, er det borte nå. Vi er trygge. Vi er ok. Det kommer til å gå bra.»

Selv om Grace fortsatte å hviske disse positive ordene til ham, virket Vincentes skrekkslagne uttrykk bare å eskalere. Øynene hans flakket frem og tilbake, frem og tilbake. Han fortalte henne noe. Advarsel?

Hun hvisket og spurte om det var noe bak henne? Han nikket.

Hun tenkte seg om et øyeblikk, strakte ut hånden og følte etter tingen, men hun kunne ikke finne den. Hun ville løpe, flykte, men hun visste at tingen var der for henne. Den hadde kommet tilbake for henne.

Eller var det noe annet? En annen ting? Hun gruet seg for tanken på at denne tingen kunne være sterkere, mektigere, kunne knuse henne. Ødelegge henne.

Vincente stirret med frosne øyne rett over skulderen hennes. Hans frykt var smittsom, og hun skalv og ristet. Da innså hun at den eneste måten de kunne bekjempe denne tingen på, var sammen.

Grace bøyde seg ned og begynte å knyte opp tauene som holdt ham fast med den ene hånden, mens den andre hånden lette i nattbordet etter et våpen. Noe hun kunne bruke. Hun håpet at moren hennes kanskje hadde noe der, et verktøy som kunne hjelpe henne i denne alvorlige situasjonen.

Vincentes øyne skrek. Hans øyne ble hennes øyne.

I skuffen var en pinsett det eneste nyttige verktøyet hun fant, og Grace begynte å klippe av tauene. Det ville imidlertid ta evigheter å frigjøre Vincente i dette tempoet. Hun bøyde seg ned og begynte å bite i tauene med tennene, og gjorde gode fremskritt, til

Vincente begynte å skjelve og vri seg igjen. Hans øyne møtte hennes, og så lukket han dem.

Hun snudde seg raskt rundt og ropte: «Hva er du, og hva vil du med meg? Med oss? Vi vil deg ikke noe vondt. Si oss hva du vil ha, så skal vi gi deg det! Vi skal prøve å hjelpe deg, men vær så snill, slutt å skade oss. Slutt å skade min Vincente. Jeg skal gi deg hva som helst!»

Vincente sluttet å vri seg.

Øynene hans spratt opp da Grace ble løftet opp fra bakken og opp i luften.

Kraften slengte henne opp i taket. Så slo den henne mot veggene. Dunk. Dunk. Dunk.

Til slutt slengte den henne ned på gulvet, hvor hun lå livløs som en dokke.

Knust glass. Splintret. Flygende overalt. Traff hennes hud. Punkterte hennes hud.

Grace beskyttet seg så godt hun kunne med armene og hendene.

Noe løftet henne opp og bar henne ut av vinduet. Hun befant seg på ryggen til et flygende vesen og kjente den stinkende lukten. Hun holdt seg fast. Det føltes mykt. Ikke fjærkledd, men hårete, pelsete.

Det var veldig mørkt, så mørkt at hun ikke kunne se noen form på det hun ble transportert på.

De glide inn og ut og over ting: svarte, formløse, skyggefulle jordiske boliger og tårn og broer. Hun følte at de steg høyere og høyere, til det ikke var noe de kunne unngå å kollidere med. De var oppe i skyene.

Kanskje var hun død?

Grace og det luktfrie vesenet fløy i nattehimmelen. Da vesenet plutselig svingte til høyre, mistet hun nesten grepet. Vesenet utstøtte et beroligende «Gwap-Gwap». Det slengte henne tilbake i sikkerhet. Hun kastet armene rundt det.

De glidefløy. Grace gled inn og ut av bevisstheten og var fortsatt usikker på om hun var død eller drømte. De fortsatte, lenger og lenger, dypere og dypere inn i nattens mørke.

Grace åpnet øynene og forestilte seg i noen sekunder at de var omgitt av en tunnel laget av metall.

Hun snuste i luften, luktet havet og mistet deretter bevisstheten.

Det virket som om de hadde reist i en evighet, og nå begynte solen å stige. Den reflekterte lyset som et speilblankt romskip mens de begynte å drive nedover.

Magen hennes sank da de spratt av de merkelig faste skyene. Hoppende, fallende. Grace følte ingen frykt i dette øyeblikket. Hun følte seg trygg. Takknemlig for å være i live.

Så slapp skapningen henne.

Hun kjempet mot vinden på vei ned.

Solen sto høyt på himmelen, noe som var normalt. Der Grace befant seg, var det ikke normalt.

Hun lå i armene på et gigantisk tre, og bare det å se ned fikk magen hennes til å snurre. Hun var glad for å kunne ta på noe. Hun kjørte hånden langs den solide grenen hun hadde blitt lagt på.

Solen kastet sine stråler over skuldrene hennes. Hun plukket glassplinter ut av huden sin og unngikk å se ned.

Uten noe å distrahere henne, fulgte hun linjen av trestammen. Den fortsatte og fortsatte og fortsatte. Treet var veldig høyt, minst 145 meter.

Grace undersøkte omgivelsene og lot blikket vandre rundt i en sirkel. En sirkel av trær. Hun visste instinktivt, og uten noen logisk grunn, at hennes tre var kongetreet. De andre var riddere. Hun lette etter et dronningtre, men kunne ikke se det.

Hun prøvde å huske alt hun kunne om trær. Kunnskapens tre. Faktortrær. Binære trær. Godhetens og ondskapens tre. Ønsketreet. Juletreet. Visdomens tre.

Hun undret seg over trærnes guddommelighet. Hun forestilte seg at hvis hun var en liten jente igjen, ville dette være et tre hun ville være i ærefrykt for. Det var mye mer enn praktfullt. Dette treet var så høyt at det nesten var som om det kunne nå helt opp til himmelen, hvis den eksisterte.

Grace ristet på hodet. Hun ble distrahert av dets praktfullhet når hun trengte en måte å komme seg ned på.

For ikke å nevne det kjøttetende treet. Hva slags tre var dette?

Tanken plaget henne bare et øyeblikk, for hun lente seg tilbake og så på skyene som rullet forbi. Hun følte deres tilstedeværelse i seg, som om hun drev over himmelen på toppen av en av dem. Hun glemte alt annet hun skulle huske, mens hun forestilte seg at hun tråkket på en marshmallow-lignende, puteaktig form.

Hun var inne i en, og svevde, da hun igjen sovnet.

***

Solen hadde nesten forsvunnet, og skumringen var i horisonten. Hun strakte seg og gjespet, og følte seg trøstet. Hun glemte helt hvor hun var, men bare for et øyeblikk.

Under henne sto sirkelen av trær – ridderne – med grenene langs siden. De var alle døde trær. Men treet hun befant seg i hadde noen blader og var i full vigør.

Hun fulgte stammen på treet sitt helt ned til bakken. Hun la merke til at jorden var rystet ved bunnen. Det var ferske stier som førte bort fra treet. Stier som førte til de andre trærne, ridderne. Det virket klart at de andre trærne en gang hadde vært levende, men hadde omdirigert sine kilder til mat og energi for å redde kongen. De hadde dødd for kongetreet. De hadde gjort det ultimate offeret.

Men hvorfor?

Grace hadde ingen svar på dette spørsmålet.

Hun så opp på månen. Albert Einsteins ansikt speilet seg i den. Hun smilte til ham, nesten som om hun forventet at han skulle komme med noen formelaktige vitenskapelige og matematiske svar.

Hun var omgitt av symmetri, i grenene og i alle andre livsformer. Det var betryggende å føle det kjente i symmetrien.

Selv om det ikke ga noen svar, og heller ikke Einstein-månen.

E instein var omgitt av blinkende stjerner. De blinket i anerkjennelse av hans geni. Hun følte seg trøstet av at han våket over henne.

Hun åpnet sinnet sitt for alt og ingenting på en gang.

Hun følte seg ikke trøtt og søkte etter svar i himmelen. Hvis hun prøvde å klatre ned, kunne hun falle. Eller hun kunne klare å komme seg ned til bunnen. Hun kunne krype seg nedover. Sakte.

Hun ville utvilsomt brekke nakken hvis hun hoppet. Hun var ikke så ivrig etter å være på fast grunn igjen at hun ville være død.

Hun tenkte på å rope om hjelp, men hvem kunne hjelpe henne? Vincente? Nei, han var fortsatt bundet til sengen, så vidt hun visste.

Eller hun kunne vente. Kanskje det som hadde brakt henne til treet, hadde tenkt å komme tilbake etter henne? Kanskje det ville fly henne tilbake til Vincente? Men kanskje det ville drepe henne.

Hun undersøkte treets symmetri; det var et vakkert kunstverk. Det ville ta tid, men hun kunne bruke det som en stige.

Hun pustet inn duften av treet. Hun grøsset når hun tenkte på at det kanskje var et oliventre som kunne spise en død fugl. Et tre som kunne spidde levende byttedyr med grenene sine. Hun bestemte seg for at hun heller ville falle til bakken og møte sin ende, enn å bli spiddet og spist.

Det var for mørkt til å begynne å klatre ned. Grace var sikker på at hun ville ha bedre hell om dagen, selv om hun satte pris på ironien i at Einstein var der for å veilede henne.

Hun lente seg tilbake i armene på grenene og tenkte på Vincente. Hun savnet ham. De hadde tilbrakt hvert øyeblikk av hver dag sammen den siste uken, og han hadde blitt en viktig del av livet hennes.

Hun hvilte øynene, brukte hendene som pute og drømte om en plan: En plan som involverte en veldig stor øks.

BOK 22

Da en ny dag grydde, satt Grace helt stille og så på den som om hun aldri hadde sett den før. Hun var som forhekset av sitt ufrivillige perspektiv, som en engel på toppen av et ganske enormt tre, som på ingen måte minnet om julen.

Hun hadde vært våken i timevis, lei av å sitte stille og vente på at en lys idé skulle dukke opp, eller at en ny fluktplan skulle komme til henne. Hele natten hadde hun sendt telepatiske meldinger til alle matematikere og forskere som hadde forlatt jorden og gått over til en annen dimensjon. Hun oppfordret dem til å sende eller overføre en idé til henne fra hvor de enn befant seg, men ingenting kom.

Nedstemt innså Grace at hun var helt alene. Hun hadde ingen andre å stole på enn seg selv.

Hun så ned, ned, ned. Hun balanserte så langt hun kunne på grenen, som hadde vist seg å kunne bære hele vekten hennes. Hun trakk seg tilbake.

Det var langt ned, fryktelig langt ned. I det øyeblikket løp fantasien hennes løpsk. Hun forestilte seg Vincente, som kom i helikopter for å redde henne. Han klatret ned en stor stige i himmelen, og sammen kom de seg tilbake inn i den summende maskinen. De kysset lidenskapelig, og så steg de opp til himmelen, hvor de kunne leve lykkelig i alle sine dager.

Grace var irritert på seg selv for å ha tenkt på slike barnslige fantasier. Vincente var ikke i stand til å redde henne. Han hadde ikke kontrollen nå! Det, hva det enn var, holdt ham fast på sengen der bak, som om han var en sexslave.

Hun ble mer og mer rasende og viftet med nevene i luften, for alt det var verdt. Det var ingen som så henne vifte med nevene.

Likevel, et sted i bakhodet, trodde en del av henne fortsatt at Vincente kunne og ville redde henne. Alt hun trengte å gjøre var å vente. Hun visste at det var idiotisk, og hun visste at bare hun hadde makten til å komme seg tilbake til bakken, men likevel klarte hun ikke å motivere seg selv nok til å begynne å klatre ned.

Hele dagen så hun på solen som lekte med skyggene og danset inn og ut av grenene. Bladene lo, nesten som om de ble kilt, og hun kastet bort en hel dag uten å gjøre noe som helst for å hjelpe seg selv.

Stjernene blinket rundt henne mens hun sovnet. I hodet hennes spilte en sang

«Vugge, vugge Gracie, på tretoppen
Når vinden blåser, vil vuggen gynge
Når grenen knekker, vil vuggen falle
Og ned vil Gracie, vuggen og alt komme.»

Hun våknet med et rykk og oppdaget at hun hadde beveget seg helt ut til kanten av det trygge stedet hun hadde blitt plassert. Hun grep tak i stammen med all sin kraft og flyttet seg tilbake til sin posisjon, mens bladene rundt henne virket å hviske all treets sladder som hun hadde gått glipp av.

Hun hadde håpet at det hele var en ond drøm. Hun prøvde å overbevise seg selv om at Vincente ville komme og redde henne.

BOK 23

Stakkars Grace gråt til hun ikke hadde flere tårer igjen. Hun forestilte seg hvordan det ville være å ha et par vinger. Da kunne hun fly rett ut av treet. Hun kunne komme seg trygt unna. Hun kunne redde Vincente, og sammen kunne de rømme.

Da solen igjen gjorde seg gjeldende, bestemte Grace seg for å begynne å klatre med en gang. Treet virket som om det strakte seg mot solen med sine lange grener, og et øyeblikk forestilte Grace seg at det faktisk strakte seg mot henne med trefingre.

Utsikten fra stedet hun satt, tok fortsatt pusten fra henne. Den strakte seg så langt øyet kunne se. Alt var stille. Ingenting beveget seg, bortsett fra med hjelp av brisen.

Grace følte seg varm og trygg, mens hun hvilte der i solens trygge lysnett. Nesten som hun forestilte seg at det ville føles å komme tilbake til livmoren. Hun følte seg som ett med verden: ett med universet. Og likevel var hun mer alene enn hun noensinne hadde vært i hele sitt liv. Hvordan kunne det være?

Grace følte seg lammet av sitt dype ønske om å tro på en kraft større enn seg selv, og plutselig skjønte hun hvorfor. Før det fantes fysikk, vitenskap og symmetri, må det ha vært behov for en sjel. Behovet for sjelenes overlevelse: en enkelt sjel. Én.

Hun klemte knærne dypt inn mot brystet og lot ånden ta over alle sansene sine. Hun visste uten tvil at hun igjen ville berøre gresset ved foten av dette treet, og hun visste også at hun ville gå bort fra alt dette.

En ting til hun visste med sikkerhet, var at Vincente bare var en gutt. Han hadde ingen spesielle krefter eller evner som man ville ha hvis man var udødelig. Han følte smerte. Han kunne bli skadet. Og fremfor alt forsto Grace at menn noen ganger trengte hjelp. Ja, en fyr som var så atletisk og sterk som Vincente trengte til og med hjelp fra en jente noen ganger.

Hjelp fra en jente, i en tid som denne.

Hjelp fra en jente som Grace Greenway.

***

Hun forberedte seg på å klatre nedover, mens hun håpet at grenene under henne ville tåle vekten hennes. Grenen bøyde seg under henne og knirket litt, men holdt seg fast.

Hun la seg litt lenger ned og merket hvor fremmed det føltes for henne å klatre ned et tre. Hun var sikker på at hun som liten jente aldri hadde vært en naturlig treklatrer. Merk deg dette, tenkte Grace, hvis du noen gang får en datter, må du bygge et trehus til henne når hun er liten, slik at hun kan lære å klatre ordentlig.

Grace forestilte seg at hun var en profesjonell treklatrer. Noen som hadde klatret opp og ned mange trær og gjorde det med letthet. Hun innså at hun sannsynligvis ikke klatret som en profesjonell treklatrer ville klatret. Nei, tenkte hun, han eller hun ville brukt stammen. Den tykke delen av treet, for stabilitet.

Og det var akkurat det hun gjorde. Hun fortsatte nedstigningen, litt etter litt. Centimeter for centimeter.

Hun var sentrert. Hun hadde splinter i jeansene, og hendene blødde fra å holde vekten på den ru barken.

Da hun ble for trøtt til å fortsette nedover, kastet hun armene og bena rundt trestammen og hvilte. Da ringte smerten og det bankende blodet i hjernen hennes, men hun var for trøtt til å lytte, så hun sovnet.

***

«Bare gi slipp», sa en stille liten stemme mens hun gled inn og ut av søvnen. «Det er på tide, Grace, at du bare gir slipp.»

Hun holdt fast, enda hardere enn før. Hun snudde hodet og dempet stemmen med armene.

«Gi slipp, Grace», sa stemmen.

Hun ble stadig mer og mer trøtt av å holde fast. Armene og bena hennes pulserte. Hun unngikk å se ned.

Hun skled. Og hun falt.

En stor splint boret seg inn i hånden hennes, og blodet strømmet ut og dryppet nedover treet.

Hun så på blodet som strømmet ut og beveget seg nedover igjen, uanfektet.

Hun fortsatte sin ensidige ferd nedover og feide med seg blodet, som ble tørket opp av klærne hennes. Hun stoppet for å få igjen pusten. Begynte å bevege seg igjen. Ikke før hadde hun vendt tilbake til sin dryppende røde nedstigning, før mer blod strømmet, hjulpet av tyngdekraften på vei nedover.

Graces bloddråper glitret og danset i sollyset, som safirer.

Hun kunne ikke gå lenger ned. Hun lengtet etter tryggheten i rommet over, hvor hun kunne hvile. Hun innså at hun hadde kommet ganske langt nedover treet. Ja, det var fortsatt langt ned, men hun hadde fått nytt håp i hjertet.

Hun ville klare det.

Hun spredte seg så mye hun kunne langs stammen. Hun hvilte bena ved å vikle dem rundt nærliggende grener. Hun så ut som en kringle, men hun holdt seg fast, og hun var stolt av fremgangen sin.

Tankene hennes begynte å vandre, og hun innså hvor tørst og sulten hun var. Hun holdt fast for livet og prøvde å fokusere tankene på andre ting. Hun forestilte seg Vincente, hvordan han så ut da han først våknet. Hvordan han alltid kjørte fingrene gjennom håret. Hvordan ansiktet hans lyste opp når han smilte. Hvordan de koboltblå øynene hans så ut til å se dypt inn i sjelen hennes.

«Vincente!» ropte hun, «Vincente!»

Hun var i vrangforestillinger – eller nesten – da hun ropte til ingen: «Når jeg kommer meg ut av dette treet, skal jeg bare spise bark – mmm, mmm!» Hun lo som en gal kvinne.

Den konstante soleksponeringen hadde kokt hjernen hennes. Hun holdt fast og lo hensynsløst til noe rart skjedde med trestammen: den pustet.

Hun ville gi slipp. Hun balanserte på en knivsegg. Hun var helt klart i ferd med å miste forstanden. Hun tenkte at hun kanskje hadde feiltolket treets handlinger. Hun vurderte situasjonen på nytt og kom til at det var mer som et sukk. Treet hadde sukket.

Trær som tjente andre trær. Trær med behov for å spise kjøtt.

Treet nøs.

Det var et kort og raskt nys, ikke for høyt og ikke for langt. Grace lurte på om hjertet til et tre stoppet når det nøs. Hun tok seg sammen og innså at trær ikke har hjerter.

Hun klemte seg fast til stammen for å redde livet sitt, og besvimte.

***

Grace var ikke sikker på hva som hadde skjedd med henne før hun våknet. Hun kunne føle at treet pulserte. Hun kunne føle hjertet hans slå og slå og slå gjennom det tykke treverket. Hun forsto at hun måtte finne munnen hans for å unngå å bli en tre-snack.

Hun forestilte seg munnen som den døde fuglen hadde blitt kastet inn i. Det var en usedvanlig stor munn, med tanke på størrelsen på det treet sammenlignet med dette. Munnen hans måtte være et krater.

Da fikk hun en idé. Uten å tenke på konsekvensene, trakk hun en stor splint ut av treet og stakk den inn i overarmen. Blodet strømmet og rant nedover trestammen. Først var det bare noen få dråper, men snart samlet dråpene seg til en stor blodklump.

Hun så på mens den rant ned, ned, nedover treet, og så skjedde det hun hadde håpet – og fryktet – ville skje.

En enorm, svart tungeaktig ting stakk ut av et gapende hull, og med en aspets tunge. Den flimret og vridde seg, mens den slikket og spiste av Graces blod.

Da det ikke var mer blod igjen, strakte tungen seg høyere og høyere opp på stammen, på leting. Den var fortsatt sulten.

Grace holdt seg fast med all sin kraft. Hun ville ikke falle ned nå, ikke mens den ventet på henne der.

Hun trengte en plan B.

BOK 24

Hun klamret seg fast til trestammen for å redde livet sitt, og konsentrerte seg om å roe pusten sin, som ble stadig mer overfladisk. Hun var desperat etter å komme seg ned. Å komme seg ut av fare. Og hun var desperat etter å få lettet på seg.

«Grace.»

Denne gangen så hun opp da hun hørte navnet sitt bli ropt.

Ikke si at treet også kan snakke og at det vet hva jeg heter, tenkte hun. Ikke si det!

Hun var dehydrert. Hun var sulten og utmattet. Selv om hun hadde sovet litt, var det ikke den slags søvn hun trengte.

«Du har alltid vært et sta barn», sa stemmen.

Det var en mannsstemme. Stemmen til mannen som hadde besøkt henne på sykehuset. Stemmen til mannen som døde i en bilulykke for mange år siden. Stemmen til faren hennes.

Hun var i ferd med å miste forstanden. Denne gangen var det ingen tvil. Hun var definitivt i ferd med å miste forstanden.

«Grace», hvisket han.

Da hun ikke reagerte på hans tilstedeværelse, hvisket han navnet hennes, om og om igjen. Eller kanskje det var vinden. Var det bare vinden som ropte navnet hennes?

«Bare gi slipp», sa faren hennes. «Dette er ikke riktig for deg og den gutten. Han er ikke riktig for deg heller.»

Henvisningen til Vincente fanget hennes oppmerksomhet.

Faren hennes lo. «Grace, hør på meg. Du og Vincente er ikke ment for hverandre. Han er på en annen vei. Bare gi slipp. Gi slipp på her og nå.»

«Ikke snakk om Vincente. Du kjenner ham ikke engang.»

«Grace, jeg kan ikke fortelle deg hva jeg vet eller hvordan jeg vet det, men betalingen må gjøres, og prisen er for høy for deg. Dessuten blir du manipulert til å reparere fortiden.»

«Hva?»

«Jeg kan ikke fortelle deg alt jeg vet. Du vil finne ut av det når tiden er inne, men jeg råder deg til å gi opp nå. Si unnskyld nå. Så gi slipp. Du er bare et barn, uskyldig. Fortiden er ikke din å slette. Erstatningen er ikke din å betale.»

«Jeg forstår ikke.»

«Du vil forstå, og da vil det være for sent. Vær så snill, gi slipp. La det være gjort nå. Det er den eneste måten å frigjøre deg fra skjebnen på.»

Hun holdt seg enda fastere til trestammen. Det ga ingen mening.

«Bare gi slipp,» hvisket han.

Hun holdt fortsatt fast. Hun ga alt hun hadde. Hun orket ikke mer av hans tvangsmessige, manipulerende ord.

Hun samlet all sin styrke og begynte å sakte klatre ned igjen, centimeter for centimeter. Overlevelsesinstinktet hennes hadde slått inn, og hun kjempet imot.

«Grace, har du ikke hørt på meg? Du er en dum, dum jente!»

Noe eksploderte inne i hodet på Grace, og hun ba ham mentalt om å holde kjeft. Mens hun fortsatte å samle krefter, klatret hun lenger og lenger nedover trestammen.

Hun var ikke lenger redd. Hun var ikke svak. Og hun ville ikke gi opp uten kamp.

Grace ignorerte sin svikefulle far og la en plan i hodet. Hun dro hele underarmene langs de knivskarpe grenene, åpnet sår etter sår og lot blodet renne ut.

Det fallende blodet dannet en stor blodpropp, som hun visste ville vekke den sultne munnen til live igjen. Hun svevde like over stedet hvor hun hadde sett den før, og vurderte alternativene sine. Det var risikabelt, men det ville løse to problemer samtidig. Hun hadde ikke noe annet valg.

Da de salte dråpene nærmet seg den svarte tungen, slikkte den dem grådig opp. Og så begynte den å lete oppover etter mer. Det var en veldig grådig tunge, grådig etter Graces blod.

Hun lot en ny gruppe dråper strømme ut av såret, og så og ventet på det perfekte øyeblikket da tungen var i posisjon for å motta en ny dråpe – og så skulle hun sende en bombe ned på den.

Faren hennes fortsatte å skjenne på henne. Grace fortsatte å ignorere ham. «Han liker blodet ditt, Grace,» hvisket en stemme langt over henne.

Det var ikke faren hennes. Det var stemmen til en liten jente.

Grace så opp og kjente igjen jenta. Det var hun som hadde stått midt i veien forleden dag. Grace hadde svingt bilen for å unngå henne. Hun satt trygt i grenene der Grace hadde begynt denne reisen, og vridde det røde båndet på den hvite nattkjolen rundt og rundt fingrene sine.

Grace blunket for at den lille jenta skulle forsvinne igjen, men denne gangen ble hun værende.

«Hjelp meg, Grace,» sa hun.

«Hvem er du? Hva heter du?»

Hun lo. «Du kjenner meg, Grace. Husker du ikke?»

Grace ristet på hodet. Prøvde å finne et minne.

Da snakket den lille jenta veldig lavt. «Jeg er akkorden.»

Grace følte umiddelbart anger og tristhet og kjærlighet for barnet på en eller annen måte.

Den lille jenta balanserte på kanten av grenen som en marionett og sang

«Jeg er kvinnen som tegner
Jeg er ropet
Jeg er den hemmelige stemmen
Jeg er sukk
Jeg er det som høres
Lavt i skumringen
Fugler svarer med en tone,
Blomstene i moskus;
Jeg er den smertefulle planten,
Uttalt der det kaller
En ensom fugl som vandrer forbi
Duse fosser;
Jeg er kvinnen som tegner,
Ikke gå forbi meg;

Jeg er den hemmelige stemmen,
Hør mitt rop;
Jeg er kraften som natten
Mister i utlandet;
Jeg er livets rot;
Jeg er akkorden.» *

Grace, hypnotisert av den lille jentas søte stemme og den vakre klangen, strakte seg ut mot henne.

Den lille jenta fullførte sangen. «Husk, Grace, noen blir gitt, og noen blir tatt. Husk det.» Den lille jenta hoppet ned fra enden av grenen.

Graces skrik var det eneste som kunne høres.

Bortsett fra vingeslagene da den lille jenta forvandlet seg til en ravn og fløy bort.

BOK 25

Ute av stand til å skille mellom fakta og fiksjon, fant Grace trøst i søvnen. Inntil hun våknet, da kom alt tilbake.

Hun holdt seg knapt fast i treet og i sin sinnstilstand.

Til høyre dinglet og svaiet noe lite og grønt. Det var en oliven som var nesten innen rekkevidde.

Alt hun trengte å gjøre var å flytte vekten og bevege seg litt, og så strekke seg ut som en gummi-kvinne på sirkus ville gjort. Magen hennes knurret. Hun var desperat etter næring.

Da hun beveget seg mot den, stoppet hun opp et øyeblikk. Noe dypt inne i magen hennes følte seg mistenkelig. Hadde den plutselig dukket opp, eller hadde hun ikke lagt merke til den før? Hvor absurd! Det var for mye for henne å ta inn. Igjen lurte Grace på om hun var i ferd med å miste forstanden.

Min, tenkte hun.

Hun presset seg mot det, strakte seg lenger og lenger uten å sette sikkerheten sin i fare, til olivenen var innenfor rekkevidde.

Hun dro i den.

Den ga nesten etter, og så begynte treet å riste, nesten som om det hadde et anfall. Hun så rett ned under seg og la merke til en piggete gren som pekte rett mot henne. Hvis hun falt ned nå, ville hun bli spiddet på grenen akkurat som den stakkars ravnen hadde blitt.

Grace kjempet for å holde seg fast. Hun klamret seg til det rystende treet med all den kraften hun kunne samle i armene og bena. Hun satt nå med beina på hver side av treet.

Plutselig forvandlet rystelsene seg til noe annet. Treet hadde et anfall. Det var midt i en gigantisk raseri. Eller var det smerte? Grace kjente til smerte. Hun husket hvordan det fikk henne til å miste kontrollen over alt, til og med sin egen menneskelighet.

Treet stilnet seg et øyeblikk, og begynte så å ryste enda voldsommere.

Grace tenkte på de fem sansene. Hun lurte på, siden dette treet hadde en munn å spise med og en tunge å smake med, hvilke andre menneskelige egenskaper det hadde. Hadde det et bankende hjerte? Følte det noe?

Hun lente hodet fremover og trakk pusten dypt, og pustet ut mot trestammen. Det virket å hjelpe, om enn bare for et øyeblikk.

Hun prøvde noe annet. Hun kjærtegnet grenen nærmest henne. Den som bar oliven. Mens hun kjærtegnet grenen, tenkte hun på hvor takknemlig hun var for å være i live.

Og Grace skjønte da at treet hadde avledet oppmerksomheten hennes fra å plukke frukten, barnet sitt. Det var det eneste det levde for.

Det var tross alt ikke et kongetre. Kongen hadde sendt sine tårn for å redde dette treet, dronningen. Hun var håpet. Hun var fremtiden.

Og nå var også hun i ferd med å dø.

Grace klatret forsiktig ned, ikke lenger interessert i oliven. «Jeg er så lei meg,» sa Grace høyt. «Så lei meg.»

Da tårene rullet nedover kinnene hennes, falt de ned på de ventende grenene under henne. Og snart vendte grenen seg nedover, ikke lenger en trussel mot henne. Så ble alt stille. Alt var fredfullt. Og Grace visste med sikkerhet at hun snart ville være sammen med Vincente igjen.

Grace gikk tilbake til trestammen og hvilte. Hun var utmattet og ukomfortabel og mer sulten enn hun noensinne hadde vært, men hun angret ikke.

Treet begynte å hoste. Så begynte treet å sprute. Grace begynte å falle nedover. Det var som om fingrene hennes var dyppet i smør. Hun klarte ikke å holde seg fast.

Hun så opp på nattestjernene, på Einsteins måneansikt, og hun var fornøyd med hva som enn skulle skje. Hun hadde funnet seg i det, for hun hadde gjort alt hun kunne for å sikre sin overlevelse.

Hun gled litt nærmere bakken.

Hun la merke til at grenene rundt henne snurret. Virvlet. Grenene, som en gang hadde vendt seg mot himmelen, bøyde seg nå ned og gestikulerte i hennes retning.

Hun falt lenger ned, vel vitende om at treet også var i ferd med å dø.

Mens det vred seg i sporadiske spasmer, gled Grace og gled og gled, mens hun hele tiden så på den endeløse himmelen og de virvlende skyene over seg, som beveget seg videre uten å bry seg om verden.

De tynne grenene knirket og lengtet etter slutten.

Snart begynte solen å stige opp i horisonten og spre sine stråler mot det vridende treet, og fylte det med et delikat, harmonisk lys til grenene var varme og stille.

Da sollyset kysset treet, muligens for siste gang, bøyde grenene seg, bøyde seg og foldet seg, og skapte en trapp. En trapp som ville føre Grace tilbake ned til bakken.

Hun fjernet de klamme hendene fra trestammen og tråkket forsiktig på det første trinnet. Det holdt lett vekten hennes. Hun beveget seg raskt langs dem, ett etter ett, og holdt seg fast ved trestammen når hun trengte det.

Under seg kunne hun se gresset. Hun var nesten fremme. Det var et kappløp mot solstrålene: ville Grace komme frem før de nådde bakken? Hvem ville nå bakken først?

Da Grace tråkket ned, kysset hun og solstrålene bakken samtidig. Hun lo da gresset kilte føttene hennes, og hun nøt den jordnære, moskusaktige duften.

Hun sto under det gigantiske treet og pekte mot himmelen.

Først hadde hun vært en uvelkommen gjest i det treet, og nå var det som om hun forlot en gammel venn. Grenene var bøyd og vridd, og stammen tydet på at det ikke ville stå oppreist mye lenger.

Det kom et høyt knirk, og så et jordskjelvaktig smell da trappen begynte å rase nedover. De traff bakken og spratt som et barn på en trampoline, etterfulgt av trehagl, og splinter sprutet overalt, som granatsplinter.

Grace sto stille, for redd til å bevege seg, mens dronningen falt til sin siste hvilested ved hennes føtter.

En liten ting var fortsatt i bevegelse. Den kom nedover.

Hun fanget oliven i hånden, stakk den i lommen og gikk for å finne Vincente.

Da hun var på vei hjem, følte hun seg desorientert og utmattet, men likevel heldig som var i live.

Det tok ikke lang tid før hun innså at hun ikke var langt fra huset. Da hun fikk øye på hjemmet sitt, brøt hun ut i gråt. Hun kunne ikke stoppe, mens hun åpnet døren og klatret opp det som var igjen av den ødelagte trappen. Øverst snuste hun og innså at hun luktet vondt. Hun tok en rask dusj, skiftet klær og renset sårene sine.

Så åpnet hun soveromsdøren (den var ikke lenger låst) og så Vincente fortsatt bundet til sengen. Han var i nøyaktig samme posisjon som da hun forlot ham. Først fryktet hun at han var død.

Da hun lente hodet mot brystet hans, kunne hun kjenne pusten hans i nakken. Hun kunne høre hjertet hans slå.

Hun kysset øynene hans, kinnene hans, pannen hans og munnen hans. Hun vekket sin kjekke prins. Hun brakte ham tilbake til den våkne verden. Tårer rullet nedover kinnene hennes.

Vincente åpnet øynene. «Drømmer jeg?»

Grace svarte ikke. Hun kysset ham bare på de søte leppene hans, gjentatte ganger. Så klatret hun opp i sengen til ham, la armene rundt halsen hans og sovnet.

BOK 26

Grace våknet mens hun fortsatt klamret seg fast til trestammen for å redde livet. Det var fortsatt bekmørkt ute. Redd for å bevege seg, klamret hun seg enda fastere. Da kjente hun varm pust på pannen. Hun skvet til. Slo ut.

Stammen beveget seg.

Hun hørte hjerteslagene dens.

«Jeg kunne bli vant til dette.»

Grace skrek.

«Går det bra, Grace? Våkn opp!» sa Vincente.

Hun trakk seg tilbake og så rett inn i hans skjeggete ansikt. Selv om det var mørkt, kunne hun se at hun var sammen med Vincente. Hun var hjemme igjen, og de var sammen igjen.

Hun hadde en drøm i en drøm – men dette var virkeligheten. Hun klemte ham hardt.

«Jeg må se ganske forferdelig ut,» sa Vincente.

«Du ser vakker ut for meg.»

«Ah, det sier du sikkert til alle gutta du finner bundet til senger. »

«Ja, jeg sier alltid at de er veldig vakre, så de lar meg gjøre som jeg vil med dem.» Hun lo.

«Vi må snakke om det som skjedde her og om det som skjedde mens du var ... borte.»

«Jeg vil ikke snakke om det nå, Vincente. Kanskje jeg aldri vil snakke om det.»

«Det er opp til deg, Grace, men jeg håper du vil kunne fortelle meg det en dag.»

«Det var forferdelig og fantastisk på samme tid.»

«Hvis du knytter meg opp, kan jeg kanskje dusje og skifte. Så kan vi snakke sammen.»

Hun fant en saks i kjøkkenet og kuttet Vincente løs. Der tauene hadde bundet ham, var det tørket blod, men kuttene så ut til å være i ferd med å gro.

Hun hjalp ham opp da han var fri, men beina hans spredte seg under ham.

«Jeg klarer det,» sa Vincente, mens han sakte beveget seg ut av rommet. Hun fulgte etter, åpnet baderomsdøren for ham og begynte så å klatre gjennom ruinene for å komme seg ned til første etasje igjen.

«Mamma har beholdt alle klærne til broren min. Se om du finner noe som passer deg.» Vincente nikket og lukket baderomsdøren bak seg. Hun hørte dusjen starte og var klar til å lage frokost.

I kjøkkenet bestemte Grace seg for å lage en piknik. Hun valgte området i hagen. Så lagde hun en kanne kaffe og hentet noen krus og sukker. Hun la litt brød fra fryseren i brødristeren, hentet marmelade, vegemite, jordbærsyltetøy og smør fra kjøleskapet. Så lagde hun eggerøre og bar alt ut.

Det var en piknik, men det manglet servietter og en duk. Hun gikk gjennom skuffene og fant begge deler. Hun dekket bordet så det så vakkert ut, og satte til og med en vase med tørkede blomster i midten av bordet.

Da hun så bevegelse i kjøkkenet, ropte hun til Vincente: «Jeg er her ute!» Og da han kom ut, ropte hun: «Overraskelse!»

Først spiste de sammen i stillhet.

Vincente så bort på Grace, og for første gang så han henne i et helt annet lys. Inntil nylig hadde han sett henne på avstand, selv om hun hadde vært rett ved siden av ham. Kanskje fordi han hadde vært blind for henne før. Siden da hadde hun vist styrke og mot, og en lidenskap for livet han aldri hadde kjent før. Hun kysset dypt, som om hun kysset med hjertet, og han visste – hadde alltid visst – at hun elsket ham. Likevel hadde han ikke trodd at han følte det samme. Inntil nå.

«Jeg visste ikke at kaffe kunne smake så godt», sa Vincente og prøvde å endre tankegangen sin. Men hans dype følelser røpet seg, og han lente seg over teppet og kysset Grace forsiktig på leppene.

Kroppen hennes overga seg til ham, og sammen kysset de dypt og urokkelig. Vincente strøk håret bort fra Graces ansikt og holdt henne tett inntil seg. Han lyttet til hjertet hennes som slo i takt med hans, og han ble overveldet av en kjærlighet han aldri hadde følt før.

Vincente så henne inn i øynene mens han snakket. «Da du var borte ...»

Hun prøvde å avbryte ham, fordi hun ville si noe. Han visste hva hun tenkte, at hun ikke ville snakke om det som skjedde mens de var fra hverandre, men det var ikke det han ville snakke om.

Han la pekefingeren på leppene hennes og ba henne være stille. Han måtte fortelle henne det nå, før han mistet motet. «Da du var borte, innså jeg noen ting, og det viktigste av alt var at jeg er forelsket i deg.»

Hun gispet. Det var ukontrollerbart.

Han ba henne om å være stille igjen.

«For ikke lenge siden slo jeg deg i hodet med en cricketball, og du besvimte. Jeg var bekymret for deg, men i et øyeblikk tenkte jeg: 'Hvem skal hjelpe meg med matteoppgavene mine nå?'. Jeg var egoistisk, jeg vet det. Helt og holdent.»

Igjen ville hun avbryte ham. «Så så jeg på deg, den dumme lille jenta som alltid så på meg på en merkelig måte, som noen ganger fulgte meg med blikket. Som åpenbart var forelsket i meg...»

Hun grimaset ved denne bemerkningen, og hun følte seg flau. Hun lurte på hvorfor han ikke bare hadde stoppet ved «Jeg er forelsket i deg». Det hadde vært så perfekt.

Han fortsatte: «Du hjalp meg med matten. Du var avgjørende for at jeg kunne bli værende på laget, men jeg var ikke takknemlig overfor deg. Ikke egentlig. Jeg følte at du på en måte skyldte meg det. Jeg følte at alle skyldte meg noe. Jeg var annerledes da. Men jeg har forandret meg. Du har forandret meg. Nå, når jeg ser meg i speilet, ser jeg en mann som vil gjøre hva som helst for deg. En mann som vil være sammen med deg, og jeg mener ikke bare i dag eller i morgen, men alltid, og for alltid. Du tenker kanskje at jeg ikke er din type, og du tenker kanskje at du ikke er god nok for meg, men ærlig talt, jeg er ikke god nok for deg! Tidligere har jeg bare fulgt det som ble forventet av meg, uten å stille spørsmål. Jeg datet jenta jeg ble forventet å date. Jeg har vært den stereotype sportsgutten, og det er jeg ikke stolt av å si. Du, Grace, får meg til å tenke på morgendagen, vår morgendag, vår fremtid, og jeg gleder meg til å dele alt med deg.

Grace kjente tårene renne nedover ansiktet. Hun hadde ventet i årevis på at Vincente skulle si disse ordene til henne, og nå som hun hørte dem, tvilte hun på ham og sa: «Men Vincente, kanskje du bare føler det slik fordi vi er de eneste to som er igjen? Du vet, som om vi er fanget på en øde øy, og selv den kjedeligste jenta ser bra ut etter en stund.»

Hennes svar på hans kjærlighetserklæring var som et slag i ansiktet. Hun lengtet etter å ta ordene tilbake, men det var for sent. Skaden var allerede gjort.

«Hør her, Grace, jeg vet at du er redd, og nå skyver du meg bort. Vel, jeg er også redd, så ikke prøv å skyve meg bort fra deg med det «grimmeste jente»-tullet. Det nedverdiger alt jeg nettopp har sagt til deg, og uansett hva du sier og uansett hva du gjør, vil jeg alltid elske deg. Jeg elsker deg, Grace.»

«Jeg elsker deg også, Vincente.»

De falt i hverandres armer, og denne gangen var kyssene brennende. De drakk hverandre inn, som to alkoholikere som ikke hadde drukket på flere måneder. Lidenskapen deres fylte luften.

Vincente trakk seg først unna. Han hadde ikke noe valg, han måtte trekke seg unna, ellers ville de gå for langt, for fort.

«Hvor har du lært å kysse slik?» spurte han mens han kjærtegnet ryggen hennes og kjente varmen fra hennes hete hud på fingrene sine.

Grace trakk på skuldrene. Hun bare svarte på hans lidenskap. De prøvde å gå tilbake til maten, men smaken på leppene deres, smaken av hverandre, fikk alt annet til å virke kjedelig i sammenligning.

Da natten kom, la de seg på teppet og så på stjernene som blinket over dem, holdt hender og kysset hverandre. Det var en perfekt verden; en verden skapt for bare to.

Grace så på Vincente som lå og sov ved siden av henne. Bena deres var flettet sammen, og hun klarte ikke å frigjøre seg uten å vekke ham. Hun visste at hun må ha hatt dårlig ånde, men hun kunne ikke gjøre noe med det, så hun bare så på ham mens han sov. Brystet hans hevet og senket seg, og han så fredfull ut. Han så fornøyd ut.

Hun følte seg euforisk. Aldri i sine villeste drømmer hadde hun forestilt seg at ting ville ordne seg slik de hadde gjort. Vincente Marino var forelsket i henne, og hun var forelsket i ham.

Vincente våknet og gjespet. Pusten hans berørte Grace. Den var søt, og hun håpet at hennes også var søt, for hun visste at hun smakte av ham.

«Hvor lenge har du vært våken?» spurte Vincente.

«Ikke lenge. Det var en vakker natt, og nå har vi en fantastisk dag foran oss. Hva skal vi gjøre?»

«Først tror jeg vi må snakke om oss,» begynte Vincente. «Om hvor vi vil hen, og hvor fort. I går kveld ønsket jeg deg så sterkt, men jeg var ikke sikker på hvor fort du ønsket å gå frem. Jeg tenkte mye på oss mens du var borte. Jeg har lengtet etter å holde deg. Det var det som holdt meg gående, ærlig talt. Å drømme om oss, om å være sammen.»

«Jeg tror vi bør ta det rolig.»

«Jeg er for det, så lenge du lover å fortelle meg når du er klar.»

«Når jeg er klar, skal du være den første som får vite det!» sa Grace med et smil, og de omfavnet hverandre og kysset hverandre ømt.

De ryddet opp etter pikniken og gikk innendørs.

«Jeg tror vi bør dra videre herfra i dag,» sa Vincente.

«Ja, jeg tror vi trenger en ny start. Men hvor?»

«Et spesielt sted, og jeg tror jeg vet akkurat hvor.»

«Hvor? Fortell meg det!»

«Nei, du må vente til vi kommer dit. I mellomtiden skal jeg pakke noen ting. Med mindre du vil, du vet ...» Han smilte mens han kikket opp trappen.

Hun gikk mot ham, la hendene på skuldrene hans og så ham rett inn i øynene. «La oss få én ting helt klart, Vincente Marino, jeg er klar, villig og i stand. Men jeg vil ikke at det skal være her eller nå. Ikke på dette stedet. Men en dag, snart.»

Han kysset henne og begynte å gå gjennom ruinene til øverste etasje i huset. Han snudde seg mot henne og sa: «Når du pakker, se om du kan finne en stor øks, i tilfelle vi møter flere gale trær.»

«Skal bli.»

BOK 27

«Når skjønte du for første gang at du elsket meg?» spurte Vincente mens de kjørte langs Parramatta Road mot Sydney Central Business District.

«Jeg elsket deg fra første gang jeg så deg,» innrømmet hun.

«Men det var ikke ekte kjærlighet, var det vel? Det var bare forelskelse. En forblinding. Jeg mener, når skjønte du at du virkelig elsket meg, som person? Som en ekte person?»

Han kunne ikke forestille seg at kjærlighet ved første blikk var ekte. Han hadde aldri følt det. Han kjente ingen utenom i filmer eller teaterstykker som hadde uttrykt at kjærlighet kunne være øyeblikkelig.

Hun la hånden sin på hans, som hvilte på girspaken.

Han så rart på henne. Hun virket ukomfortabel, men hun hadde en nydelig hvit, nesten elfenbensfarget hals.

«Det finnes ingen andre for meg, Vincente. Det har det aldri vært. Mitt hjerte er så fullt av deg; det kan bare ikke være noen andre i det. Jeg elsker deg.»

Han stoppet bilen og beveget seg mot hennes nakne, hvite hals. Tennene hans var kjølige da de berørte henne, og så begynte de å brenne. Hjertet hennes banket så fort at hun trodde det skulle hoppe ut av brystet, og hun følte seg varm over hele kroppen mens hun hadde lyst til å sluke ham.

Etter noen øyeblikk kom de til seg selv igjen og begynte å kjøre videre. Gatene var proppfulle av utbrente biler, med unntak av en Land Rover. Vincente stoppet ved siden av den, og de to tok en nærmere titt. Den var nesten som ny, med hvite skinnseter og god plass bak til våpnene og forsyningene deres.

Vincente snudde nøkkelen i tenningen, og den startet med en gang. «Jeg tror denne er bedre enn vår bil, mye romsligere og mer pålitelig, og vi bør ... ta den.»

Grace likte ikke tanken på å stjele en bil, men det var fornuftig for dem å skaffe seg noe større og mer egnet til deres behov. «Jeg lurer på hvorfor denne ikke brant opp som de andre?» spurte hun. Vincente trakk på skuldrene, og de to begynte å flytte tingene sine ut av den andre bilen og legge dem i Land Roveren.

Det var litt bensin igjen, men ikke mye. Vincente gjorde et poeng av å stoppe ved neste bensinstasjon og fylle opp.

Grace gikk inn sammen med Vincente, og de kjøpte en kasse med vann og noen andre småting å ta med seg.

«Hvor skal vi?» spurte Grace igjen da de kjørte over Sydney Harbour Bridge.

Vincente smilte. Han var så fornøyd med seg selv over noe. Grace var veldig nysgjerrig og spent.

Vincente skiftet tema. «Vi var heldige som fant denne bilen. Den er i veldig god stand, og den bør kunne ta oss dit vi skal.»

«Vi er enda heldigere at du har førerkort.»

«Vel, teknisk sett har jeg ikke det,» sa Vincente og så på Grace. «Men hvem skal stoppe meg?»

Grace tenkte på situasjonen deres. Hun hadde vanskelig for å tro at det ikke fantes andre mennesker der ute et sted, på den andre siden av landet eller i en annen del av verden. Hun kunne ikke tro at de virkelig var de eneste to menneskene som var igjen på jorden.

«Tror du ikke det må være andre der ute et sted?» spurte Grace.

«Jeg tror det bare er oss,» sa Vincente.

«Men hva om det er andre?»

«Da finner vi dem, eller de finner oss. I mellomtiden skal vi ikke bekymre oss for det, ok? Vi er nesten fremme,» sa han da de svingte rundt hjørnet og kjørte inn på en vei som gikk parallelt med strandpromenaden. Landskapet var fantastisk. Grace lengtet etter å komme ut av bilen og løpe barbeint over den hvite sanden.

Vincente stoppet like utenfor Manly Hotel ved strandpromenaden. Som små barn kunne paret ikke vente med å ta av seg skoene og løpe i den varme, hvite sanden. Den kysset føttene deres og virvlet opp som sukker i bunnen av en kaffekopp, og da føttene deres berørte det kalde vannet, skalv de og lo.

«Tror du det er trygt?» spurte Grace.

«Trygt? Fra hva?»

«Du vet, som haier og maneter.»

«Vi har ikke sett et levende vesen på flere dager, ingen maur eller edderkopper, ingen mygg, ikke en eneste fugl... Og du er bekymret for haier og maneter?»

«Ja, vel, trærne var sultne, så hvem vet om...»

Vincente kysset bort bekymringene hennes. Sammen lekte de i vannet som to barn, sprutet og jaget hverandre til de sovnet, side om side, i sanden.

Om morgenen våknet Grace og Vincente dekket av sand og veldig, veldig sultne.

«Jeg er klar», sa hun mens hun kastet seg over ham, kysset ham kraftig på leppene og dyttet ham tilbake i avtrykket de hadde laget i sanden.

«Jeg... tror det er for tidlig», sa han, dyttet henne forsiktig til side, reiste seg og ristet sanden av klærne sine.

Hun kastet seg over ham igjen. «Jeg trodde du sa jeg skulle si fra når jeg var klar. Jeg er klar, så klar», sa hun mens hun famlet etter knappene på skjorten hans.

Han tok et skritt tilbake. Han smilte til henne. Grace kastet seg over ham igjen. Han tok et skritt tilbake.

«Du er så irriterende,» ropte hun frustrert da han snudde seg og løp i motsatt retning. «Feiging!» ropte hun og fulgte etter ham. Hun pustet tungt. Hjertet banket. Hun ønsket ikke annet enn å rive av ham klærne, få viljen sin med ham, kjenne kroppen hans mot sin egen. Bli ett med ham.

«Når tiden er inne, vil vi begge vite det», sa Vincente mens han åpnet bagasjerommet på bilen og tok ut flaskene med vann. Han gikk inn i hotellets lobby, og Grace fulgte etter. Hun hadde ikke annet valg enn å følge ham inn i heisen, langs korridoren og inn i den enorme penthouse-leiligheten.

Da de var inne, trakk Vincente gardinene helt tilbake. Fra deres utsiktspunkt kunne han tenke på alt som hadde endret seg siden sist han besøkte Manly med moren og faren sin. Så mye hadde endret seg.

Før hadde det vært folkemengder rundt omkring, som gikk langs promenaden, lo og hadde det gøy. Det hadde vært båter med seil som blåste i brisen, som flekker på horisonten. Det hadde vært latter og drikking. Barn som svømte, lekte og bygde sandslott. Det hadde vært surfere, mange av dem, som fanget de store bølgene.

Det hadde vært delfiner og fugler, for det meste måker som fløy rundt, dykkede ned i vannet, spiste og skrek.

For ikke å nevne grillfester, kafeer og restauranter fylt med folk som spiste, drakk, danset, snakket og flørtet. Alt hadde vært så annerledes da, så levende og så utrolig travelt. Vincente husket at han måtte vente lenge for å komme inn på noen av Manlys fineste restauranter. Nå hadde han og Grace hele stedet for seg selv.

Han fortalte Grace om Manly, om hvordan familien hans hadde leid et hus på stranden. De hadde opplevd hvalsafari på førstehånd. Hvordan hvalene vinket med halene sine. Så storslått. Så kraftfullt.

Han fortalte henne også at de noen ganger hadde bodd på Oceanside Hotel før de kjøpte et hus. Det var som en liten ferie. De pakket sakene sine og tok fergen. Han ble så begeistret, og de spiste alltid ute, svømte i bassenget på taket, gikk på stranden, spiste fish and chips, satt i sanden og snakket mye.

«Du savner virkelig foreldrene dine, ikke sant?» sa Grace og tok hånden hans i sin. Hun elsket ham enda mer, om det var mulig, når han snakket om familien sin og om minnene sine. Når han delte minnene og opplevelsene sine med henne, følte hun at de også var hennes.

«Nå», sa han, «har vi dette stedet helt for oss selv, Grace. Vi kan bo her, leve her og gjøre hva vi vil her.»

«Ja,» sa Grace, «det vil jeg gjerne.»

Etter å ha roet seg litt ned, bestemte de seg for å gå en tur langs promenaden. Her var det ingen tegn til skader etter jordskjelvene. De gikk hånd i hånd og snakket. De kom nærmere hverandre for hvert øyeblikk.

Minnerne hadde skapt en slags tåke. Sammen følte de seg veldig alene.

«La oss ta en svømmetur,» foreslo Vincente mens han løp mot vannet og sprutet sand overalt mens han tok av seg skjorten, shortsen, undertøyet, skoene og sokkene.

Grace så ham, barbeint og løpende ut i vannet som en som aldri hadde vært på stranden før. Hun begynte også å ta av seg klærne, og da hun hadde fått av seg alt, begynte hun å vasse ut i vannet.

De møttes og holdt hverandre i hendene da de sto med vannet opp til livet i det kjølige vannet. Bølgene skyllet over dem og presset dem sammen og fra hverandre, sammen og fra hverandre. De kysset og holdt hverandre tett mens sjøsprøytet døpte dem som offisielt forelsket.

Hvis det fortsatt var noen fisker i live som kunne høre dem rope, var de for høflige til å gi seg til kjenne.

BOK 28

Nå lå de side om side i hotellets penthouse etter å ha sovet den slags søvn som bare elskere kan kjenne til, og Grace hadde hodet hvilende mot Vincente bryst.

Han så ned på henne mens hun sov. Han tenkte på hvordan hun var enda vakrere for ham i dag enn hun hadde vært i går. Han strøk håret hennes bort fra ansiktet hennes og la det bak øret hennes. Hun rørte på seg.

«God morgen, sovetryne», sa han. Han kysset henne på pannen.

«God morgen», gjentok Grace, mens hun strakte seg og gjespet, og dekket munnen med hånden mens hun lurte på om hun hadde morgenånde – den verste ånden på dagen. Hun lurte på hvordan de hadde kommet til hotellet.

Hun tenkte et øyeblikk, prøvde å huske hvordan de hadde kommet dit, men kunne ikke huske at hun hadde gått inn på hotellet. Det var som om hun hadde vært på fylla og nå hadde mistet hukommelsen om hendelsen, i tillegg til alle de andre hendelsene hun hadde glemt fra fortiden. Hun følte seg irritert fordi hun ønsket å huske hvert eneste øyeblikk med Vincente.

«Hvis du lurer på hvordan du kom hit,» sa Vincente. «Du sov dypt på stranden, og tidevannet kom inn, så jeg løftet deg opp og bar deg hit, og la deg i sengen.»

«Takk», sa hun og klemte seg inntil ham. Så unnskyldte hun seg og gikk for å dusje. Utenfor badet banket det på døren. Hun tok på seg hotellbadekåpen og spurte: «Hvem er det?»

«Det er meg, dumming!» svarte Vincente, da Grace åpnet døren og så ham kledd i kokkeuniform – inkludert hatten – og med en vogn full av mat.

«Du har vært travel,» bemerket Grace, mens hun tok en bit marmeladetoast og dyppet et stykke sprø bacon i det myktkokte egget.

De spiste og spiste, til de ikke kunne spise mer, og så reiste Vincente seg og ga Grace en eske.

«En gave? Til meg?»

«Hvem ellers? Jeg håper du liker den,» sa Vincente, og han så på mens Grace rev av båndet og brettet tilbake papiret for å avdekke gaven.

Grace holdt opp den vakreste stroppeløse sommerkjolen hun noensinne hadde sett, og så presset hun den mot kroppen sin. Den var av silke, grønn og veldig sexy. Hun kastet seg over Vincente og kysset ham på leppene, så kastet hun av seg morgenkåpen og tok på seg den nye kjolen. Den passet perfekt.

«Takk», sa hun.

«La oss se hvordan du ser ut uten den!» utbrøt Vincente før han dyttet henne ned på sengen, og de elsket igjen.

Da de våknet og følte seg litt sultne igjen, satte Vincente frem sjokoladefonduen han hadde funnet tidligere, og de dyppet tinte jordbær i den. De var deilig søte, og de matet hverandre med dem. Da de var mette og hadde fått nok energi, elsket de igjen.

Senere samme dag gikk de hånd i hånd langs promenaden, mens bølgene slo mot stranden ved siden av dem. Tidevannet hadde kommet inn, og dets kraft strømmet rundt dem.

«Vi kunne bli veldig lykkelige her, vet du,» sa Vincente. «Vi har nok mat til å holde oss i live i flere måneder på hotellet. Sammen med de andre hotellene og restaurantene har vi sannsynligvis nok mat her til å holde oss i live i flere år. Og vi kunne leve i luksus, flytte rundt på hotellet og aldri måtte rydde opp! Vi kan bare flytte til et annet rom når vårt blir skittent!»

Grace tenkte på alt Manly hadde å tilby. Hun følte også at stedet kunne bli et fint hjem. De hadde all tid i verden og ingenting å tape. Hvorfor ikke prøve?

«Jeg tror du har rett, vi bør bli her og gjøre det til vårt hjem. Se hva som skjer. Men ...» Hun stoppet og stirret opp mot himmelen. Så snudde hun seg og så ham rett inn i øynene. «Men hva om vi ikke er de eneste? Hva om det er andre der ute, over hele landet? Over hele verden? Bør vi være så glade, bare tenke på oss selv, når andre der ute kanskje trenger hjelp? Når vi kunne være der ute og lete etter dem?»

Vincente svarte henne ikke med en gang. Han stirret også opp mot himmelen. Han savnet lyden av kookaburraer og måker. Han savnet til og med lyden av fly som fløy og biler som tutet. «Jeg forstår hva du sier, kjære. Men vårt ansvar er overfor oss selv. Spesielt når vi ikke vet hvor lenge vi har her.»

«Tror du tiden vår er begrenset?»

«Hvem vet? Er den ikke alltid det? Jeg vil tilbringe hvert øyeblikk med deg, gjøre deg lykkelig. Elske deg. Å elske med deg er min prioritet nå.»

Hun la armen rundt livet hans, og de fortsatte å gå, svingte rundt hjørnet, dukket under broen og løp som to barn. Da de nådde den skjulte lekeplassen, klatret Grace opp på rutsjebanen og rutsjet ned, før hun hoppet opp på en huske. Vincente satte seg på husken ved siden av henne, og de svingte høyere og høyere, mens samtalen fortsatte.

«Du er også min prioritet. Å elske deg, å være sammen med deg. Men kanskje vi ville vært lykkeligere hvis vi prøvde å finne andre. Jeg mener, å vite at vi i det minste hadde prøvd,» sa Grace.

«Du har gitt meg en idé, Grace. Kanskje vi burde prøve å ringe utenlands, langdistanse.

Se om vi kan få kontakt på den måten. Vi kan prøve en langdistanse-samtale, og så kan vi prøve New Zealand, kanskje Europa, England, så Canada og USA. Vi kan tilbringe tid her, nyte dagene og søke på den måten først. Er det greit for deg?» «Jeg synes det er en god start. Men foreløpig, la oss ta en svømmetur,» sa Grace, mens hun hoppet av husken og begynte å løpe.

Vincente fløy etter henne og fulgte sporene av klær hun etterlot seg. Han samlet sammen alt og så på mens Grace vasset ut i vannet. Hun fløt opp og ned og dykk ned under vannet. Hun kom opp igjen med håret helt vått, som om hun gjorde seg klar for et fotoseanse for et magasin.

Vincente rev av seg klærne mens han begynte å gå mot henne.

De dykk ned sammen mens bølgene skvatt over kroppene deres.

«Tror du vi noen gang vil savne det?» spurte Grace, mens hun gjespet bredt og satte seg opp med armene over knærne. Hun var nå fullt påkledd igjen, og de hadde ligget og sett på stjernene en god stund, mens de hvilte i ettergløden.

«Savne hva?» spurte Vincente, mens han satte seg opp og hvilte med beina i kryss ved siden av henne.

«Læring, sport, alt som hørte med til å gå på skolen. Tror du vi noen gang vil savne det?»

«Jeg, for min del, savner ikke å stryke i matematikk, og det var akkurat det jeg gjorde før trener Anderson foreslo at jeg skulle få litt hjelp fra deg. Jeg var heldig, antar jeg, men jeg savner ikke å lære. Jeg savner å spille, publikums jubel når jeg kastet den perfekte ballen.»

«Savner du muligheten til å bli proff?»

«På en måte. Den eneste måten jeg kunne komme inn på universitetet på var med et stipend. Mamma og pappa hadde ikke råd til å sende meg dit. Ikke at vi var fattige eller noe – vi hadde penger – men det ville være vanskelig, skjønner du? Jeg ville klare det, komme inn på egen hånd.»

«Ja, jeg forstår at du ville fortjene det. Du har sagt før at jeg skulle bli matematiker. Kanskje jeg får lyst til det igjen når hukommelsen kommer tilbake.»

«Himmelen var grensen for deg.» Han stoppet et øyeblikk da han så et skygge passere over ansiktet hennes ved ordet «var», og fortsatte: «Det er det fortsatt!»

«Jeg kan ikke huske noe av det nå. Da jeg var der oppe, i det treet, følte jeg ofte at...» Hun nølte, redd for å innrømme det. «Nei, du vil le.»

«Hva så om jeg ler? Fortell meg det, kom igjen! Du må fortelle meg det!» Så lente han seg over henne og begynte å kile henne og kile henne. «Skal du fortelle meg det nå?» spurte han, og han kilte henne igjen til hun gikk med på å fortelle ham det.

«Albert Einstein,» sa hun, «jeg trodde jeg kunne se ansiktet hans i månen.»

Han lo ikke. Han så opp på månen. Nå som hun nevnte det, kunne han se et mustasje og øyne. Han tenkte på Mark Twain, eller ja, det kunne være Albert Einstein. «Jeg kan se det,» bekreftet han. «Det kan være enten Albert Einstein eller Mark Twain der oppe.»

«Kan du se det, mustasjen?»

«Absolutt, men jeg har aldri lagt merke til et ansikt så tydelig før. Jeg har hørt om Mannen i månen, men hvorfor ser jeg det først nå?»

«Jeg vet ikke helt», sa Grace. De stirret stille på månen sammen til Grace sa: «Alt jeg vet er at da jeg satt oppe i det treet og trengte håp, fant jeg det i Albert Einsteins ansikt. Det gjorde meg sterkere. Det ga meg håp. Det gjorde meg sikker, uten tvil, på at jeg kom til å komme meg ned derfra, og at jeg kom til å se deg igjen. Faktisk visste jeg at du hadde det bra, og at jeg kom til å redde deg.»

«Alt på grunn av en forbindelse med Albert Einstein, hva? Snakket han til deg? Der oppe fra, mener jeg?»

«Ikke med ord, så mye,» sa Grace, «men det var definitivt en forbindelse. Som om han var på den andre siden av universet og rakte ut hånden til meg. Ga meg styrke. Jeg vet det høres dumt ut nå, men da jeg satt så høyt oppe i det treet, virket det helt normalt at Albert Einstein passet på meg.»

«Vel, takk, Albert Einstein!» utbrøt Vincente og ropte opp mot månen: «Takk for at du brakte jenta mi trygt tilbake til bakken, og tilbake til meg!»

«Ja, takk, Albert Einstein!» la Grace til.

«Du er vel på fornavn med ham nå, ikke sant?» sa Vincente, og så begynte han å løpe nedover stranden. Grace løp etter ham, og de lo og plasket i vannet.

Ingen av dem la merke til professor Einsteins blunk.

Paret returnerte til hotellet, fast bestemt på å ringe noen telefoner. «Jeg er sikker på at hvis det er noen i Australia som kan svare, vil dette nå dem,» sa Vincente.

De satt sammen på kontoret og lot telefonen ringe og ringe og ringe. Ingen svarte.

«La oss prøve noe annet,» foreslo Vincente. Vincente fant en manual på skrivebordet, og han bladde gjennom den og fant koden for å kontakte New Zealand. Samme resultat: ingen svarte.

«Hvor skal vi prøve neste gang?» spurte han.

«La oss prøve ...» Hun sto med et verdenskart foran seg, lukket øynene, fokuserte på Frankrike, og Vincente tastet inn koden. De lot den ringe og ringe, og igjen var det ingen som svarte.

«Hvor skal vi prøve nå?» spurte Vincente.

«Sør-Amerika!» ropte Grace, og Vincente tastet inn tallene. Dette var det nærmeste de hadde kommet moro på lenge, og det var fornyet håp med hvert land de prøvde: Kina, Russland, Norge, Irland og England. Håpet deres svant imidlertid etter at de hadde prøvd Canada og USA.

«Vi er de eneste», var de enige om, og vendte tilbake til rommet sitt, utmattede. Ingen av dem var sultne eller tørste.

For første gang hadde de ikke lyst til å elske, og de hadde ikke lyst til å snakke. De satt alene sammen og drakk vin. Det var deres verden nå. Alder betydde ingenting. De kunne ha eller gjøre hva de ville. Det var en drøm som gikk i oppfyllelse.

★★★

Vincente våknet og ble forskrekket da han hørte Grace snakke i søvne:
«E er lik MC kvadrat, to ganger to er fire, fire årstider, balansert skala, tre ganger to er seks, er et kvinnelig tall, tre er et mannlig tall, derfor er seks lik ekteskap. Seks, ti, femten er trekanttall, fire, ni, seksten er kvadratiske tall, den psykogene kuben er seks i tredje eller seks ganger seks ganger seks som er lik to hundre og seksten, Pythagoras trodde at vi alle reinkarneres hvert to hundre og seksten år, derfor syklus. Retur.»

Hun stoppet, snorket litt, og Vincente krøp inntil henne. Han tenkte på denne gaven hun hadde, som nå utøvde sin magi i hennes underbevissthet. Hennes geni gjennomsyret hennes kveldstanker og kom tilbake til henne mens hun hvilte. Dette var første gang han hadde blitt vekket av slike tankespinn. Det var som om Grace snakket et annet språk. Han lurte på om han burde nevne det for henne. Men hvis han gjorde det, ville da suggestiv kraft, snarere enn hennes egen selvrealisering, forsinke helbredelsesprosessen?

Da morgenen grydde, var Vincente fortsatt våken og lyttet til stillheten rundt seg. Grace hadde ikke snakket igjen, men hun ble urolig et par ganger, og han måtte flytte seg bort fra henne. Hun spratt rundt i søvne, men når hun snakket om matematikk, var hun veldig rolig og fokusert. Stemmen hennes var fylt av lidenskap. Den dryppet praktisk talt av håp og fantastisk undring, selv om han ikke forsto noe av det hun sa. Han fikk en idé om hva han skulle gjøre når hun våknet. Han skulle ikke fortelle henne om snakkingen i søvne. Ikke i dag, i alle fall. Men han hadde en plan, og han håpet den ville være til hjelp for henne. Samtidig hadde han en idé om hvordan han kunne overraske henne. Han var optimistisk og trodde at i dag ville bli deres beste dag noensinne.

BOK 29

«Jeg tenkte, Grace, at det ville være fint å dra til Sydney i dag. Vi kunne besøke folkebiblioteket. Vi trenger ikke slutte å lære. Vi har et helt bibliotek og tusenvis av bøker helt for oss selv. Vi kan tilbringe det meste av dagen der!»

«Ja, jeg liker måten du tenker på. Perfekt!» Grace stoppet opp et øyeblikk og så på seg selv i speilet. «Jeg vil også kjøpe noen ting, kanskje til og med noen nye klær. Kanskje jeg skal farge håret? Kan du se for deg meg som blondine?»

«Absolutt nei til det med blondt hår, men jeg kunne også trenge noen nye ting. Vi kunne dra på shopping! Og det andre jeg tenkte på som kunne være nyttig, er om vi kunne finne en CB-radio. Det er en mer primitiv form for kommunikasjon, men ...»

«Så du tror fortsatt at det kan være andre der ute også?»

«Jeg tror vi er de eneste to, kjære. Men hvis vi har en CB-radio og kan bruke den aktivt, og hvis det er en sjanse, selv en liten sjanse, for at andre kan kontakte oss på den måten, så vil den muligheten være åpen for oss. For dem.»

«Jeg elsker deg, Vincente,» sa hun mens hun kastet armene rundt ham og kysset ham dypt. Så gikk hun mot døren. «Det er ingen tid som nå. Vi kan like gjerne gå ut dit!»

«Jeg er helt enig!» utbrøt Vincente. Han la armen rundt livet hennes, og sammen gikk de ut av bygningen og inn i bilen. De hadde parkert permanent foran hotellet, hvor normalt bare drosjer og limousiner hadde lov til å laste passasjerer. Det var noen fordeler ved å leve i en verden uten regler.

«Vincente,» begynte Grace, «jeg har tenkt på noe. Selv om hotellet er fint og alt, kan det aldri bli et hjem for meg. Skjønner du hva jeg mener?»

«Ja, jeg skjønner hva du mener. Du føler behov for å slå deg ned, å bygge rede. Og et hotell passer ikke psykologisk sett.»

«Det gjør det foreløpig, men ikke i det store bildet for oss.» Vincente stoppet bilen og åpnet døren. Hun så ham løpe mot vinduet til en Salvos-butikk. Hun gikk ut av bilen for å se hva som hadde fanget oppmerksomheten hans, og hun så at det var en CB-radio!

Vincente gikk inn i butikken og så nøye på radioen. Så fant han en stikkontakt og plugget den inn. Han skannet radiobølgene. Sammen lyttet de intenst, men det var bare støy og tilbakekobling. Vincente tok den opp og la den i bagasjerommet på bilen, og de kjørte videre. Radioen var et skudd i blinde, det visste de begge, men de snakket ikke om det.

De kjørte gjennom gatene i Manly, nå helt vant til å være de eneste to menneskene i deres verden. De hadde alt de ønsket eller trengte innen rekkevidde: alle turistattraksjonene, pluss Sydneys naturlige løfte og skjønnhet. Byen var deres lille paradis, og å ha Manly helt for seg selv var en slags bonus.

Da Land Roveren kjørte over Sydney Harbour Bridge, virket det som om Operahuset anerkjente deres tilstedeværelse, og Grace benyttet anledningen til å fortsette den forrige samtalen. «Det ville være herlig å velge det hjemmet vi ønsker. Å skape vårt eget hjem,» sa hun optimistisk.

«Jeg er helt enig, og vi kunne velge hvilket som helst hus, hvilken som helst villa vi ønsker. Men foreløpig tror jeg vi må snakke om noe enda mer, vel, personlig. Noe vi ikke har snakket om før.»

Vincentes uttrykk hadde forandret seg. Han hadde blitt dypt alvorlig, mer alvorlig enn Grace noensinne hadde sett ham før, og hun var bekymret. Hun ventet på at han skulle fortsette, uten å ville forstyrre tankeprosessen hans. Hun skjønte at han prøvde å finne de riktige ordene. Da han ikke sa noe på noen minutter, begynte Grace å bli enda mer bekymret. Da han kjørte bilen inn på George Street og så henne inn i øynene, men fortsatt var stille, ble hun virkelig bekymret.

«Si det, Vincente! Du skremmer meg!»

«Vi har ikke brukt prevensjon, og du kan være gravid nå. Jeg kan se på deg som en ny mamma, og jeg kan være pappa. Og jeg tenkte bare på hva slags liv det ville bli for et barn født av oss? Ja, vi ville elske ham og ta vare på ham, men hva med hans fremtid? Hennes fremtid?»

«Hva mener du egentlig? Vi ville elske barnet vårt!»

«Ja, men hvem ville barnet vårt elske? Hvem ville han eller hun elske utenom oss?»

«Å, du mener noen de kan gifte seg med. Noen de kan tilbringe fremtiden med, etter at vi er borte?» Hun trakk ham inn i en sterk omfavnelse og klappet ham på hodet som om han var et barn. «Kjære, du har tenkt veldig dype tanker. Du burde ha delt dem med meg. Du burde ikke måtte bekymre deg for noe så stort alene. Uansett hva som kommer vår vei, skal vi møte det sammen.»

«Men en liten person, uten noen fremtid, annet enn å være sammen med oss? Det ville være grusomt. Det ville ikke være riktig!»

«Kanskje vi bare bør slutte å elske, da? Ja, la oss bli sølibat!» utbrøt hun, mens hun strøk ham over hodet og kysset ham som om han var en liten gutt. «Hvis det er meningen, vil det skje. Vi kan ikke bekymre oss for noe nå som kanskje aldri vil skje. Vi elsker hverandre. Jeg ville gi alt for deg. Jeg ville gi livet mitt for deg, Vincente, og jeg kunne ikke leve i sølibat, ikke med mindre vi skilte oss. Med mindre vi var fra hverandre. Da, kanskje.»

«Det vil aldri skje! Jeg vil aldri forlate deg! Ikke med vilje,» sverget Vincente.

«Da er det avgjort. Og hvis vi får barn, vil vi gjøre det som er best for dem. Uansett hva vi må gjøre. Men nå skal vi handle, og så skal vi på biblioteket. Senere skal vi spise noe godt! Ingenting dårlig kan komme av vår kjærlighet,» sa Grace.

«Jeg elsker deg, Grace.»

De gikk hånd i hånd inn i David Jones varehus, hvor de handlet hele formiddagen. Så spiste de lunsj på en italiensk restaurant, hvor de laget spaghetti bolognese sammen.

Etter lunsj utforsket de biblioteket og lånte noen romaner. Grace gikk ikke i nærheten av matematikkavdelingen, og Vincente presset henne ikke til det.

Etter det satte de seg i bilen og kjørte langs George Street. Uventet stoppet Vincente, tok Graces hånd i sin og sa at det var noe han ville vise henne. Noe viktig.

Grace så på skiltet over døren: Antikkjuveler av fin kvalitet kjøpes og selges her.

Nysgjerrig fulgte Grace Vincente inn.

Da hun kom inn i butikken, var det som om hun hadde gått inn i en glitrende lysekrone. Alt rundt henne var levende av lys. Alle tenkelige typer smykker, fra tiaraer til armbånd til klokker, til en diamantbelagt koffert, var utstilt i butikken. Hun var så overveldet at hun ikke kunne røre seg på et øyeblikk. Penger var ikke noe problem for dem nå. Før ville disse smykkene vært altfor dyre for dem.

«Kom igjen,» sa Vincente, «Ha det gøy, se deg rundt! Ser du noe du liker?»

Grace gikk frem, bøyde seg ned og kikket inn i de tykke glassmontrene. Hun hadde ikke på seg noen smykker nå. Faktisk var hun ikke sikker på hva slags smykker hun likte.

Hun gikk opp og ned langs radene med montre, fokuserte på noen få ting, ble så distrahert og gikk videre. Det var for mange vakre ting å ta inn på en gang. Da hun kom til enden av butikken og snudde seg, som om hun skulle gå ut døren, stoppet Vincente henne.

«Det må være noe du liker her!»

«Det er bare litt overveldende for meg. Jeg vet ikke så mye om smykker. Kanskje du kan fortelle meg litt om det først. Fortell meg om ringen din. Hvor fikk du den fra?» spurte Grace.

«Ok, ja, jeg ser at du er overveldet, men du må vite hva du liker. Så vi kan se sammen. Min ring har gått i arv i familien min i mange år. Den er et familieklenodium. Den har alltid blitt gitt til den første sønnen av den første sønnen. Jeg visste ikke at du hadde lagt merke til den.»

«Jo, den skifter farge i sollyset, akkurat som øynene dine noen ganger gjør. Hei, jeg liker denne. Den er helt nydelig!» Grace tok opp en ring, og da hun skulle sette den på fingeren, rakte Vincente ut hånden for å stoppe henne. Han tok ringen i hånden og gikk ned på ett kne.

«Grace Greenway, jeg elsker deg mer enn noe annet i verden. Vil du gifte deg med meg?»

Hun skrek som en liten jente og løp mot ham, slik at han falt bakover på gulvet. Hun svarte ja, og han satte ringen på fingeren hennes. Den passet perfekt, som om den var laget for henne. Den store diamanten var formet som et hjerte, med små diamanter rundt hele kanten. Den glitret når den fanget lyset.

«Nå er vi offisielle!» erklærte Vincente. «Jeg mener, offisielt forlovet.»

«Takk, jeg elsker den!»

De snurret rundt i rommet, mens de omfavnet hverandre. Så ble Grace svimmel, og hun snublet fremover og undersøkte glassmonteren til venstre for døren. Den lille monteren hadde tidligere vært skjult av den åpne døren. Øynene hennes ble umiddelbart trukket mot en gullring med et hjerte og små diamanter rundt. Diamanter som var innfelt som små stjerner. Det var en praktfull ring, og Grace visste med en gang at den var ment for henne.

Vincente var enig, og før hun rakk å sette den på fingeren, tok han den fra henne og la den forsiktig i en eske. Han la esken i lommen på shortsen og klappet forsiktig på den. «For å passe på den», sa han, «til vi gifter oss en dag.»

«Kan jeg ikke bare ha den på meg?» spurte hun mens hun stakk hånden i lommen hans. «Jeg mener, hvem ville vite det? Dessuten er det ingen her som kan vie oss uansett!»

«Det er ikke poenget, er det vel? Den kan vente.»
«Erting.»

«Hva med deg?» spurte Grace mens hun så gjennom utstillingen, på jakt etter en giftering til Vincente. Hun lurte på om menn brukte forlovelsesringer, eller om det bare var noe for kvinner, en kvinnelig ting for å vise at hun var forlovet? «Jeg vil kjøpe en forlovelsesring til deg!» sa Grace begeistret, men Vincente virket litt motvillig. «Ok, da blir det i det minste en giftering,» sa hun. Hun vinket ham bort for å kunne se bedre.

«Uh hum, kan jeg hjelpe deg, frue?» spurte Vincente og spilte rollen som en pompøs antikvitetsjuveler.

«Nei takk, snille herre,» sa Grace. «Jeg har allerede stjålet ringen jeg ville ha!» Hun hadde nettopp lagt ringen i en eske og i lommen.

«Takk for at du stjal fra oss. Kom gjerne igjen,» lo Vincente, da de forlot butikken.

Utenfor begynte Vincente å gå, med stadig større skritt. Grace klarte knapt å holde følge med ham. Hun løp etter ham, helt andpusten.

Plutselig snudde han seg og tok henne i armene. Så slapp han henne, andpusten og opphisset.

«Jeg har fått en fantastisk idé,» sa han.

«Del den med meg!»

«Du trenger en brudekjole og sånt, og det gjør jeg også. Vel, ikke en brudekjole til meg, men du vet, jeg trenger også bryllupsklær. Vi har de beste butikkene her til vår disposisjon, så la oss kjøpe alt vi trenger med en gang!»

«Men butikkene kommer jo ikke til å forsvinne, gjør de vel? Hvorfor venter vi ikke bare?»

«Nei, jeg sier alltid at det ikke finnes noe bedre tidspunkt enn nå, og jeg føler at vi bør kjøpe dem her i dag,» sa Vincente.

I virkeligheten følte Grace det samme, men et sterkere ønske overveldet henne. Det overveldet hennes ønske om et bryllup. Hun ville ta av Vincente klærne, og så ville hun elske ham lidenskapelig.

Hun trakk ham nærmere, inn i en tett omfavnelse. Hun kysset ham og ga ham alt hun kunne, men tankene hans var tydeligvis et annet sted.

«Du ser her, og jeg går og ser der, og så møtes vi her igjen om en time, ok? Akkurat her på dette stedet.» Han stoppet opp, blåste henne et kyss og sa: «Ha det gøy.»

«Er du sikker på at vi ikke kan gjøre hele denne bryllupskleshandelen sammen?» ropte hun etter ham.

Han stoppet, ristet på hodet og snudde seg mot henne. «Aldri i livet! Det bringer uflaks for brudgommen å se brudekjolen før bryllupet. Du må klare deg selv, kjære.»

«Men du trenger vel hjelp?» foreslo Grace, i håp om å få ham til å ombestemme seg. Han bare smilte, gikk inn i en dressbutikk og lukket døren bak seg. Hun omfavnet seg selv. Hun savnet ham allerede.

BOK 30

Det var rart å være borte fra Vincente. Først likte hun ikke å være atskilt fra ham. Så kom hun i stemning og begynte å prøve den ene brudekjolen etter den andre. Mange av dem var for blonderrike og pretensiøse. Noen var laget for størrelse null og kledde ikke hennes større figur. Andre var bare for kompliserte å ta på helt alene.

Da hun fant en antikk hvit kjole med en usedvanlig lang sløyfe på stativet, var hun ikke sikker på om den ville passe, og enda mindre om den ville kle henne. Den hadde en høy blonderkrage og kom med en matchende tiara. Knappene på kjolen var perler, med en blonderkant brodert over dem. Prislappen viste 10 000 dollar, og Grace var utrolig forsiktig da hun forsiktig gled kroppen inn i den.

Hun holdt pusten og gikk så ut av prøverommet for å se på seg selv i helfigursspeilet. Tårer fylte øynene hennes og rant nedover kinnene. Hun kunne ikke tro at hun kunne eller noensinne ville se så vakker ut. Hun så ut som en prinsesse, som bare ventet på at prinsen hennes skulle komme og gifte seg med henne.

Hun tenkte på Vincente og hvordan han ville føle seg når han så henne i denne spektakulære kjolen. Hun strålte av glede. Hun så på klokken og innså at hun fortsatt måtte finne noen tilbehør, som sko og noen hårnåler, litt sminke og et par perleøreringer.

Oppdraget var fullført! Hun hadde tenkt på alt hun kunne trenge, og hadde fortsatt litt tid til overs. Grace tok seg god tid til å gå tilbake til stedet hvor de skulle møtes.

Vincente hadde ikke kommet ennå. Merkelig nok hadde bilen deres blitt flyttet.

Hun satte seg på fortauskanten, med posene spredt utover fortauet rundt seg. Så reiste hun seg og hentet en flaske vann fra kjøleskapet i en nærliggende butikk. Til slutt satte hun seg ned, drømte om bryllupsdagen deres og ventet.

***

Da kvelden begynte å falle på, ventet Grace ikke lenger tålmodig. Hun var trøtt og savnet Vincente forferdelig.

Vinden hadde tatt seg opp, og Grace kjente en kulde gå gjennom kroppen.

Hun gikk inn i en nærliggende butikk og prøvde en svart hettegenser.

Hun lukket glidelåsen, tok hetten over hodet, satte seg ned igjen og ventet på Vincente.

Og hun ventet. Og ventet.

Og mens hun fortsatt ventet, lurte hun på hva som hadde skjedd med ham.

BOK 31

Hun ventet fortsatt på Vincente da stjernene kom frem. Albert Einsteins bilde stirret ned på henne. Hun ønsket at hun hadde beholdt en av romanene fra biblioteket for å lese, men lyset var ikke godt nok til å lese på dette stedet.

Hun så nedover gaten, så mange butikker, men hun var bare ikke i humør. Hun kunne sikkert finne noe å distrahere seg med, men det ville ikke lindre hennes stadig voksende bekymring for Vincente.

Hadde et av de trærne gjort ham til en Vincente-shish kebab? Og hvorfor hadde han tatt bilen? Avtalen var å hente tingene våre og møtes om en time. Hva hadde skjedd? Hvor i all verden var Vincente Marino?

Timene gikk.

Grace begynte å tvile på Vincentes kjærlighet til henne.

Hun begynte å lure på om han hadde ombestemt seg angående forholdet deres.

Denne tanken gjorde henne sint i begynnelsen, men så trengte den dypere og dypere inn i underbevisstheten hennes.

Et eller annet sted oppdaget hun en del av seg selv som hadde forventet at han ville forlate henne, ombestemme seg. En del av henne som syntes å forvente at han ville såre henne, rive henne i stykker innvendig.

Hun bestemte seg for at siden det hadde vært uunngåelig for ham å forlate henne hele denne tiden, kunne hun like gjerne gå videre fra stedet hvor de hadde avtalt å møtes. Hun ville dra dit hjertet hennes ønsket, og i dette øyeblikket ønsket hjertet hennes å være ved Operahuset i Sydney.

Et øyeblikk vurderte hun å la vesker ligge igjen ved veikanten. Men hun hadde funnet den vakreste brudekjolen i verden, og hun skulle ta den med seg. Hun skulle beholde den.

Et øyeblikk vurderte hun å ta på seg kjolen igjen, men sløret ville bare sinke henne.

Da hun kom til operahuset, møtte dets renhet og hvithet henne med et skimmer fra måneskinnet.

Hun oppdaget en stige hun aldri hadde lagt merke til før langs siden, og hun klatret opp, høyere og høyere, til hun satt på toppen av Sydney Opera House.

Selv om det ikke føltes mykt under henne, følte hun at hun satt på en gigantisk marengs.

***

Grace snurret forlovelsesringen rundt og rundt på fingeren og tenkte på hvordan livet hennes ville være uten Vincente. Grace ville absolutt ikke leve uten ham.

Hun la merke til et enkelt lys på toppen av Sydney Harbour Bridge. Det virket som om det blinket gjentatte ganger til henne.

Det var et tegn til henne. Et tegn som sa at hvis Vincente ikke kom tilbake for henne, ville hun ikke leve lenger.

Hun ville ikke være den eneste overlevende.

Hun ville heller klatre opp på toppen av Sydney Harbour Bridge og kaste seg ut i havet. Hvis det skjedde, ville hun ta på seg brudekjolen igjen...

Da ville hun finne Vincente på et annet sted og i en annen tid.

Akkurat da solen sto opp, hørte hun navnet sitt bli sunget i vinden: «Grace! Grace!»

***

Da Vincente endelig fant Grace, nektet hun først å komme ned fra operahuset. Han klatret opp stigen, desperat etter å forklare seg. Hun ville ikke ha noen forklaring.

Hun ville ikke høre på ham. Hun klatret ned og nektet å ta imot hjelpen hans med bagasjen.

Hun snublet på fortauet. Gikk bort fra ham.

Hele tiden prøvde han å forklare. Prøvde å fortelle henne hvorfor han var så sen.

Hun klatret inn i bilen. Smelte døren bak seg.

Han satte seg i førersetet.

Hun ba ham snakke til hånden.

Han kjørte bort fra fortauskanten. Han var så sint at han kunne ha spyttet.

Hun var sint, glad, trist og lettet.

Hun var i en ganske dårlig forfatning.

***

«Har du noen anelse om hvor lenge du kommer til å være sint på meg?» spurte Vincente.

«Jeg er ikke sint på deg!» skrek hun. Hun elsket ham så høyt, så høyt at hun ikke ønsket seg noe mer enn at han skulle ta henne i armene og holde henne. At han skulle fortelle henne hvor høyt han elsket henne. At han aldri ville gi slipp på henne.

Likevel var det en del av henne som ønsket å være sint på ham.

Å såre ham. Å få ham til å betale.

Smerten hun følte overveldet hjertet hennes i dette øyeblikket, og hun gråt stille for seg selv.

Vincente forbannet seg selv.

Alt han hadde ønsket var å overraske henne!

BOK 32

Da de kom tilbake til hotellet, gikk Vincente ut av bilen og løp bort til Grace. Han måtte holde Grace i bilen. De måtte snakke sammen.

«Du skal høre på meg, og du skal høre på meg nå.»

«Jeg-jeg kan ikke...»

«Du skylder meg det. Du skal høre på meg.»

Hun så på ham med så mye mistillit i øynene, med så mye smerte og sorg at han ikke orket det lenger.

«Hør her, hvis du kan, så stol på meg. Stol på meg og gå opp på rommet ditt nå. Ta en dusj. Ro deg ned. Bruk noen minutter på å tenke på oss, på hvor mye jeg elsker deg. Og når du er klar, ta på deg bryllupsklærne du kjøpte og kom tilbake hit, men ikke med en gang. Kom tilbake hit klokka 18.00 presis.»

«Så du skal la meg være alene hele dagen igjen,» sa Grace og smelte med leppene.

«Jeg tror det er bra for oss begge å være alene. Det gir oss litt avstand. Tid til å sette pris på hverandre. Tid til å tenke. Og klokka 18.00 presis kommer du ned og finner meg, så snakker vi sammen.» Han kysset henne forsiktig på kinnet og tok hånden hennes i sin. Han så dypt inn i øynene hennes og sa: «Stol på meg.»

Hun gikk litt motvillig med på det og gikk inn i heisen, hvor hun hengte opp brudekjolen og la alt annet på sengen.

Hun så på seg selv i speilet. Hun så forferdelig ut. Hun hadde vært våken hele natten og hadde vært så bekymret for Vincente. Det hadde vært en forferdelig natt fylt med mørke tanker. Hun skammet seg og var veldig utmattet.

Hun la seg på den myke sengen og så på klokken. Det var bare middag, og hun trengte desperat en lur. Hun satte alarmen på klokka 4, og så begynte hun å gråte ut all smerten og sorgen fra dagen før. Da hun ikke hadde flere tårer å gråte, sovnet Grace.

BOK 33

Alarmen gikk, og den skingrende lyden skremte Grace. Hun hoppet opp og glemte først hvor hun var. Hun løp rundt i rommet og så litt ut som en gås som prøvde å lære å fly.

Da hun roet seg ned og trykket på av-knappen, fløy minnene hennes tilbake til de siste 24 timene, hva som hadde skjedd, hvordan hun hadde blitt glemt, forlatt.

Hvordan hun hadde følt seg mer alene enn noensinne, og hvordan Vincente hadde kommet tilbake til henne og bedt om tilgivelse.

Han var så sikker på at hun ville forstå. Så selvsikker og så sikker på seg selv.

Hun så seg rundt i rommet og fant sin vakre brudekjole som ventet på henne. Hun kjente på stoffet, og det føltes fortsatt like vakkert som det så ut.

Et øyeblikk senere var hun ferdig i dusjen, tørket seg, og satte opp håret og festet det på plass. Hun gjorde seg klar for øyeblikket da hun skulle trekke brudekjolen over hodet. Hun håpet bare at hun hadde nok hårnåler til å holde håret på plass til tiaraen var på plass – den siste finpussen.

Etter at hun hadde sminket seg og alt ved henne sa «brud-i-vente», vurderte hun utseendet sitt og sa til seg selv det hun ønsket å høre: at hun var den vakreste kvinnen i verden. Hun var fornøyd med denne tittelen, for så vidt hun visste, var hun den eneste kvinnen i verden, så det var ingen konkurranse, og det virket ikke forfengelig å tenke på seg selv på den måten.

Hun tenkte på Vincente som så henne slik, og lurte på om det han hadde sagt var sant om uflaks for brudgommen å se brudekjolen før bryllupet.

Da hun igjen kikket på seg selv i helfigursspeilet, trakk hun sløret fremover og begynte å gå ut av rommet og ned den lange gangen. Hun elsket den susende lyden av kjolen som fulgte henne langs teppet. Hun forestilte seg at en av hennes beste venner var der bak henne og holdt den. Men så vendte hun tankene bort fra det. Dette var tross alt ikke et ekte bryllup, det var bare en slags moteshow for Vincente.

Da heisens bjelle ringte og kunngjorde at hun var kommet til første etasje, suste Grace seg over inngangspartiet, forbi de tomme skrivebordene og forlatte datamaskinene, forbi den tomme restauranten og den øde baren. Da hun manøvrerte sløyfen inn og ut av svingdøren – noe som for øvrig ikke var noen enkel oppgave – snublet hun ut på den halvsirkelformede taxifilen og så Land Roveren stå der på sin vanlige plass. Hun så seg rundt etter Vincente, men han var ikke å se. Igjen. Det begynte å bli en vane.

Solen var i ferd med å si farvel for dagen og gikk ned i horisonten. Himmelen var farget i den oransjerøde fargen. Det var den typen som Grace trodde lovet en tyrkisk glede dagen etter. Eller var det en fiskers glede? Hun hadde ingen anelse om relevansen av uttrykket da det dukket opp i hodet hennes. Hun krysset veien og kom til steinmuren, fortsatt på jakt etter Vincente.

Da ble blikket hennes trukket mot sanden. Der lå en enkelt tørket rød rose. Hun plukket den opp og tok den med seg mens hun gikk mot trappen. Da oppdaget hun tørkede rosenblader. Spredt utover en sti. De viste henne veien. En annen tørket rose møtte føttene hennes, denne gangen gul. Hun plukket den opp og fortsatte ned trappen, ut på sanden.

Det var stearinlys langs stien, duftende av rose og lavendel. Ørene hennes fanget opp myk musikk som spilte i det fjerne.

Hun snudde hodet for å finne kilden, og det hun så var overveldende. Hun sto der, limt til stedet, med vinden som blåste i brudekjolen og sløret hennes, inn og ut, inn og ut. Bildet var som en trekkspillbrudekjole, og fra der Vincente sto – hadde han aldri sett noe så vakkert.

BOK 34

Etter at hun hadde samlet seg, gikk Grace mot ham. Det var flere trinn foran henne, og hun tok hvert av dem sakte, med vilje, og tråkket forsiktig med de nye hælene på sine antikke hvite sko. Han så på henne. Ventet på henne der.

Hun følte seg vakker, på en måte hun aldri hadde følt før, da han smilte bredt i hennes retning. Ansiktet hans sa: Se! Og da solen forsvant helt fra himmelen, var det bare mannen i månen – Albert Einstein, så det ut til – som vitne til det som skulle skje.

Da hun nådde nederste trinn og så sanden rundt seg, lurte hun på hvor vanskelig det ville være å gå over sanden med høye hæler, men hun ville ikke ødelegge øyeblikket, så hun nølte kort før hun tråkket ned i den.

Hun stoppet opp et øyeblikk, og sett på avstand så det ut som om hun justerte tiaraen sin, men begge visste at hun tok det hele inn, nøt øyeblikket. Hjertet hennes var så fullt at hun trodde det kom til å flyte over av all kjærligheten og skjønnheten rundt henne.

Ikke rart han var så sen, tenkte hun.

Hun så Vincente bevege seg et øyeblikk. Han skrudde opp musikken. Han sendte henne et nytt smil.

Hun gikk ned i sanden for å møte brudgommen sin.

BOK 35

Vincente hadde laget en gangvei for henne ved å henge opp lysslynger og stearinlys, som deretter var flettet rundt tørkede rosenbusker. Det var fantastisk vakkert. Hun tok det hele inn over seg mens hun gikk mot ham og lukket avstanden mellom dem.

Vincente var kledd i en hvit smokingjakke uten skjorte under og et par svarte Levi's-jeans. Han vred nervøst hendene og dro fingrene gjennom håret, mens han strålte av smil i hennes retning.

Han var så vakker at hun hadde lyst til å spise ham opp.

Men hun ble fanget av øyeblikket og ønsket å nyte og glede seg over synet av lysslyngen, stearinlysene og stjernene på himmelen som blinket i synkronisering: naturen var med på å feire deres kjærlighet.

Grace gikk forsiktig, og prøvde å opprettholde det flytende inntrykket av skjønnhet, eleganse og verdighet som forventes av en brud på hennes spesielle dag. Men til slutt kunne hun ikke vente lenger med å komme til Vincente, så hun sparket av seg begge skoene, grep tak i sløret og løp til ham. På avstand så det ut som om hun fløy, men faktisk løftet hun seg ikke fra bakken.

De stirret på hverandre mens avstanden mellom dem ble mindre og mindre, og snart sto de side om side, hånd i hånd, fortapt i hverandre. Fortapt i øyeblikket. Fortapt i kjærligheten.

Vincente snakket først: «Det er på tide for meg å gifte meg med den vakreste kvinnen i verden.»

«Takk,» sa Grace, «det er mer enn jeg noensinne kunne ha forestilt meg! Det er perfekt!»

«Å, men en ting til før vi begynner. Kan du trekke opp kjolen din?» sa Vincente litt flau.

«Unnskyld?»

«Jeg mener, jeg har noe til deg,» forklarte Vincente. Da Grace løftet kjolen, sa Vincente: «Høyere, høyere,» til låret hennes var helt blottet, og sannsynligvis rødmet selv Albert Einstein.

Så tok Vincente frem en blå strømpebånd fra jeanslommen og førte den helt opp langs Graces ben til han nådde låret hennes. Berøringen hans sendte skjelvinger oppover benet hennes, og da han kysset henne på innsiden av låret, sendte han skjelvinger gjennom hele kroppen hennes også.

Han tok et skritt tilbake, og en sang begynte å spille. En sang Grace var svært kjent med.

Det var den kjærlighetssangen, og den ble spilt fra smykkeskrinet hennes.

Han hadde gått tilbake til huset for å hente det. Det var derfor...

Bruden og brudgommen var fortapt i hverandre.

De tok hverandre i hendene.

BOK 36

«Du husket det!» utbrøt Grace.

«Selvfølgelig husket jeg det.»

Sangen gjentok ordene i refrenget om at kjærligheten varer evig og alltid.

Da alt var stille, eller bare med den naturlige lyden av bølgene som slo mot kysten, så Vincente dypt inn i Graces øyne.

«Grace, du er den vakreste kvinnen jeg noensinne har møtt. Du er vakker både innvendig og utvendig, men i dag er du vakrere enn du noensinne har vært for meg. Jeg har lært å elske deg mer for hver dag, og jeg vil at vi skal leve resten av livet sammen. Jeg vil gjøre deg lykkelig. Jeg vil at vår kjærlighet skal vare evig.»

Tårer rant nedover Graces kinn da hun sa: «Vincente, jeg har elsket deg fra første øyeblikk jeg så deg, men da var det bare på avstand. Du var nær nok til å snakke med, men for langt unna til å nå. Avstanden mellom oss var for stor. Men noe førte deg til meg, noe som er mer enn jeg noensinne kunne ha drømt om, og for det er jeg evig takknemlig. Jeg lover å elske deg til mitt siste åndedrag, og selv da vil minnet mitt elske deg enda mer.»

Vincente kom nærmere og satte ringen på Graces finger. Han kysset fingeren hennes forsiktig mens han skyvet den ned, noe som fikk Grace til å skjelve igjen, men øynene deres brøt aldri kjærlighetslåsen.

Grace skyvet den andre ringen på Vincentes finger og fulgte hans eksempel ved å kysse fingeren hans forsiktig. Han rakte henne de andre fingrene, og hun kysset dem også forsiktig, mens hun hele tiden så på hårene på hendene og armene hans som sto rett opp.

Fanget i øyeblikket, kom de så nær hverandre som to mennesker kan komme, og de kysset hverandre dypt og lidenskapelig: et ekteskapelig kyss, som beseglet avtalen.

«Smil!» sa Vincente. Han hadde satt et kamera på et stativ, og han og Grace smilte. Han flyttet det rundt, slik at de fikk et bilde med stranden bak seg. Så tok han et bilde av Grace alene, mens hun holdt rosene sine, og hun tok også et bilde av ham.

Deretter gikk Vincente til stereoanlegget, og det begynte å spille en ny sang. Det var en veldig romantisk sang. Sammen begynte de å svinge seg. Det var deres første dans som ektepar. Det var deres aller første dans sammen, og hennes første dans noensinne. Sammen beveget de seg som én, og holdt hverandre så tett som to mennesker kan komme hverandre.

Vincente strakte seg over og fjernet Graces tiara, og de begynte å kle av hverandre, bit for bit. Da de begge var helt uten klær, og det eneste de hadde på seg var sine nye gifteringer, kysset de hverandre til de lå nede på sanden og satte et ekteskapelig avtrykk på den.

Mens bølgene fortsatte å slå mot kysten, elsket de for første gang som ektepar, og deretter, utmattede, falt de i en dyp, dyp søvn.

Grace drømte at hun tumlet ut av himmelen, men hun falt ikke. Hun hang i luften med armene spredt vidt.

BOK 37

«Grace! GRACE! GRACE!» ropte Vincente.

Da hun våknet, var halve kroppen hennes under vann. Alt fra bryllupet deres var borte.

«GRACE!» skrek Vincente igjen, mens bølgene dyttet og kastet ham rundt som om han var lett som en bøye.

Grace begynte også å bevege seg ut i vannet da hun skjønte at Vincente prøvde å redde tingene deres. Hun så ham gå under og skrek navnet hans og ventet på at han skulle komme opp igjen.

«Glem tingene!» ropte Grace. «Bare kom tilbake, alt kan erstattes!»

Han hørte henne ikke, eller han hørte ikke etter, så hun begynte å svømme mot ham. Mens hun kjempet mot bølgene, trakk den bølgende kraften i strømmen henne under, og snart strømmet den brennende følelsen av saltvann inn i lungene hennes.

Graces tanker gikk tilbake til bryllupsdagen hennes, den mest fantastiske dagen i livet hennes. Til løftene hun og Vincente hadde utvekslet, mens hun kjempet med all sin styrke for å overleve.

«Grace, du er den vakreste kvinnen jeg noensinne har møtt. Du er vakker både innvendig og utvendig, men i dag er du vakrere enn du noensinne har vært for meg. Jeg har lært å elske deg mer for hver dag, og jeg vil at vi skal leve resten av livet sammen. Jeg vil gjøre deg lykkelig. Jeg vil at vår kjærlighet skal vare evig», sa han.

Tårer rant nedover Graces kinn da hun sa: «Vincente, jeg har elsket deg fra første øyeblikk jeg så deg, men da var det bare på avstand. Du var nær nok til å snakke med, men for langt unna til å nå. Avstanden mellom oss var for stor. Men noe førte deg til meg, noe som er mer enn jeg noensinne kunne ha drømt om, og for det er jeg evig takknemlig. Jeg lover å elske deg til mitt siste åndedrag, og selv da vil minnet mitt elske deg enda mer.»

Vincente gikk nærmere og satte ringen på Graces finger. Han kysset fingeren hennes forsiktig mens han skyvet den ned, noe som fikk Grace til å skjelve igjen, men øynene deres brøt aldri kjærlighetslåsen.

BOK 38

Grace gikk mot vannet. Hun så seg ikke tilbake. Da hun kom til vannkanten, tok hun av seg vielsesringen og forlovelsesringen og vasset ut i vannet. Da hun sto med vannet opp til livet, kysset hun ringene farvel og gjorde seg klar til å kaste dem ut i glemselen.

Vincente sto bak henne og så på, usikker. Da han skjønte hva hun hadde tenkt å gjøre, skjøt han opp som en rakett og ropte: «Grace, NEI!»

Hun stivnet og forbannet seg selv for å nøle, med ringene fortsatt klemt fast i neven.

«Kom tilbake,» sa han. «Ikke gjør det!»

Hun ville være tom, tom for alt, akkurat som Vincente var. Hun trengte ikke ringene sine hvis han ikke hadde sine.

«Vi går tilbake til antikvitetsbutikken, så kjøper jeg en ny ring!» ropte han. «Kom tilbake, vær så snill!»

Hun vurderte fortsatt å gi fra seg ringene, men så nådde de strålende solstrålene dem. Det var som et tegn fra Moder Natur, og hun lukket hånden beskyttende rundt dem.

Grace trasket ut av vannet og følte seg litt sint på Vincente for at han hadde tatt av seg ringene i utgangspunktet. Hun hadde aldri sett ham ta av seg familiearven før, så hvorfor hadde han gjort det nå?

Da hun kom fram til Vincente, satte han ringene tilbake på fingeren hennes og kysset den. «Vel, det var en unik start på bryllupsreisen vår!»

«Ja, noe vi aldri vil glemme – jeg mener noe vi kan fortelle barna og barnebarna våre om!»

De smilte til hverandre, la armene rundt hverandres midje og gikk tilbake til hotellet.

Og på veien dit bestemte de seg for at det var på tide for dem å gå videre.

BOK 39

«Først stopper vi i byen og kjøper en ny ring til deg. Og så...»

«Vet du, kjære, jeg vil helst vente, hvis det er greit for deg, og se meg litt mer rundt. Jeg vil ikke kjøpe min andre ring i samme butikk – det ville føles rart og til og med uheldig. La oss se etter noe helt annet. Og når det gjelder familieringen min, så er det avgjort.»

Sammen pakket de sammen sine få eiendeler på hotellrommet.

«Kom igjen, fru Marino,» sa Vincente og smilte til Grace, «det er på tide å starte bryllupsreisen!»

«Si det igjen,» sa hun.

«Fru Marino, fru Vincente Marino, herr og fru Vincente Marino, Grace og Vincente Marino,» sang han. Hun svimte av som om titlene var musikk som ble spilt, og de samlet sammen bagasjen sin og gikk ut. De lukket døren tett bak seg og gikk ned i heisen og inn i lobbyen, deretter ut gjennom svingdørene og inn i bilen som ventet på dem.

Uten forvarsel spurte Grace: «Hva betyr familienavnet ditt?»

«Hvis du ikke liker det, vil du be om å få tilbake Greenway?» spurte han med et frekt smil.

«Nei, Greenway er kjedelig. Det betyr 'en grønn vei' – stor overraskelse. Men Marino høres fremmed og eksotisk ut – interessant.»

«Takk, fru Marino,» sa Vincente. «Det betyr 'kysten'. Jeg tror det er derfor jeg alltid har elsket å komme hit. Havet høres ut som musikk for meg. Det ligger i blodet mitt.»

«Etter det som nettopp skjedde, har jeg ikke noe imot å være borte fra vannet en stund,» innrømmet Grace.

«Ikke tull!» sa Vincente, «Men vi kommer tilbake.»

BOK 40

Mens de kjørte langs kysten og passerte nye og brukte bilforhandlere, tenkte Vincente: «Vet du hva, jeg har alltid drømt om å ha en to-seters Ferrari i fargen candy apple red.»

Da hun så akkurat den bilen Vincente hadde beskrevet på en av bilforhandlerne, sa hun: «En bryllupsgave? Det ville vært flott, bortsett fra at denne bilen har mer plass til oppbevaring av nødvendigheter som våpen, kniver og sånt.»

«Ja, du har rett,» sa Vincente, men han kunne ikke la muligheten gå helt fra seg, så han svingte inn på Ferrari-forhandleren. «Det er som om jeg har dødd og kommet til Ferrari-himmelen!»

«Rolig, Mister Marino,» advarte Grace og lot som om hun holdt ham tilbake.

«Denne,» sa han og kjærtegnet den, «dette er babyen jeg vil ha!»

Grace så på mens han kjørte fingrene langs de kurvede støtfangerne, berørte og så kjærlig på det myke hvite skinninteriøret, kjærtegnet rattet, åpnet panseret og nesten satte seg inn og elsket med den.

«Bør jeg være sjalu?» spurte hun med et smil.

Han lo, men fortsatte å kjærtegne frontlyktene.

«Men seriøst,» sa Grace, «burde vi ikke heller gå og lete etter en ordentlig bil, med nok plass til å transportere alle våre eiendeler?»

«Nei,» lo han. «Livet er for kort. Kom igjen, hopp inn!»

Etter at de hadde brølt opp og ned Princess Highway et par ganger, gikk Grace tilbake til Land Roveren. Hun smilte mens hun så Vincente si farvel til den røde Ferrarien.

Etter et øyeblikk kom han tilbake til Grace og krevde at hun skulle «åpne vinduet».

«Hvorfor?» spurte hun.

«Bare gjør det!»

«Nei, sett deg inn.»

«Åpne det, Grace.»

«Fortell meg hvorfor!»

«Kom igjen!»

Hun åpnet vinduet, og Vincente stakk hodet inn gjennom åpningen, tok tak i ansiktet hennes med begge hender og kysset henne hardt, rullet tungen over leppene hennes og virvlet den rundt i munnen hennes til hun helt glemte å puste.

«Det er det du får for å tro at jeg skulle kysse Ferrarien!» sa Vincente, mens han hoppet inn i Land Roveren og fikk dekkene til å hyle.

Grace satt i stillhet og prøvde fortsatt å få igjen pusten mens den røde Ferrarien ble mindre og mindre i sidespeilet, mens hun hele tiden husket Vincentes munn på hennes.

***

«Husker du at jeg fortalte deg at moren min var kunstner?» Grace nikket, og Vincente fortsatte. «Moren min var maler, og en ganske god en også. Faren min jobbet i et kommunikasjonsselskap, og de sendte ham rundt i hele landet for å jobbe. Derfor flyttet vi mye rundt da jeg var barn. Moren min elsket at vi flyttet rundt, fordi det var bra for henne – kunstnerisk sett, mener jeg. Hun fikk alltid nye landskap, nye omgivelser, nye trær –»

Han stoppet bilen brått og bremset hardt. Så gjorde han en bred U-sving.

«Hva er det? Jeg elsker å høre om familien din. Fortell meg mer.»

«Jeg skal ikke bare fortelle deg det,» sa Vincente litt andpusten. «Jeg skal vise deg det! Jeg mener, jeg hadde glemt det helt, helt til nå. Jeg tror jeg kanskje til og med hadde fortrengt det.»

«Fortell meg det,» avbrøt Grace, men Vincente fortsatte å snakke.

«Etter det som skjedde hos besteforeldrene mine og så hos foreldrene dine, er det for mye av en tilfeldighet.»

«Hva er det? Hva er en tilfeldighet?»

«Det er for rart for meg å forklare, men jeg skal vise deg det snart,» han skalv og strammet grepet om rattet. «Hold deg fast, ok? Når du ser det, vil du forstå hvorfor.»

«Ok,» sa Grace og krøp tilbake i setet. Hun ville stille flere spørsmål, men hun visste at Vincente ikke ville svare på dem akkurat nå. Hun skiftet tema. «Hadde du noen problemer med å flytte så mye da du var barn?»

«Jeg hadde ingen problemer,» sa Vincente, «sannsynligvis fordi jeg var ganske flink i idrett. Jeg prøvde meg på forskjellige ting, kom med på et lag og voila – øyeblikkelige venner.»

«Jeg vedder på at jentene alltid har vært etter deg!»

«Ooh, se hvem som høres litt sjalu ut? Er du sjalu, Mrs. Marino?»

Graces eneste svar var et stille smil.

BOK 41

«Det er bare noen få minutter unna,» sa Vincente.

«Det ser ut til at det kan bli regn i dag,» bemerket Grace, mens en synlig skjelving gikk gjennom hele kroppen hennes.

«Jeg ville sette pris på lyden av et ekte tordenvær,» sa Vincente. «Jeg savner å høre alle fuglene, spesielt kookaburraene.»

Grace stirret ut av sidevinduet og så tilbake gjennom frontruten.

Vincente skrudde på vindusviskerne da noen dråper falt fra himmelen. Denne gangen var det vanlige dråper, ikke svarte som før.

«Jeg husker at de alltid sa på skolen at etter en atomkrig ville noen ting fortsatt overleve, som gribber, kakerlakker og haier,» sa Vincente.

«Ingen av dem er nødvendige i vår verden.»

«Nei, men hvis denne tingen tok dem også, hva betyr det for oss? Gribber og haier spiser menneskekadaver eller andre kadaver. Så siden det ikke er noen lik, ville de også ha sultet i hjel. Kakerlakker spiser alt – dyr, grønnsaker, papir – alt mulig. Av de tre, og siden de flyr her i gode gamle OZ, burde vi ha sett minst én av dem nå.»

Grace skalv igjen: «Hvorfor spiser kakerlakker papir?»

«Det er ikke akkurat papiret de er ute etter. Det er limet, som er laget av animalske biprodukter.»

«Jeg kan fortelle deg én ting jeg ikke savner, og det er insekter,» sa Grace, og hele kroppen hennes skalv igjen. Denne gangen la selv Vincente merke til det.

«Vil du kjøpe en hettegenser i neste kjøpesenter vi kommer til, eller skal jeg skru opp varmen? Du ser ut til å skjelve mye i det siste. Jeg håper du ikke er i ferd med å bli syk.»

«Jeg fryser egentlig ikke. Jeg føler meg bare litt rar. Jeg kan ikke forklare det,» sa Grace.

«Fortell meg hvordan du føler deg,» ba Vincente. «Er det som om noen følger med på deg? Eller som om noe fælt kommer til å skje?»

«Kanskje begge deler, kanskje bare det ene. Jeg vet virkelig ikke. Det er derfor det er vanskelig å forklare,» sa Grace mens hun fikk gåsehud på underarmene.

«Vi er nesten fremme nå,» sa han. «Hold ut, kanskje en varm dusj vil hjelpe.»

«Ja, eller et deilig, langt bad,» sa Grace. «Du kan gi meg en massasje.»

«Jeg gjør det hvis du gjør det,» sa Vincente med et gutteaktig smil.

Grace skjelvet ufrivillig igjen da bilen svingte rundt kurven. Vincente stoppet foran et toetasjes hus, kjørte inn i oppkjørselen og parkerte.

«Velkommen til mitt ydmyke hjem,» sa Vincente, vinket med armen og bøyde seg som en gentleman.

Grace lo og så på hagen. Alt i den var dødt, men noen av blomstene hadde fortsatt beholdt fargene sine. Vincente åpnet døren for henne, og hun gikk mot ham.

«Denne hagen var min mors stolthet og glede,» sa han, «bare se på den nå.»

«Jeg vedder på at den var fantastisk da,» sa Grace. «Selv nå, slik den er, kan jeg fortsatt se at den var elsket og ivaretatt for ikke så lenge siden.»

«Da jeg begynte på skolen,» sa Vincente, «begynte mamma å plante. Hun var bekymret for hvordan hun skulle fylle dagene uten meg. Maling er hennes lidenskap, men noen ganger trengte hun litt avkobling, for å få inspirasjon. Da oppdaget hun at hun hadde talent for å få ting til å vokse, og det ble veldig terapeutisk for henne. Mor var en kunstner på mange måter,» sa han, tok Graces hånd og ledet henne ut på verandaen. Hun fulgte etter ham til de sto ved foten av et veltet staffeli.

«Da jeg dro til skolen den siste dagen, var mamma her ute og malte. Nå ...» Han stoppet seg selv og la hånden over munnen.

«Hva er det?»

«Maleriet hennes,» utbrøt han. «Det er fortsatt her! Og se, hun har latt lokkene stå åpne på malingen, og penselen hennes er helt tørr.» Han kunne ikke hjelpe for det, og han falt ned i stolen med et dunk. «Mamma ville ikke ha latt disse tingene stå her ute slik. Nå vet jeg det med sikkerhet, og jeg må innse at mamma er død.»

Grace tok hånden hans i sin og gikk bort til ham, slik at hun også kunne se maleriet. «Moren din er virkelig noe for seg selv.»

«Var. Hun var virkelig noe for seg selv.»

Grace undersøkte maleriet, lente seg over Vincentes skulder og sa: «Fantastisk.»

«Men hun rakk aldri å fullføre det!» Vincente bøyde seg ned. Han satte forsiktig lokkene tilbake på de åpne malingsglassene. Deretter helte han litt terpentin ut av flasken og la penselen i den for å rengjøre den. Han løftet det uferdige maleriet opp fra bakken, ga flaskene til Grace, og hun fulgte ham inn i huset.

Det første Grace la merke til utenfor, var restene av hagen. Inne var det første hun la merke til blomstene – alle slags blomster arrangert i vaser. Blå. Røde. Lilla, alt mulig. Blomster sto i kaffekanner og tomme glass. Blomster overalt. De var alle tørket nå, akkurat som de utenfor, men mange hadde beholdt fargene og duftene sine.

Vincentes mor hadde fylt huset sitt med natur og kjærlighet. Grace visste dette med sikkerhet, i hvert eneste rom hun kunne finne. Nå som hun tenkte på det, ønsket hun enda mer at hun hadde møtt henne. Hun angret på at hun ikke kunne møte henne nå. En tåre rant nedover kinnet hennes da hun plukket opp et par aquablå hagehansker fra sidebordet. Grace holdt dem i hånden, nesten som om hun holdt Vincentes mors hånd, og hun tok dem med seg mens hun fulgte i Vincentes fotspor.

«Vent her, Grace,» sa han. «Jeg henter det. Det jeg vil at du skal se.»

Hun satte seg i stolen og beundret et stort maleri som hang over peisen. Det var noe ved det som var veldig kjent, nesten trøstende. Hun reiste seg og gikk nærmere.

***

«Jeg kan ikke tro det! Den er borte!» utbrøt Vincente da han nærmet seg Grace, som ikke la merke til ham. Hun rørte seg faktisk ikke i det hele tatt – det var som om hun ikke hadde hørt ham.

Grace la ikke merke til ham og rørte seg ikke. Det var som om han ikke var der i det hele tatt. Han så på kona si, som sto der og holdt et par av morens hansker i sin skjelvende hånd, og så fulgte han blikket hennes.

Da han skjønte hva hun så på, la han hånden over munnen. Over peisen hang maleriet han hadde lett etter. Det samme maleriet som han hadde tatt Grace med hjem for å se.

«Der er det!» ropte han og berørte henne på armen.

Grace hoppet til ved den plutselige berøringen, men hun kunne ikke ta øynene fra maleriet. Hun virket som forhekset av det.

I hodet beundret Grace de realistiske egenskapene. Hun kunne lukte gresset og høre kua muge. Hun følte seg som en del av det. På en eller annen måte.

Vincente prøvde å vende Grace mot seg, men hun motsto ham. Han sto foran henne, og hun dyttet ham bort.

«Se på meg!» utbrøt han.

«Jeg kan ikke. Det er bare for vakkert! Det føles som om jeg har vært der.»

«Se på meg!» befalte han.

Grace så på mannen sin, som sto ved siden av henne og vred hendene, med svette som rant nedover ansiktet.

«Hva er det, Vincente?» spurte Grace, mens hun prøvde å ikke se på maleriet.

«Det maleriet,» sa han og snudde henne rundt og skjulte utsikten til maleriet, «er det rette. Det jeg tok deg med hit for å se.»

«Ok,» sa Grace, «og jeg forstår helt hvorfor. Det er det mest fantastiske maleriet jeg noensinne har sett.»

«Nei, Grace,» sa Vincente, «se på treet. Se på treet, Grace!» Og så skalv han mens han stakk de skjelvende nevene i lommene og deretter trakk dem ut igjen. Han kjørte fingrene gjennom håret og klarte ikke å stå stille.

Hun så på bildet igjen og ble fylt av en uforklarlig indre fred. Hun smilte.

«Kan du ikke se det, Grace? Kan du ikke se det?»

«Selvfølgelig kan jeg se det. Det er skjønnhet, fred og ro. Jeg ser din mors hjerte i dette maleriet. Det er som om... jeg har møtt henne før. Som om jeg har kjent henne.»

«Ok, kanskje du ikke kan se det. Kanskje jeg må peke på det. Se der,» sa han og gikk bort til maleriet, og hun gikk også nærmere. «Ser du der, på treet? Akkurat der.»

«Fortell meg hva du ser, Vincente,» ba Grace.

«Det er et ansikt.»

Hun gikk nærmere, men hun kunne ikke se det han så.

«Alt jeg ser er et felt fylt med solsikker og et vanlig tre med en ku som beiter under det,» sa Grace.

«Nei!» utbrøt han, og ble stadig mer irritert. «Se nærmere etter. Se på treet!» Han snudde seg mot henne og ba henne med øynene om å se det han så, men hun klarte det ikke.

Hun snudde seg mot ham. «Det er ikke noe ansikt, Vincente. Kjære, du ser noe som ikke er der.»

Vincente kastet opp hendene i frustrasjon, snudde seg og løp av gårde.

Først ville Grace følge etter ham, men igjen ble hun dratt mot maleriet. Hun gikk nærmere, smilte og fortapte seg i det.

Vent litt, tenkte Grace, Vincente var livredd, og han blir ikke lett skremt.

Hun lukket øynene og åpnet dem igjen. Fortsatt kunne hun ikke se noe ansikt. Faktisk virket det denne gangen som om solstrålene strakte seg ut mot henne. Trakk henne inn. Gjorde det nesten umulig for henne å se bort.

Rommet ble på en måte varmere da hun stirret på bildet. Hun følte det som om en del av solen hadde blitt fanget av kunstneren og nå ga seg selv til henne. Hun ønsket å gå inn i bildet og bli en del av det – å omfavne lyset. Og da hun gikk fremover, virket det som om hun kunne puste inn den friske høylukten fra åkrene og høre kua muge. Hjerterytmen hennes økte, og pusten ble kort.

Hun lot det overvelde henne et øyeblikk og glemte å puste. Snart gispet hun etter luft og var mer enn litt redd.

Grace tok et raskt skritt tilbake. Hun løp og ropte Vincentes navn.

BOK 42

Grace fant Vincente på sengen i rommet sitt. Selv om det hadde gått noen minutter, skjelvet han fortsatt med armene foldet foran ansiktet. Hun forestilte seg hvordan han må ha sett ut da han var liten gutt.

«Fortell meg om det. Maleriet,» spurte hun, mens hun gikk frem og tilbake og prøvde å bli kvitt følelsene og energien som midlertidig hadde overmannet henne. Hun ville ikke nevne det hun hadde følt, i hvert fall ikke før Vincente fortalte henne hva som hadde skremt ham.

«Så du det til slutt? Jeg mener, ansiktet?» spurte han, og i det øyeblikket, med høye forventninger, sluttet han å skjelve.

Grace prøvde ikke å lyve da hun ristet på hodet. Hun prøvde bare å vurdere situasjonen.

Vincente skjelvet umiddelbart.

«Fortell meg, Vincente. Det spiller ingen rolle hva jeg ser, men jeg kan se at du er redd, kjære. Fortell meg alt om det, vær så snill. Du vet at du kan fortelle meg alt, ikke sant?»

Han skjelvet i tennene mens han nølte et øyeblikk, men så trakk han pusten dypt og begynte å fortelle historien.

«Da jeg var barn, malte mamma det landskapet, og hun viste det stolt frem for meg. Hun trakk gardinen til side og forventet at jeg skulle elske det, men i stedet ble jeg helt livredd, og som barn hadde jeg ikke ord til å uttrykke det. Mamma forsto det ikke, og det gjorde ikke pappa heller. Vi prøvde igjen, og det var alltid det samme for meg. Et lite blikk på det, og jeg våknet skrikende om natten. Marerittene snakket for meg. Så foreldrene mine la det bort, og jeg så det aldri igjen. Faktisk hadde jeg glemt alt om det – inntil i morges. Som jeg sa, jeg tror jeg blokkerte det ut.»

«Så hvorfor tok du meg, tok oss med tilbake hit, da? Ville du bevise noe for meg, eller for deg selv? Ville du konfrontere frykten din?» spurte Grace.

«Jeg tenkte at det kanskje inneholdt en ledetråd for meg – for oss. Men du så hvordan jeg forandret meg da du ikke kunne se det også. Jeg var et barn igjen og måtte løpe ut av rommet! Hva synes du om din sterke ektemann nå?» Han krympet seg ved det han anså som en umandig oppvisning av feighet.

«Jeg elsker ham like mye – nei – enda mer!» sa Grace mens hun krøp inntil ham.

Etter noen øyeblikks stillhet avslørte Grace: «Jeg så ikke ansiktet, men jeg følte noe i maleriet, Vincente. Noe utenomjordisk og uforklarlig.»

Vincente satte seg opp, fjernet armene fra ansiktet og sa: «Da jeg var barn, og jeg så dypt inn i det, fikk det meg til å føle at jeg ville gå inn i bildet. Som om jeg ville flykte fra dette livet. Jeg kunne lukte høyet og høre kua. Det var som om et lys trakk meg inn, lullet meg. Jeg visste at hvis jeg lot meg rive med, gikk inn i maleriet, så ville det ansiktet på treet, ville, ville skade meg – jeg måtte komme meg vekk, jeg måtte flykte fra det!»

«Jeg følte også at noe merkelig trakk meg inn i det, Vincente, men jeg kunne ikke se ansiktet. Det var ikke som det vi så, vet du. Det som spiste ravnen.»

De krøp sammen på sengen, trøstet hverandre og tenkte på bildet, samtidig som de desperat prøvde å ikke tenke på det.

Etter en stund elsket de.

Da Grace våknet først senere, tenkte hun på hva hun følte om bildet. Det var et fantastisk landskap – det var det ingen tvil om. Men lyset og tiltrekningen var noe unikt og kanskje til og med, våget hun å si det, ondt. Ja, det var det. Det var kontrasten mellom det rolige og fredfylte og en smak av noe mørkt, ukjent, kanskje til og med farlig.

Hun kikket bort på Vincente, som fortsatt sov fredelig. Han rørte seg av og til og mumlet. Hun lurte på om han drømte om treet, treet med ansiktet, som han hadde forestilt seg var en del av akkurat det samme landskapet. Grace kom seg stille ut av sengen, og Vincente flyttet seg og fylte det fortsatt varme tomrommet etter henne.

Han sov fortsatt dypt og fredfullt.

Hun så seg rundt i rommet hans og beundret hans fantastiske prestasjoner, som han hadde trofeer som bevis på: Beste idrettsutøver, beste slagmann og årets spiller – han hadde vunnet den kategorien flere år på rad.

Så falt blikket hennes på flere hyller fylt med treskulpturer. Nysgjerrig gikk hun bort til dem og beundret de intrikate detaljene. Hver og en hadde sin egen personlighet. Det var en ballerina som piruetterte med eleganse og teknikk, det var en cricketspiller med balltre, en cowboy med pistolbelte rundt livet som var klar til å trekke, en fjellklatrer som etter uttrykket å dømme nettopp hadde nådd sitt endelige mål, pluss mange andre.

Grace lot blikket gli over hele samlingen og stoppet ved en utskjæring av en aboriginer. Han stirret fremover med fortapte øyne. Hun tok ham opp og holdt ham i hånden. Da huden hennes kom i kontakt med trefiguren, begynte den å pulsere, veldig forsiktig. Eller hadde hun bare innbilt seg det?

Hun tok et skritt tilbake og vendte blikket mot venstre. Hun sto foran et speil med treramme, og speilbildet hennes skremte henne så mye at trefiguren i hånden hennes falt på gulvet og spratt på teppet. Hun bøyde seg ned, plukket den opp og undersøkte den nærmere, akkurat i tide til å se en tåre falle fra trefigurens øyne. Hun tørket den bort med fingertuppen og smakte på den. Den var salt, akkurat som en menneskelig tåre. Hun sto der og stirret inn i øynene dens. Hun følte seg redd og litt mer enn nysgjerrig. Hun lurte på om denne snakken om maleriet hadde påvirket henne for mye.

«Hva synes du om dem?» spurte Vincente, mens han gjespet, strakk seg og krysset rommet for å slutte seg til henne.

Grace ble forskrekket og hoppet litt til først. Hun holdt den aboriginske mannen inntil brystet. «Jeg måtte se nærmere på dem fordi ansiktsuttrykkene deres er så livaktige! Hvor fant du dem?»

«Jeg laget dem», innrømmet han sjenerøst. «Hver og en er skåret ut, fra topp til tå, med disse to hendene.»

«Du er en ekte kunstner, Vincente! Hvorfor har du ikke fortalt meg det?»

«Jeg har ikke fortalt noen om disse, bortsett fra mamma, pappa og besteforeldrene mine. Liker du dem virkelig?»

«Jeg synes de er utrolige!»

«Jeg vil gjerne skære en av deg, Grace.»

«Det ville være fantastisk, Vincente,» sa hun og snurret rundt som en ballerina. «Jeg la merke til at hver og en er forskjellig, ikke bare karakterene, men også tresorten. Hvordan velger du?»

«Hver utskjæring krever en bestemt tresort for at alt skal passe sammen. Jeg går mellom trærne, bestemmer meg for hva jeg skal lage og venter på å se hvilken tresort som taler til meg, åndelig sett. Deretter lager jeg utskjæringen med den hensikt å gjøre den så livaktig som mulig og, viktigst av alt, sannferdig.»

«Hvor lang tid tar hver enkelt?»

«Når jeg har funnet treet – det tar lengst tid – kan jeg snekre motivet på to eller tre dager. Ansiktet tar alltid lengst tid, og det er det jeg gjør til slutt. Hvis ansiktet ikke blir riktig, kaster jeg alt og begynner på nytt. Noen ganger er det fordi treet ikke føles riktig, og da går jeg tilbake til trærne og leter på nytt etter det riktige treet. Det meste av tiden er treet riktig; jeg har bare ikke fanget essensen av motivet ennå.»

«Har du et spesielt sett med verktøy for å gjøre dette? For hvis du har det, bør du ta dem med oss. Og jeg synes du bør ta med deg morens maleri også. Selv om vi må dekke det til.»

«Å, maleriet igjen. Jeg vil gå ned og se på det igjen. Jeg vil møte frykten min med åpent sinn. Vil du bli med meg?»

«Selvfølgelig, Vincente.» Hun fulgte etter ham og strakte seg for å sette aboriginen tilbake på hyllen, men den pulserte igjen. Hun la den i lommen og sa:

«Men jeg må minne deg på at jeg følte at maleriet trakk meg inn – og tiltrekningen var usedvanlig sterk. Uhyggelig sterk.»

«Vi holder hverandre i hånden og møter det sammen.»

«Ok, la oss gå.»

«Kan vi ta en kopp kaffe først, Vincente?»

«Avtale.»

BOK 43

Etter å ha drukket opp kaffen og kommet tilbake til stuen, holdt Grace og Vincente hverandre i hånden og gikk mot maleriet.

Vincente overbeviste seg selv om at han ikke kunne se et ansikt på trestammen, og Grace overbeviste seg selv om at hun ikke følte at maleriet trakk henne fremover.

Føttene deres forble fast plantet på samme sted mens de strammet grepet om hverandres hender.

Grace stakk den andre hånden i lommen, hvor hun hadde Vincentes utskjæring av den aboriginske mannen. Da den pulserte igjen, tok hun den ut og holdt den opp, slik at øynene også vendte mot maleriet.

Den aboriginske mannen begynte å ryste i håndflaten hennes. Så rullet han fra side til side. Hun så ned, og munnen hans forvrengte seg til et skrik, og han løftet seg ut av hånden hennes og inn i maleriet.

Grace sto stille på samme sted, fortsatt hånd i hånd, og kunne nå se utskjæringen av den aboriginske mannen sitte oppe i treet. Over ham satt en ravn på en gren.

Vincente fortsatte å stirre på maleriet, men han skalv ikke som før. Han klemte Graces hånd for å berolige henne.

«Merker du noe annerledes?» spurte Grace.

«Annerledes? Hvordan da?»

«Noe nytt eller som ikke hører hjemme her?»

«Nei, alt ser likt ut, men munnen skremmer meg ikke like mye i dag. Kanskje det er fordi vi holder hverandre i hånden.»

Sammen gikk de bort fra maleriet og lukket døren bak seg.

Øyeblikkelig pulserte den aboriginske mannen. Han hadde returnert til Graces lomme. Hun åpnet munnen for å fortelle Vincente hva som hadde skjedd, men han virket mindre redd, og hun fant ikke ordene for å forklare det.«

«Jeg skal pakke noen ting,» sa Vincente. «Jeg tror jeg blir her, hvis det er greit for deg?» spurte Grace. Hun så på mens Vincente forsvant rundt hjørnet, og så strakte hun seg opp og tok ned maleriet fra veggen. Hun pakket det inn i et teppe og la det i bagasjerommet på bilen. Deretter gikk hun tilbake til huset, hentet noen tepper og puter og la dem trygt oppå maleriet.

Hele tiden mens hun lastet, fortsatte utskjæringen å gjøre seg gjeldende ved å pulsere i lommen hennes. Nå gikk hun opp til Vincentes rom. Den aboriginske mannen ble stille.

Vincente pakket utskjæringene sine i en stor bag. Han la også med verktøyene sine. Når de var ferdige med å laste, gikk de sammen ned igjen. Vincente pakket deretter sammen morens kunstnerutstyr, inkludert staffeli og lerret, og de lastet det inn i bilen.

«Ok, la oss dra», sa han.

«Er du sikker på at du har alt?» spurte Grace.

«Jeg vil ikke ta med den tingen. Jeg har funnet fred med den nå, og alt jeg vil er å komme meg vekk herfra. Akkurat nå tror jeg ikke at jeg noen gang vil ønske å komme tilbake hit.»

De gikk til inngangen, og Vincente åpnet døren og vinket Grace til å gå ut først. Deretter lukket han døren tett bak seg og låste den.

Da de var tilbake i Land Roveren og på veien igjen, brøt Grace stillheten. «Vi bør virkelig snakke om det.»

«Jeg sa,» ropte han, og senket så stemmen, «jeg sa at jeg ikke ville snakke om det. Ikke nå, ikke noen gang. Hvis jeg snakker om det, blir jeg tvunget til å tenke på hvordan min mor, min egen mor, kunne ha laget et slikt maleri. Mor var den søteste, snilleste kvinnen som har levd på denne jorden, og hun ville aldri ha laget noe så forferdelig som det.»

Grace så stille på verden som gikk forbi henne. En storm var på vei. Hun kunne føle det. Alt rundt henne skalv, pulserte og banket, inkludert den aboriginske mannen i lommen hennes. Hun foldet armene rundt seg selv og bestemte seg for å ikke fortsette diskusjonen med Vincente på dette tidspunktet. Han ville snakke med henne når han var klar. I mellomtiden var maleriet trygt og sikkert, og det kunne ikke skade dem.

De fortsatte i stillhet.

BOK 44

Vincente stirret fremover og konsentrerte seg om veien. Han prøvde å glemme maleriet og moren sin, men uansett hva han gjorde, klarte han ikke å skille de to tingene i tankene sine.

Han så på sin vakre kone på andre siden av bilen. Hun satt stille, fortapt i egne tanker, med armene rundt seg selv. Hun virket uvitende om at han så på henne. Han vendte oppmerksomheten tilbake til veien.

Grace tenkte også på den andre fru Marino og maleriet. Det virket rart at Vincente kunne være så knust av noe moren hans hadde skapt. Hun fikk en idé: De kunne brenne det. Gjøre det til et helbredende ritual.

Hun lot tankene vandre mens hun søkte i sin egen hukommelse etter spor av et originalt minne, men ingenting dukket opp. Hun trodde, i likhet med Vincente, at hun fortsatt hadde alt lagret et sted i hjernen, og at det en dag ville komme tilbake til overflaten, og at hun ville le av denne tomrommetiden. Å brenne det bildet ville skape et tomrom i Vincentes minner. Var det bedre å ikke ha noen minner i det hele tatt enn å ha dårlige minner?

I mellomtiden tenkte Vincente på hvor heldige han og Grace var som kunne rømme fra fortiden og leve bare i nåtiden. Å legge alt bak seg og starte på nytt. Å skape nye minner – sammen. Å skape nye inntrykk av alt de så. Hvert nye sted de besøkte, ville bli en del av dem. Livet ville alltid være fylt av slike nyheter.

Etter å ha vurdert å brenne maleriet, bestemte Grace seg for at å ødelegge Vincentes minner var det verste hun kunne gjøre mot ham. Hun ønsket at han skulle ha det hun ikke lenger hadde.

Disse tankene og minnene var for dyrebare til å miste – ikke at Vincente ville miste dem ved å ødelegge gjenstanden han fryktet, men at han ville glemme dem med tiden. Hun ønsket at han skulle ha den beste muligheten til å beholde fortiden sin for alltid. Det gode, det dårlige og det stygge.

Grace brøt til slutt stillheten ved å si: «Jeg tror vi bør dra tilbake til Manly.» Hun visste at Vincente hadde mange minner der, gamle og nye. I Manly kunne de starte på nytt, med friske minner, men med bånd til fortiden.

«Så la det være slik,» sa Vincente, mens han snudde bilen. «Vi kan velge hvilket hus vi vil, og så kan vi gjøre det til vårt eget.»

«Vi vil ikke ha et hus,» sa Grace, «vi vil ha et hjem.»

De nygifte smilte, glade for beslutningen og for fremtiden sammen.

BOK TO:
FINALE-FUSION

PROLOG

Puslespillet var ufullstendig i Graces sinn. Det var som om en kraftig vindpust hadde blåst rett gjennom henne og snudd alt opp ned og ut og inn.

Hun klarte ikke å fokusere på noe: ingenting var fokusert.

Farger virvlet rundt: rødt, svart og blått fløt sammen, snurret og kastet seg, angrepet av solsikkegult, virvlet rundt og kastet opp i en dyp gressgrønn farge.

Så snurret alle fargene magen hennes opp i luften og sendte den tilbake til der den hadde vært, mens hun tørrspydde seg mot frykten som gjorde henne ute av stand til å bevege seg. Alt skjedde i hodet hennes, men noen ganger rykket kroppen hennes i strømmen av det.

Hun grep tak i sentrum av seg selv og prøvde å samle seg, å stoppe virvlingen og snurringen. Men lynene blinket inne i hodet hennes og rev henne i stykker til syriner, fioler og blåklokker.

Oransje sprutet utover lerretet i sinnet hennes.

Grace mistet alt.

«Vi må få henne på operasjonsstuen, nå!» utbrøt en høy mann kledd i hvit frakk. Han sto blant andre personer i hvite frakker spredt langs sykehuskorridoren.

Alle løp som om stedet sto i brann. Noen av dem ryddet vei. Noen dyttet. Noen holdt fast i intravenøsen. Noen holdt fast i de andre maskinene. Noen sto med gapende munn, tomme hender og knyttede never. Andre ba, mens Grace Greenway ble kjørt forbi på en båre.

Hun var bevisstløs.
Død for omverdenen.
Men ikke helt død.
I hvert fall ikke ennå.

***

Tilbake på Grace's sykehusrom satt en kvinne og gråt og vred hendene sine. Det var Helen Greenway, Grace's mor. Hun kunne ikke tro det som hadde skjedd.

Datteren hennes hadde hatt det så bra. Hun hadde vært i bedring i flere uker. Så begynte Grace å skjelve, riste og få kramper til hun mistet bevisstheten.

Det medisinske teamet hadde reddet henne fra døden. Da hun kom tilbake, var hun ikke Grace Greenway lenger. I stedet siklet hun og snakket i tunger. Hun rev seg selv i stykker fra utsiden og inn.

Det virket som om ingen visste hva de skulle gjøre, hvordan de skulle stoppe det. Selv ikke sprøytene i armen hennes roet henne ned. Ingenting virket. De bandt henne fast.

Helen brøt ut i gråt da hun husket alt. Spesielt hvor hjelpeløs hun følte seg da, og enda mer nå. Hun kastet seg på datterens tomme seng.

Helens smertefulle hulking ekko i korridorene.

***

Da sykepleier Burns kom tilbake til Graces rom, fant hun Helen sammenkrøket i fosterstilling på sengen.

Hun så fredfull ut der hun lå og sov. Sykepleieren syntes det var best å ikke forstyrre henne. Dessuten var det ingen nyheter å dele, og hvis noen trengte hvile, var det Grace Greenways mor.

Sykepleier Burns ryddet opp på Graces nattbord og stablet opp igjen lærebøkene hennes. Da hun så på dem, følte hun seg utrolig trist. Grace Greenway hadde ikke engang funnet sin plass i livet ennå. Hun var bare seksten år gammel.

Sykepleier Burns så på Graces sovende mor.

Hun la et teppe over Helen og slo av lyset.

***

Flere timer senere gjorde sykepleier Burns seg klar til å avslutte skiftet sitt for dagen. Hun kikket gjennom det runde vinduet i døren og la merke til at Helen ikke lenger lå i sengen. Hun dyttet på døren, men ingenting skjedde. Hun dyttet hardere, og Helen Greenway falt fremover.

Helen snublet og begynte å vri hendene. Hun hulket stille for seg selv.

Sykepleier Burns gikk bort til henne og spurte med en utrolig myk og mild stemme om hun ville ha en kopp te.

«Min datter!» utbrøt Helen. «Er det noen nyheter? Jeg må vite hvordan det går med henne! Ingen har fortalt meg noe!»

«Du sov», sa sykepleier Burns mens hun klappet Helen på hånden. «Hvis du lover å sette deg ned, skal jeg gå og se hva jeg kan finne ut for deg.»

Helen satte seg ned og ventet på nyhetene.

BOK 1

Nede i gangen møtte sykepleier Burns doktor Christiansson, som tok av seg operasjonsmasken mens han hastet gjennom operasjonsdørene.

«Jeg trenger litt frisk luft», sa han. Han gikk til enden av korridoren og slengte døren til taket på vid gap.

Sykepleier Burns fulgte etter.

Han tente en sigarett. Spurte henne om hun ville ha en. Hun takket nei.

Etter å ha tatt et drag, sa han: «Grace, jenta fra Greenway, hadde hatt det så bra. Men nå som blodproppene har sprukket, er det usikkert hvordan det går der inne.»

«Jeg er sikker på at hun får den beste pleien.»

«Det får hun nå!» sa Christiansson. «Nå som teamet av eksperter har ankommet og tatt kontroll over situasjonen! Jeg har vært der inne siden det skjedde. Det har vært en ubarmhjertig kveld. Vi trodde, jeg mener, vi mistet henne nesten der bak.»

Sykepleier Burns gispet. «Jeg tar en av dem,» sa hun. Hun bestemte seg for å ta imot en sigarett likevel. Hun tente den, tok et langt drag og hostet.

«Men vi har ikke gitt opp ennå. Hun mistet bevisstheten igjen. Det er nok bra. Vi må stoppe blødningen. Vi håper å kunne holde henne ved bevissthet.»

Sykepleier Burns og doktor Christiansson begynte å gå frem og tilbake på taket. Under dem ulte sirener og blinket lys.

«Moren hennes, Helen, takler ikke situasjonen særlig godt.»

«Alt jeg kan si er,» han tråkket på sigarettstumpa og åpnet døra. «Datteren hennes er i de beste hender.»

«Ikke mer?»

«Ikke på dette tidspunktet, sykepleier Burns. Jeg vil ikke at du skal overdrive.»

«Det er ikke mye å fortelle henne. Det er ikke mye å fortelle henne i det hele tatt.»

«Be henne be til den hun tror på, hvis hun følger et slikt trossystem. Og hvis hun ikke gjør det, så be henne sende ut all den positive energien hun har i hjertet sitt. Å sende den ut i universet. Å tenke positivt og uten tvil. Å tro at datteren hennes vil komme seg gjennom dette,» sa Christiansson.

De gikk tilbake ned trappene.

«Takk, doktor.»

«Nå må jeg tilbake dit.» Dørene til operasjonssalen svingte seg igjen bak ham.

BOK 2

Sykepleier Burns kom tilbake til Graces rom og fant Helen sittende på nøyaktig samme sted som hun hadde forlatt henne. Hun fylte på glasset hennes med vann og knelte seg ned ved siden av Helen.

«Jeg har nettopp snakket med doktor Christiansson, og han sa at Grace har det bra. Hun holder seg godt der inne.»

«Min datter klarer seg?»

«Ja.»

«Fortalte han deg hva som skjedde?»

«Ja, det var som de hadde spådd. Blodproppene har sprukket.»

Helen la hånden over munnen. Hun hulket.

«Doktor Christiansson sa at det beste du kan gjøre for datteren din er å be, hvis du tror på bønn. Og å ta vare på deg selv. Hvil deg litt. Det har vært en fryktelig lang natt. Kan du ikke klatre opp i Graces seng og ta en liten lur? Jeg skal vekke deg hvis noe endrer seg, det lover jeg.»

«Jeg er utmattet,» innrømmet Helen.

Helen krøp sammen i datterens seng. Hun forestilte seg at hun fortsatt kunne føle det varme avtrykket datteren hennes så nylig hadde etterlatt der. Hun la armene rundt seg selv og gråt. Først kom tårene sakte, men så ble det flere og flere. Hulk og tårer, raskere og raskere og raskere – nesten som veer.

For bare seksten år siden ble Helens datter født her på dette sykehuset. Grace var hennes andre barn, hennes eneste jente. Grace var hennes stolthet og glede.

Hennes første barn, Daryl, hadde holdt henne i fødsel i førti-seks timer. Til tider trodde hun at han aldri kom til å komme ut. Ikke Grace. Hun hadde spratt ut og kommet til verden for første gang, som om hun ikke ville gå glipp av et øyeblikk.

Helen husket at Grace ikke sov mye, selv ikke som liten. Datteren hennes var redd for å gå glipp av livet. Fra første stund var hun i ærefrykt for alt, lyset og fargene. Grace fant imidlertid ikke sin sanne skjebne før hun begynte å lære seg tallene. Da hun oppdaget symmetrien i naturen rundt seg, var det da Graces lidenskap virkelig tok av.

Helen tenkte på familien hun en gang hadde hatt. En kjærlig ektemann, Benjamin. En modig og tapper sønn, Daryl. En veldig dyrebar datter, Grace. Hun husket de gode stundene de hadde sammen da de besøkte Taronga Zoo. Da de dro til Powerhouse Museum. Da de så filmer med popcorn. Da de spiste middag sammen. Enkle, men lykkelige dager. Helen savnet dem sånn.

Hun nynnet for seg selv og prøvde å sovne igjen, men minnene var for ferske, for levende og for rå.

Hun satte seg opp og husket tidligere på dagen da hun og datteren hadde ledd og snakket sammen.

Det var som om noe hadde slått seg av i Graces hjerne. Som om hun hadde sprengt en sikring. Det ene øyeblikket var hun livlig og full av energi, og det neste var hun katatonisk, og så var det som om hun ikke var Grace lenger. Alt hadde skjedd så fort.

Slik var livet, det ene øyeblikket hadde du en familie. Så kom to menn i blå uniformer. De sa at en fyllekjører hadde drept mannen og sønnen min.

Helen husket at hun den forferdelige natten spurte de to mennene hva poenget var. Hun var sikker på at det måtte være et. Det måtte være en spøk. Det var ingen spøk. Det ble bekreftet da de to kistene ble båret opp midtgangen i kirken. Så begravet under jorden. Ingen spøk, nei.

Det var da, og dette er nå. Nå lå datteren hennes der nede og kjempet for livet, og hvor var hun? I sengen og prøvde å sove!

Helen kastet av seg dynen og begynte å gå frem og tilbake i rommet. Hun tenkte på hvem som hadde skylden: Vincente Marino.

Helen tenkte på hans egoisme, hans arroganse. Det var hans skyld og bare hans skyld, og hvis datteren hennes døde av dette, ville hun en dag få ham til å betale for det.

***

Morgenen kom, og sykepleier Burns var på vakt igjen. Hun tok seg først av pasientene som trengte øyeblikkelig hjelp. Deretter gikk hun inn på rommet til Grace Greenway for å se til Graces mor Helen.

Rommet var fortsatt veldig stille, selv om persiennene var trukket opp. Hun gikk forsiktig inn og la merke til at Helen knelte på en stol og stirret ut av vinduet.

Da hun snudde seg mot sykepleieren, rant den svarte mascaraen nedover ansiktet hennes. Hun så ut som Marilyn Manson.

Helen vendte umiddelbart oppmerksomheten tilbake til det som skjedde utenfor vinduet. Hun stirret på et tre i det fjerne. Spesielt på en svart ravn som satt på en gren og åpnet og lukket nebbet som om den snakket med en imaginær venn.

Helen følte seg misunnelig på fuglen. En fugl som var fri til å fly bort. Som kunne fly av gårde når den ville, men valgte å bli. Hun misunte den også for mangelen på følelsesmessig tilknytning. Tilknytning betydde smerte, til syvende og sist. Man mistet alltid dem man elsket mest.

Hun snudde seg mot sykepleier Burns igjen. Hun spurte med en myk, fjern stemme: «Noe nytt?»

***

«Har ikke doktor Ackerman vært inne for å se til deg i morges?» spurte sykepleier Burns. Doktor Ackerman, den nye spesialisten på Graces sak, hadde lovet å besøke Helen Greenway først for å oppdatere henne.

Helens tomme uttrykk sa alt.

«Jeg er sikker på at spesialistdoktor Ackerman snart kommer på besøk. Skal jeg gå og sjekke med ham?»

«Det ville være veldig snilt,» sa Helen mens hun foldet armene rundt seg selv. Hun vendte oppmerksomheten tilbake til ravnen. Den hoppet noen grener høyere opp i treet.

Sykepleier Burns snudde seg for å gå. Hun stoppet og spurte Helen om det var noen hun ønsket at hun skulle ringe – noen som kunne sitte sammen med henne. Kanskje en venn eller en prest eller pastor. Helen ristet på hodet og fortsatte å stirre ut av vinduet på ravnens bevegelser.

Da døren lukket seg bak henne, kunne sykepleier Burns høre Helen Greenway gråte stille.

Helen tenkte på mannen og sønnen hun hadde mistet. Og også på datteren hun fryktet å miste. Hun

hulket og dekket ansiktet med hendene, som et barn som leker «nå ser du meg, nå ser du meg ikke».
Bare ravnen la merke til at hun lekte.

***

Da sykepleier Burns kom til operasjonsdøren og prøvde å gå inn, ble hun stoppet. Spesifikke ordrer fra sjefskirurgene Dr. Ash og Dr. Ackerman indikerte at Graces tilstand kunne forverres.

Hun gikk tilbake til Helen Greenway uten noen spesifikk beskjed. Hun prøvde å berolige henne med at alt kom til å gå bra. Så skiftet hun tema.

«Vil du ha noe å spise?» spurte sykepleier Burns, mens hun skjenket Helen en kopp varm te fra det nylig ankomne brettet. Teen var sendt som frokost til Grace. Det var tydelig at legene ikke hadde oppdatert journalen hennes. Sykepleier Burns måtte sjekke hvem som hadde gjort den feilen, av budsjettmessige årsaker, men foreløpig fungerte det som en liten oppmuntring til å få litt næring inn i Helen Greenway.

«Jeg er ikke sulten eller tørst,» insisterte hun. «Jeg vil se datteren min. Jeg vil se Grace.» Hun brøt ut i en skrikende gråt.

Sykepleier Burns ryddet på rommet da doktor Smith, sykehusets nyeste kirurg, kom inn med et forvirret uttrykk i ansiktet. Han var høy, mørk og kjekk, så mye at selv et forvirret uttrykk gjorde ham enda mer attraktiv for de fleste kvinner; Helen Greenway la imidlertid ikke merke til det.

Helen husket Grace. Hvordan hun en gang satt under et stort paraplytre og leste om Einsteins relativitetsteori eller Fibonaccis Liber Abaci. Hun forestilte seg datteren sin på en myk seng av mykt gress, i skyggen og beskyttet i armene på et tre.

Doktor Smith nærmet seg henne forsiktig, og så først på sykepleier Burns og deretter tilbake på Helen Greenway. Helen rørte seg ikke og la ikke merke til hans tilstedeværelse.

«Kan jeg snakke med deg utenfor et øyeblikk?» spurte doktor Smith.

«Ja, doktor», svarte hun.

De gikk ut av rommet. Helen Greenway la ikke merke til det.

***

«Hva er det med henne?» spurte doktor Smith. Sykepleier Burns forklarte ham situasjonen.

«Hun må roe seg ned,» sa han, «for hun forstyrrer de andre pasientene. Jeg har nettopp begynt på vakt, og det har kommet flere klager. Dette må ta slutt. Enten må vi få en av legene til å godkjenne beroligende midler, eller så må vi oppfordre henne til å flytte seg bort fra avdelingen en stund.»

«Jeg gjør mitt beste,» sa sykepleier Burns litt for defensivt.

Doktor Smith tok hånden hennes og så henne inn i øynene. Han hadde lært dette trikset fra å se repriser av E.R. Både ansatte og pasienter smeltet alltid i serien, noe som sikret George Clooneys popularitet.

«Jeg vet det,» sa han mildt, «og jeg setter pris på alt du har gjort. Alt du kommer til å gjøre for å hjelpe både meg og de andre pasientene på avdelingen.»

Hun smilte tilbake til ham, men innerst inne syntes hun han var like falsk som en to-dollarseddel.

Hun snudde seg og gikk tilbake til Helen Greenways rom.

Dessverre var Helen ikke lenger der.

BOK 3

«Jeg må ut av dette rommet, ut i frisk luft,» hvisket Helen til seg selv mens hun snek seg forbi legene og sykepleierne. Hun gikk inn i heisen, sikker på at ingen ville savne henne.

Da dørene lukket seg, så Helen på bårene som ble dyttet, dratt eller eskortert langs korridorene. Hun holdt seg for ørene da hun hørte de knirkende eller skrapende hjulene få grep. Hun hoppet til da en av dem ble feilstyrt og skrapte mot veggen. Sykehuspersonalet syntes ikke å legge merke til oppstyret.

Hun følte seg avslappet da dørene lukket seg bak henne. Det eneste som distraherte henne var heismusikken. En kjent melodi fra en musikal brakte tilbake minner om henne og Grace som mor og datter. De tidlige dagene, før matematikkgapet og tenårene skilte dem.

Da hun kom til første etasje, gikk Helen ut med en sterk følelse av mål og skjebne. Hun ville kjenne brisen på ansiktet sitt. Hun ville være ute i den rolige, friske luften som duftet av eukalyptus.

Ingen stoppet henne eller spurte henne om noe, eller så ut til å legge merke til henne. Hun gikk inn i svingdørene og flyttet seg med strømmen utenfor.

I samme øyeblikk stoppet en sirenehylende ambulanse ved siden av henne med sirener og blinkende lys.

Støyen var øredøvende, ikke i det hele tatt den fred og ensomhet Helen hadde forestilt seg. Hun ønsket å komme seg vekk, å flykte fra det. Men lyden virket å rive i henne og ta fra henne energien. Føttene hennes virket å være fast plantet i betongen.

Ute av stand til å bevege seg eller løpe, rygget hun seg opp mot veggen og dekket ørene. Rundt henne var det kaos, dytting, trekking og skraping i stedet for den freden og roen hun så desperat lengtet etter.

Overveldet besvimte Helen og falt om på bakken.

BOK 4

«Vincente?» hulket Grace. «Vincente, er du der?»

Grace hadde øynene vidåpne og lette etter ham i det kalde metallrommet, men han var ingensteds å se.

Mennene og kvinnene med masker stirret ned på henne.

Det sterke lyset over henne pulserte av varme og energi, og tvang henne til å lukke øynene igjen.

«Vincente?» hvisket hun gjentatte ganger.

En ensom stjerne brant klart. Den danset foran øynene hennes. Først var den myk og mildt varm, men snart brente den seg inn i huden hennes.

Så ble alt svart igjen.

BOK 5

«Vi kom til sykehuset med én pasient og fant en til på fortauet!» ropte ambulansesjåføren mens teamet vurderte situasjonen.

«To for én nødsituasjon», sa kollegaen hans med et smil.

«Førstemann til mølla går til vår mann i ambulansen», sa den første mannen. Han og kollegaen hans dro båren langs fortauet. «Innkommende», sa de mens de presset seg gjennom dørene.

«Det er en til der ute», sa den andre mannen til resepsjonisten.

På dette tidspunktet hadde Helen allerede kommet til seg selv og prøvde å reise seg. Små hvite stjerner blinket og glitret rundt i hodet hennes. Det var som om hun var i en av de Wile E. Coyote-tegneseriene. Etter at Roadrunner hadde slått en slegge i hodet på det hårete dyret. Hun prøvde å holde seg oppreist, men beina hennes ble svake, og hun falt igjen til bakken.

«Er det noen som vet hvem hun er?» spurte en kvinne. Besøkende og sykehuspersonale, som nylig hadde kommet på vakt, hadde samlet seg rundt Helen. En ansatt snakket i en radio og ba om en båre og en traumekirurg som umiddelbart skulle melde seg på akuttmottaket.

Helen åpnet øynene og så opp. En gruppe fremmede stirret på henne. Hun prøvde å reise seg igjen, men de fremmede oppfordret henne til å bli liggende.

«Kan du fortelle oss hvem du er? Husker du navnet ditt?» spurte kvinnen som hadde snakket i radioen.

«Ja, jeg heter Helen, Helen Greenway.»

Kvinnen snakket inn i radioen igjen. «Her ute i inngangspartiet ligger det en kaukasisk kvinne. Hun er omtrent seksti år gammel og heter Helen, Helen Greenway. Er det noen som kjenner henne? Er hun en pasient? Har hun rømt fra psykiatrisk avdeling? Hun er kledd i vanlige klær, jeg gjentar, hun er kledd i vanlige klær.»

En ung lege kom med legevesken sin. Han knelte ved siden av Helen og spurte henne om hun var skadet. Da hun ristet på hodet, fortsatte han med å sjekke hennes vitale tegn.

«Jeg har det bra,» sa Helen. «Det er datteren min som er syk!» Hun prøvde igjen å reise seg.

«Helen,» sa legen, «du må bli sittende til jeg er sikker på at dine vitale tegn er normale.»

Helen nikket ydmykt, som et barn som har fått kjeft.

Etter at Helens vitale tegn ble vurdert som akseptable, ble hun oppfordret til å reise seg. En rullestol ble hentet.

«Nå,» sa legen, «sett deg ned, så går vi og finner datteren din.»

«Jeg kan gå,» sa hun strengt.

«Jeg skal dytte,» insisterte han.

***

Da de kom til Graces etasje, løp sykepleier Burns mot dem. «Gudskjelov at du er i orden, Helen!»
«Kjenner du henne?» spurte legen.
«Ja, vi er gamle venner,» smilte sykepleier Burns.
«Vel, hun besvimte utenfor bygningen, derfor sitter hun i rullestol. Jeg har sjekket vitale funksjoner. Hun virker i orden, men er kanskje litt søvnmangel. Hun er også utsultet og dehydrert.»
«Ja, hun har vært så fokusert på datterens helse at det har vært vanskelig å få henne til å spise noe.»
«Snakk med legen hennes da. Kanskje gi henne intravenøs væske, om nødvendig, men vi kan ikke la henne vandre rundt i denne tilstanden. Hun trenger mat og vann, og hun trenger det umiddelbart. Hvem er datterens lege?»
«Datteren hennes har et team av leger – Christiansson, Ash og Ackerman.»
Legen nølte. Han hadde hørt om operasjonen som var i gang, om at kirurgene var blitt tilkalt i en nødssituasjon. En av dem var blitt fløyet inn over natten. Det var virkelig en alvorlig situasjon. Nå følte han enda mer med kvinnen i rullestolen.

«I så fall, se hva du kan gjøre,» sa han til sykepleier Burns. Så til Helen: «Du må spise, drikke og hvile deg, for når datteren din våkner, må du være ekstra sterk for henne.»

Hans ord nådde ikke frem til Helen, for hun hadde allerede sovnet i rullestolen.

BOK 6

Helen våknet femten minutter senere, tilbake i Graces seng. Hun hadde ingen erindring om hvordan hun hadde kommet dit. Hun trykket på knappen på sengen. Et øyeblikk senere kom sykepleier Burns med et brett fullt av varm mat og fersk kaffe.

«Jeg er redd jeg ikke kan spise noe,» sa Helen.

«Det er enten dette eller intravenøst. Du bestemmer, Helen. Jeg har snart fri, og jeg lovet traumelegen at jeg skulle sørge for at du spiste før jeg gikk for kvelden. Hvis du ikke gjør det, vil han ordne det med legen din slik at du får drypp og blir matet og vannet på den måten.»

«Jeg nekter begge deler. Faktisk har jeg fobi for sykehusmat. Jeg vil ut herfra og få noe annet å spise. Vekk herfra.»

«Ja, det er forståelig. Jeg tror vi kan ordne det,» sa sykepleier Burns mens hun snudde seg og gikk ut.

Et øyeblikk senere kom hun tilbake med frakken på, og sammen forlot hun og Helen sykehuset. De skulle til en liten kafé like nede i gaten.

Det ville være en velkommen pause for begge to.

BOK 7

«Blodtrykket hennes synker. Det er helt utenfor skalaen! Hvis vi ikke gjør noe nå, hvis vi ikke klarer å stoppe blødningen, kommer vi til å miste henne,» sa doktor Ash.

Alle som var til stede i operasjonssalen, skyndte seg nærmere.

«Tørk det opp, for pokker!» beordret doktor Ackerman.

Det var så mye blod som strømmet ut. Selv med alle mann på dekk klarte de ikke å gjøre nok raskt nok. Hjertemaskinen viste flat linje.

Den skrek.

«Vi må få henne tilbake! Vi må bare!» utbrøt doktor Christiansson.

BOK 8

På kafeen stakk Helen Greenway gaffelen ned i en haug med potetmos. Hun skar av et stykke biff og stakk det mellom tennene. Hun tygget og tygget og prøvde å svelge, men det ville ikke gå ned.

«Det stemmer,» sa sykepleier Burns, «du vil føle deg bedre på kort tid.»

Helen kjente en kulde gå gjennom kroppen, som om noen hadde åpnet døren på en kald vinterdag. Døren forble lukket, men hun fikk gåsehud på armene. Hun krøp sammen og prøvde å holde varmen. Fra et ukjent sted hørte hun Grace rope navnet hennes. Sekunder senere ringte sykepleierens telefon.

«Dette er doktor Christiansson. Jeg ringer fordi jeg forstår at du er der sammen med Grace Greenways mor Helen. Stemmer det?»

Sykepleier Burns nikket, men sa ingenting og holdt ansiktet uttrykksløst.

«Grace har nettopp fått hjertestans, igjen. Jeg er usikker ...» Han avbrøt seg selv og lot den dystre uttalelsen stå ufullstendig. Han var utmattet.

«Jeg forstår», sa hun. «Vi kommer med en gang.»

Helen Greenway slapp gaffelen og tårer strømmet fra øynene hennes. Helen løp mot sykehuset med lyden av datterens stemme ringende i ørene.

BOK 9

«Grace, du må holde ut!» sa en stemme.

Det var en stemme Grace kjente igjen som Vincentes. Han hadde dratt bort. Han hadde forlatt henne, og nå var han tilbake. Han hadde kommet tilbake.

«Hvor har du vært?» spurte hun, mens hun lette etter ham i rommet. Lette etter hans koboltblå øyne.

«Jeg er her,» sa han og tok hånden hennes. «Jeg har alltid vært her.»

«Men hvorfor kan jeg ikke se deg? Jeg var så redd.» Hun stoppet opp og kjente hånden hans lukke seg rundt hennes. «Og så gikk lysene ut.» Hun stoppet opp. «Jeg tror ikke jeg kan holde ut, Vincente. Jeg tror ikke jeg klarer det.»

«Jo, det vil du», sa han, mens tårene rant nedover kinnene hans og ned på deres sammenflettede hender. «Jeg har nettopp funnet deg! Vi er nygifte, og du lovet at du ville elske meg for alltid.»

«Jeg vil alltid elske deg, Vincente. For alltid.»

« Da må du finne en måte å bli på, sa han. «Jeg er ingenting, ingenting uten deg!» Han falt på kne, som om han hadde blitt truffet i hjertet av et lyn.

«Jeg prøver, kjære, sa hun. «Men det er så mørkt, så mørkt her inne. Jeg må se deg!»

«Jeg er her, sa Vincente, og han klemte hånden hennes hardt.

«Jeg kan høre deg. Jeg kan føle deg. Men hvor er du?» Han trådte inn i lyset.

«Jeg kan ikke se deg! Hvorfor kan jeg ikke se deg?»

«Det er natt, kjære,» sa han. «Og lyset kan skade øynene dine. Men stol på meg, jeg er her. Jeg har vært her hele tiden. Jeg lovet at jeg aldri skulle forlate deg, og jeg holder alltid mine løfter.»

«Syng noe for meg.»

Han sang sangen fra smykkeskrinet hennes, sangen som hadde blitt deres sang.

Operasjonssalen var full av alle slags medisinsk utstyr og medisinsk personale som løp rundt og støtet på hverandre. Da lyden av den flate linjen tok slutt og den normale tonen for hjerteslagene hennes kom tilbake, hørtes et lite jubelrop i operasjonssalen.

«Vi klarte det!» utbrøt doktor Ash.

«Vi har fortsatt mye arbeid å gjøre,» minnet doktor Ackerman ham på. «Grace har mistet mye blod. Hun kan trenge flere transfusjoner, og vi kjemper fortsatt mot klokken med koaguleringen.»

«Jeg skal snakke med moren hennes,» sa doktor Christiansson. «Hun kan kanskje gi litt mer blod. Det er alltid bedre når et familiemedlem gir blod.»

Han klappet begge de ledende kirurgene forsiktig på ryggen og så på Grace. Han fulgte med på hjertemonitoren i noen sekunder og tok det hele inn. Alt virket normalt, eller så normalt som det kunne være for en ung jente som nettopp hadde hatt to hjertestans på mindre enn 24 timer.

✸✸✸

«Du klarer deg strålende,» sa Vincente mens han kjærtegnet pannen hennes.
«Jeg vil bli, men jeg er bare sååååå trøtt.»
«Husker du bryllupsdagen vår? Husker du huset vårt i Manly? Hvordan vi innredet det sammen? Husker du hvordan du lovet meg evig kjærlighet, fru Marino?»
«Jeg husker det godt,» sa hun. Så løftet hun blikket, og lyset som en gang hadde vært langt over henne, virket nå å ha beveget seg nærmere henne. Det var som en stjerne som trakk henne mot seg, samtidig som den kjempet for sitt eget liv. Grace var veldig trøtt, og hun lengtet etter å hvile, etter å finne fred. Hun lengtet etter å gå inn i stjernens glans.
Det var en ball av stjernelys. Den vridde og snudde seg, presset innover og utover, mens den hele tiden vinket til Grace om å komme og bli med. Det var en Fibonacci-stjerne, en del av Melkeveien, og det eneste som holdt henne tilbake fra å bli med den, som hennes helt egen gyldne middelvei, Vincente.
«Grace,» sa Vincente.
Stemmen hans virket så ekstremt fjern, og hun følte seg veldig kald og veldig alene. Den brennende varmen i kjernen av stjernen pustet på henne og

varmet henne på avstand. Å bli med den ville bare være et pust unna. Det ville være så enkelt.

«Å nei!» ropte doktor Ash. «Ikke igjen! Ikke så snart! Vi mister henne!»

«Hun har mistet for mye blod!» utbrøt doktor Ackerman. «Hvor er doktor Christiansson med nyhetene om blodoverføringen? Vi må gi henne mer blod umiddelbart! Vi kan ikke vente på moren hennes. Begynn overføringen nå.»

Sekunder senere ble fremmed blod pumpet inn i Graces slappe kropp.

Først virket det som om kroppen hennes aksepterte det. Som om den drakk det grådig. Men det tok ikke lang tid før det nye blodet avviste det gamle blodet.

Da begynte kampen for alvor.

«Vincente?»

«Ja, kjære.»

«Jeg er redd for å dø.»

«Det er ikke din tid,» sa han. «Det kan ikke være din tid.»

«Hvordan vet du det?» spurte hun mens varmen raste i kroppen hennes. Hun var brennende varm og så iskald. Hele tiden lokket stjernelyset.

«Fordi jeg bare lever for deg.»

«Men dette føles vondt, veldig vondt, Vincente.»

«Hvordan føles det, kjære? Fortell meg det.»

«Det føles som om jeg er over bakken og ser ned på meg selv på båren i operasjonssalen. Jeg kan se dem stikke, pirke og løpe rundt.»

«De hjelper deg, kjære.»

«Ja, men det gjør så vondt.»

«Kan du bli? Du må bli. Vær så snill. Gjør det for meg. For mannen din.»

«Jeg orker ikke smerten. Jeg vil – jeg vil –»

«Jeg vet hva du vil, Grace,» sa han. «Jeg vedder på at du gjerne vil se moren din.»

«Men Vincente, moren min er død.»

«Nei, hun lever, og hun er på vei hit nå. Hold ut.»

«Hvordan kan det være mulig? For et øyeblikk siden var vi i Manly, og det var ingen andre i verden, bare du og jeg – og nå – dette. Mange mennesker overalt. Og ekstrem smerte, ubarmhjertig smerte.»

«Husker du blodproppene, Grace?»

«Blodproppene, ja.»

«Det var mer enn én. De sprakk. Vi kjemper alle for deg. Ikke gi opp, Grace. Du må også kjempe. Jeg elsker deg. Jeg kan ikke gi slipp på deg. Vær så snill, ikke gi opp!»

«Vincente, jeg er såååå trøtt! Kanskje det er på tide – at du gir slipp på meg.»

«Aldri!» ropte han. Han så på mens øyelokkene hennes flakset og lukket seg. Til slutt hvisket han i øret hennes: «Hvil deg, min kjære. Ja, lukk øynene og hvil deg. Jeg skal synge en vuggesang for deg, men vær så snill, ikke forlat meg.»

Hun fortsatte å puste inn og ut. Vincente sang mer av deres spesielle sang med tårer strømmende nedover kinnene.

BOK 10

Helen og sykepleier Burns kom tilbake til sykehuset, hvor doktor Christiansson ventet. «Hvordan føler du deg, Helen?» spurte han, mens han ledet henne mot operasjonssalen.

«Jeg har det bra, det er datteren min jeg er bekymret for!»

«Jeg forstår at du følte deg uvel tidligere og besvimte? Stemmer det?» Han så på sykepleier Burns, og hun nikket.

«Jeg besvimte, men hva har det med saken å gjøre? Hva skjer med datteren min?»

«Jeg er redd vi må ta blodprøve av deg for en transfusjon. Det er alltid best når det kommer fra noen som er i direkte slekt med pasienten.»

Helen nikket, og la hendene over ansiktet. Hun følte seg utrolig utmattet, men hun ville hjelpe. Hun måtte hjelpe.

«La oss få deg opp til blodrommet for observasjon.» Så til sykepleier Burns: «Har Helen spist noe i det siste?»

Sykepleier Burns nikket og viste ham hvor mye. Det var ikke engang nok til å holde en fugl i live.

«Så, så,» sa sykepleier Burns til Helen mens de gikk langs korridoren.

Doktor Christianssons personsøker ringte. «Et øyeblikk,» sa han. Han gikk bort fra dem. «Endring i planene. Jeg må ta deg med for å se datteren din – nå. Kom og vask deg.»

Sykepleier Burns gjorde anstalter til å gå tilbake til sin post, men doktor Christiansson ba henne bli.

«Før vi går inn,» advarte han, «må jeg fortelle deg, fru Greenway – Helen – at vi allerede har mistet datteren din et par ganger der inne.»

«Mistet henne?»

«Ja. Det vil si at hun hadde hjertestans. Hjertet hennes stoppet, men bare i noen få øyeblikk.»

Helen kjempet for å holde tilbake en hulken.

De gikk inn på operasjonsstuen.

Grace lå bevisstløs på operasjonsbordet.

«Mamma!» utbrøt Grace.

Helen gikk bort til henne og tok hånden hennes i sin. Hun så datteren sin inn i øynene.

«Dette er Graces mor, Helen,» forklarte doktor Ackerman til de andre i det medisinske teamet.

«Takk for at du kom, og så raskt,» sa doktor Ash. «Hyggelig å møte deg. Grace er virkelig en modig jente.»

«Hvordan går det med henne, jeg mener virkelig?» spurte Helen.

«Det var på hengende håret, men vitale funksjoner har stabilisert seg. Vi holder øye med henne, og hun holder seg oppe.»

«Takk,» sa Helen. «Takk til alle!» og hun kjente en klump i halsen.

«Unnskyld meg, doktor Ash,» sa en av sykepleierne som hadde holdt øye med Graces vitale tegn. «Kan du komme hit et øyeblikk, er du snill?»

Han gikk bort til henne og fikk øyeblikkelig øynene på skjermen.

«Mamma! Det er meg, Grace, mamma!»

«Hun kan ikke høre deg,» sa Vincente.

«Hva? Hva mener du med at hun ikke kan høre meg? Hun står jo rett der! Selvsagt kan hun høre meg! Mamma, det er meg, Grace... Vincente og meg. Vi er gift nå, og vi elsker hverandre, mamma. Mamma!»

«Kjære, hun kan ikke høre deg,» gjentok Vincente, mens han kjærtegnet hånden hennes. Han strakte seg frem og kysset henne på pannen.

«Hun kan ikke høre meg, men hun kan se meg. Der – hun holder hånden min. Vent litt – hun kan ikke se deg, kan hun vel? Hvorfor kan hun ikke se deg eller høre deg, Vincente?»

«Jeg vet ikke.»

«Vincente, er du død?»

Vincente lo, kjørte fingrene gjennom håret og sa: «Selvfølgelig er jeg ikke død. Jeg er her ved siden av deg og holder hånden din.»

«Men de andre kan ikke se deg, verken legene eller mamma. De beveger seg rundt deg, gjennom deg. Hvorfor kan de ikke se deg eller høre deg? Hvorfor er jeg den eneste som vet at du er her? Er jeg død? Er vi begge døde?»

«Vi er alltid sammen fordi vi elsker hverandre. Vår kjærlighet er sterkere enn alle og alt.»

Graces ånd hadde drevet rundt i rommet før, men nå gikk hun tilbake inn i kroppen sin.

Da hun var inne, prøvde hun først å bekjempe smerten. Så prøvde hun å leve med smerten, å gå med den, men det var for mye for henne å takle. Hun klarte ikke å holde ut. Hun fragmenterte.

«Hennes vitale tegn faller! Vi mister henne igjen!» ropte doktor Ash. Alle beveget seg nærmere Grace og dyttet Helen til side.

«Blødningen hadde stoppet helt,» bekreftet doktor Ackerman. «Hun hadde det så bra. Jeg kan ikke finne noen annen grunn til dette plutselige tilbakefallet enn ...» Han nølte og så bort på Helen Greenway, som sto vekk fra bordet og vred hendene som Lady Macbeth.

«Få henne ut herfra!» ropte doktor Ash.

«Hva sier de nå, Vincente?» spurte Grace.

«De klandrer moren din for tilbakefallet ditt. Da du kom tilbake til kroppen din og kom ut igjen, skjedde det noe. De tror du er i ferd med å dø.»

«Men jeg er ikke i ferd med å dø! Jeg vil leve!»

«Vi mister henne!» ropte doktor Ackerman. «Rydd plass!» utbrøt han mens han gikk inn og begynte hjerte-lungeredning.

«Nei, jeg vil ikke forlate henne!» ropte Helen mens hun ble dyttet gjennom svingdørene og ut i korridoren.

«Mamma!» ropte Grace, «Mamma!»

«Hun blør igjen,» bekreftet doktor Ash. «Vi har flere blodpropper her. Jeg kan ikke telle hvor mange. Jeg vet ikke hvor lenge hun kan holde ut!»

«Vi gjør alt vi kan for henne.»

Graces ånd gled tilbake inn i kroppen hennes. Hun prøvde å reise seg. I hodet hennes begynte et kaleidoskop av farger å virvle og snurre til hun ikke lenger kunne se eller høre Vincente.

«Vincente, ikke forlat meg!» skrek hun.

***

«Vincente?» spurte doktor Ash. «Hvem er Vincente?»

«Det er gutten som sendte henne på sykehus,» svarte doktor Christiansson.

«Kanskje vi burde kontakte ham og be ham komme til sykehuset?»

«Det er midt på natten. Det er kanskje ikke mulig å få ham hit.»

«Bare gjør det!» ropte doktor Ash. «Vi trenger all hjelp vi kan få!»

«Grace, hør på meg,» sa doktor Ash mens han lente seg nærmere henne. «Vi gjør alt vi kan for deg. Jeg håper du kan høre meg. Vi hørte deg. Vi ringer Vincente. Han kommer snart og vil være ved din side. Så hold ut. Vær sterk.»

Grace kunne ikke høre ham. Hun var et sted i mørket, helt alene.

BOK 11

Utenfor i lobbyen hvisket Helen Greenway inn i telefonen: «Hallo, Vincente, beklager å forstyrre deg så sent.»

«Hvem er dette?»

«Beklager,» hun nølte og fortsatte etter å ha identifisert seg. «Det er Grace. Grace er grunnen til at jeg ringer deg så sent. Det er moren hennes, Helen Greenway, som snakker.»

«Går det bra med henne? Hun er ikke ...?» Han stoppet seg selv, og stemmen hans døde hen. Han var redd for å høre hva som kom neste. Hadde han drept henne? Han ville ikke tåle det, hvis det var tilfelle, selv om han visste at det ikke var hans feil. Han kunne ikke ha visst det. Tankene hans vendte tilbake til nåtiden. Han var ganske sikker på at Helen Greenway allerede hadde svart. I den andre enden av telefonen var det fullstendig stillhet.

«Er du der, Vincente?» spurte hun, mens hun ventet på svar. Hun hadde forklart alt, fremlagt saken sin. Han var stille. Var han motvillig til å komme til sykehuset? Sikkert ikke. Nei, han hadde nok bare ikke våknet helt ennå. Da det fortsatt ikke kom noe svar, presset hun på: «Grace, min Grace, trenger deg, Vincente.»

Han snudde hodet med en følelse av lettelse over å vite at hun fortsatt var i live og pustet: «Jeg kommer så snart det er mulig i morgen tidlig.»

«Nei, kom med en gang. Grace trenger deg nå. Hun roper på deg. Legene sier at du må komme til sykehuset nå, før det er for sent.»

Vincente var omtåket etter å ha blitt vekket midt på natten og tenkte på hvordan han skulle komme seg til sykehuset. Han måtte vekke moren sin og be henne kjøre ham dit, og da ville hun stille ham alle slags spørsmål. For ikke å snakke om hvordan han skulle komme seg hjem.

«Si ja, så sender jeg en taxi til deg. Bare et øyeblikk,» sa Helen og holdt hånden over telefonen. En sykepleier bekreftet at en bil ville bli sendt til Vincente for å hente ham og kjøre ham hjem. «En bil vil bli sendt for å hente deg, Vincente. Vennligst bekreft at du kommer til sykehuset for å se datteren min. Hun spør etter deg. Vær så snill.»

«Ok, men gi meg noen minutter til å kle på meg og legge igjen en lapp til moren min.»

«Jeg må bekrefte adressen din», sa resepsjonisten i den andre enden av telefonen etter å ha sjekket sykehusets register.

«Ja, det stemmer», sa Vincente.

«Bilen er på vei, vær så snill å vente.»

«Det skal jeg», sa Vincente, mens han avsluttet samtalen og begynte å ta på seg de svarte jeansene og den hvite T-skjorten.

Han kammet håret og kastet en rød hettegenser over hodet, som rotet det til igjen.

Deretter tok han to trinn av gangen ned trappen. Han skrev en kort lapp til moren sin og festet den på kjøleskapet. Sekunder senere ankom bilen.

Han satt i bilen, med sikkerhetsbeltet på, på vei til sykehuset. Han hvilte hodet på armen og så på mørket som fløy forbi.

Nå og da virket det som om ansiktet i månen vinket til ham. Mannen i månen virket merkelig kjent, en slags krysning mellom Mark Twain og Albert Einstein.

Han fokuserte tankene på månen og stjernene og prøvde å holde seg våken.

Han ville være helt våken. Han ville...

Helen var stolt av seg selv fordi hun hadde overbevist Vincente om å komme til sykehuset.
 Selv om Helen var litt forvirret over hvorfor datteren hennes hadde ropt navnet hans. Hva slags grep hadde han på hjertet hennes, siden hun ropte på ham på denne måten? Kanskje hun hadde undervurdert ham. Eller kanskje han betydde mer for datteren hennes enn Helen var klar over? Han var bare en high school-gutt, en klassekamerat, en forelskelse. Men hadde ikke hun selv giftet seg med sin egen high school-kjæreste?
 Helen gikk frem og tilbake i korridoren. Da sykepleier Burns kom ut, sa hun: «Jeg holder ikke ut! Å ikke vite hva som skjer med datteren min der inne! Det er for mye!»
 Sykepleier Burns forsto presset Helen Greenway var under, men hennes overreaksjon og generelle panikk hadde en dominoeffekt på de andre pasientene og på familiemedlemmer som ventet på nyheter om sine egne kjære.
 Sykepleier Burns ledet Helen med et fast grep i ryggen bort til et rolig hjørne, hvor hun hvisket til

henne: «Datteren din er i de beste hender. Jeg vet at det er vanskelig, men du må prøve å holde deg rolig.»

«Hvis jeg bare hadde kunnet være hos henne og gi henne støtte,» sa Helen.

«Grace klarer seg bra der inne, og legene tenker bare på henne – og hva hun ønsker og trenger. Din datters overlevelse er sykehusets høyeste prioritet.»

«Ja, men jeg er moren hennes! Har jeg ikke krav på noen forklaring? Har jeg ingen rettigheter her?»

«Jo, du har rettigheter, men du har fått en viktig oppgave, å bringe Vincente hit. Jeg forstår at han er på vei?»

«Ja, det er han. Men jeg kunne kanskje ha hjulpet datteren min hvis du ikke hadde dyttet meg ut av rommet.»

«Helen,» sa sykepleier Burns litt irritert, «din datters tilstand endret seg da du var sammen med henne. Du virket bare å forårsake henne ubehag i de øyeblikkene.» Hun nølte. «Legene la merke til denne endringen i din datters stabilitet. Det var derfor de fjernet deg fra operasjonssalen. Det var for Graces skyld.»

«Men det er ingen grunn til at Grace skal bli dårligere på grunn av meg. Jeg elsker henne. Hun er hele mitt liv.»

«Vel, bevisene talte for seg selv.»

«Hvis jeg ikke trengs her,» sa hun og smelte med leppene. «kan jeg like gjerne gå ned og vente på Marino-gutten. Jeg må gjøre noe.»

«Det høres ut som en veldig god idé,» sa sykepleier Burns. Hun klappet Helen på håndryggen, men denne gangen trakk Helen hånden bort. Hun stakk begge hendene i lommene og ruslet bort langs gangen. Lyden av støvelhælene hennes ekko etter henne.

«Be resepsjonen ringe oss opp hit når han kommer,» ropte sykepleier Burns da heisdørene lukket seg.

«Skal bli,» svarte Helen.

Da heisdørene svingte opp i første etasje, gikk Helen ut i resepsjonsområdet. Hun fikk øyeblikkelig øye på Vincente. Han beveget seg innenfor svingdørene, med hendene stappet ned i jeanslommene og skuldrene hevet.

Helen sto stille et øyeblikk og betraktet gutten som hadde sendt datteren hennes på sykehus. Han så uflidd ut og virket ute av sitt element. Likevel var han veldig kjekk i den røde hettegenseren, som fikk de blå øynene hans til å virke enda blåere. Han så ut som en krysning mellom James Dean og Robert Redford.

Hun gikk mot ham. Han hadde ikke lagt merke til henne ennå.

Da han snudde blikket mot henne, ble hun overrasket. Et øyeblikk kunne hun ikke puste. Han var ikke en vanlig gutt. Det var noe, noe ganske annerledes ved ham.

«Hei, Vincente,» sa Helen og rakte hånden for å hilse på ham. Hun var litt overveldet, så hun presenterte seg for ham som om de ikke hadde møtt hverandre før.

Vincente syntes introduksjonen var litt merkelig, siden de hadde møtt hverandre helt nylig. Han lot det passere, siden hun hadde store poser under øynene og så ut som om hun hadde sovet i klærne sine.

Han tok imot hånden hennes og håndhilste fast. Han lot henne legge armen sin under armen hans og lede ham til resepsjonen. Helen ba resepsjonisten bekrefte ankomsten hans og videreformidle det til åttende etasje.

Helen ledet ham deretter mot heisen. De sto side om side foran dørene, sammenflettet, men fortsatt som fremmede, mens de tok veien oppover.

Etter et par etasjer følte Vincente behov for å spørre om Grace, om hvordan hun hadde det, og det gjorde han. Helen forklarte at hun ikke hadde blitt informert om datterens tilstand. Hun kunne imidlertid bekrefte at Grace hadde spurt etter Vincente.

«Jeg hjelper henne gjerne på alle måter jeg kan,» sa Vincente. Det var sant – han var glad for å hjelpe henne – men han kunne fortsatt ikke forstå hvorfor hun ringte ham tilbake til sykehuset midt på natten. Han syntes litt synd på henne, hvis hun hadde et så trist og ensomt liv at det ikke var noen andre hun kunne ringe for å få hjelp.

Vincente så rett frem på speilbildet sitt i heisdørene. Han kjørte fingrene gjennom det uflettede håret i håp om å temme det, men forsøket mislyktes.

«Har du noen anelse om hvorfor datteren min spør etter deg på denne måten, Vincente?»

«For å være ærlig, er det et mysterium for meg. Kanskje hun er forledet til å ...»

«Forledet til hva?»

«Jeg vet ikke. Vi kjenner knapt hverandre. Dessuten er hun ikke min type.»

«Mener du at datteren min ikke er populær nok eller pen nok for deg?» spurte Helen med en ondskapsfull tone i stemmen, som Vincente ikke la merke til.

Han var fanget i en heis med en kvinne som hadde armen sin rundt ham. Neglene hennes klorte seg nå fast i ermene hans som klør.

«Au. Nei, det var ikke det jeg mente,» sa Vincente, da klokken som indikerte at de hadde kommet til åttende etasje ringte. Dørene åpnet seg. Vincente trakk seg bort fra Helen og gikk ut, og beveget seg mot resepsjonsområdet. Det var andre mennesker der, og viktigst av alt, vitner – i tilfelle Helen Greenway skulle gå helt av skaftet.

Helen sto fortsatt fastfrosset utenfor heisen, men hun holdt fortsatt Vincente fast på stedet med et blikk.

Vincente så på Helen og innså at han ikke akkurat hadde gjort et godt inntrykk. Men det var jo midt på natten, og han var fortsatt halvt i søvn, og han hadde ingen anelse om hvorfor han var her. Ja, han visste at Grace Greenway var forelsket i ham, men det var halvparten av jentene på skolen også. Når man ble hyllet som en allsidig sportsstjerne, var det helt normalt.

Et øyeblikk senere ble Vincente ført langs korridoren av en av legene. Helen fulgte etter, med blikket festet på Vincentes bakhode.

Ackerman presenterte seg. Han informerte Vincente om detaljene, så vasket de seg og tok på seg nødvendig medisinsk bekledning.

«Jeg forstår at du er en veldig god venn av Grace?»

«Eh, på en måte, ja.»

Doktor Ackerman ignorerte det uforpliktende svaret. «Grace har spurt etter deg i ganske lang tid nå. Hun vil bli utrolig glad for å vite at du er her for henne.»

«Eh, glad for å kunne være til hjelp.»

«Sønn,» fortsatte doktor Ackerman, «Graces tilstand er stabil nå. Hun har hatt det tøft der inne, veldig tøft. Og, vel...»

« Hvor tøft?»

«Det er, eh, konfidensielt, men la oss bare si at det var på hengende håret.»

«Mener du å si at hun nesten døde?»

«Jeg mener at ting ikke har vært bra. Og vær så snill å ikke si eller gjøre noe som kan opprøre eller bekymre henne. Bare glade tanker i dag, ok?»

«Glade tanker?»

«Ja,» sa doktor Ackerman. «Nå, følg meg.»

De gikk side om side inn i operasjonssalen gjennom svingdørene. Det medisinske teamet gjorde plass for Vincente som om han var en rockestjerne.

Han rettet umiddelbart oppmerksomheten mot Grace. Hun lå midt på et bord med flere maskiner festet til seg som tentakler.

Han trakk pusten dypt og gikk nærmere bordet. Han var redd, selv om han ikke visste nøyaktig hvorfor. Kanskje var det fordi det var par med gjennomtrengende øyne som fulgte ham med blikket. Hva forventet de at han skulle gjøre – et mirakel?

Han så på Graces livløse kropp. Han så brystet hennes bevege seg opp og ned.

Grace pustet. Hun var i live. Han så det kastanjefargede håret hennes falle over skuldrene. Han så øyelokkene hennes flakse, som en nervøs rykning. Hun var i live der inne et sted bak øyelokkene.

Han gikk nærmere, og kroppen hans støtet borti hånden hennes. Den lå ved siden av henne, og den var åpen.

Vincente tok Graces hånd i sin.

Han sa navnet hennes.

Hånden hennes var kald og reagerte ikke på berøringen hans. Han lukket hånden sin rundt hennes og sa: «Grace.» Han ventet, men ingenting skjedde. Hun var bevisstløs. Hun kunne ikke føle ham eller høre ham, så hva gjorde han her? Hva skulle han gjøre nå? Han så seg rundt i rommet, på de tomme ansiktene. De var ingen hjelp. Overhodet ingen hjelp.

Likevel var alle øynene fortsatt rettet mot ham. Hva skulle han si? Hva skulle han gjøre? Han ville løpe ut av rommet.

Vincente ønsket ikke annet enn å komme tilbake til varmen i sin egen seng.

BOK 12

Grace hadde kommet tilbake til kroppen sin, men sansene hennes var dempet. Hun kunne ikke føle at Vincente holdt hånden hennes, selv om hun kunne se at han gjorde det.

«Grace, det er meg, Vincente,» sa han, i håp om at hun på en eller annen måte ville bekrefte at han var der.

Grace hørte ham, men stemmen hans hørtes annerledes ut. Fjern.

«Snakk med henne,» oppfordret doktor Ash. «Snakk med henne om hva som helst!»

Det medisinske teamet kom nærmere. De eneste lydene som hørtes var maskinene.

Svetteperler begynte å danne seg på Vincentes panne. Han sa: «Vi savner deg, Grace. Vi savner deg på skolen. Du har vært borte for lenge.» Vincente innså at denne dialogen var dårlig, men han fulgte bare strømmen. Han prøvde å etablere en normal samtale, men dessverre var den ensidig.

Grace spurte om hans identitet. Hvem var denne merkelige gutten med kort blondt hår, mørke øyne og rød genser? Hvis han var hennes Vincente, ville han ikke snakket med henne om skolen. Skolen!? Det var der de møtte det ravnspisende treet!

«Vi vant cricketkampen forleden dag!» sa Vincente, overdrevet entusiastisk.

Han kjørte fingrene gjennom håret igjen. Han prøvde å stikke nevene i lommene, men med kirurgutstyret på var det ikke mulig. Men bare det å prøve å bruke sin vanlige mestringsmekanisme gjorde ham mer avslappet.

Grace lurte på om noen spilte henne et puss. Hun så på alle de ukjente ansiktene, de stirrende øynene. Hun kjente ikke de fleste av dem, men de kunne se denne Vincente. De fulgte med på ham.

Grace trakk seg ut av kroppen sin og begynte å sveve rundt i rommet.

Fra oven så hun på denne Vincente. Han virket ikke som seg selv i det hele tatt. Han var kald. Hun kunne ikke føle berøringen hans, men hun ønsket så gjerne å gjøre det. Da hun la merke til at han holdt hånden hennes, begynte hjertet hennes å banke og hamre. For raskt hoppet hun tilbake inn i kroppen sin.

Hjertemaskinen reagerte med nok en flat linje.

***

Grace så mot lyset mens tårene strømmet nedover ansiktet hennes. Under henne løp sykehuspersonalet rundt på operasjonsstuen som om verden gikk under. Hun visste at det eneste som gikk under, var hennes eget liv.

Hun hadde kjempet mot stjernelyset, som hadde vinket til henne. Kalt på henne.

Nå blinket og nikket det, og hun skjønte at det var på tide å dra. På tide å bevege seg mot det. Det var endelig på tide å brenne med Fibonacci-stjernen.

«Si at du elsker henne!» ropte noen.

«Men det gjør jeg ikke!» svarte Vincente ydmykt.

Snart ble stjernelyset varmere og varmere og varmere. Det ventet ikke lenger på at hun skulle komme til det. Det kom etter henne.

«Jeg elsker deg, Grace!» ropte han.

For sent.

***

Da de førte Vincente ut av rommet, ropte han fortsatt ordene. For ham var de meningsløse, usanne følelser. Ord han bare sa for å være snill, for å redde henne fra avgrunnen.

Han ropte det igjen. Denne gangen ekkoet stemmen hans langs korridorene og ut i universet: «Jeg elsker deg, Grace Greenway!»

«Jeg elsker deg også, Vincente!» ropte hun tilbake til ham. Med kaoset og oppstyret mens de forsøkte å redde livet hennes, hørte han henne ikke.

Plutselig begynte den varme stjernen å spinne og rotere. Snart kom den ikke lenger mot henne eller brente henne med sin varme. I stedet kastet den ut pulserende bølger og ble en nøytronstjerne.

Da grepet om henne var borte, erklærte Grace Greenway for seg selv: «Jeg vil leve. Jeg vil leve.»

BOK 13

To dager senere våknet Grace Greenway uten blodpropp og var ikke lenger i fare. Hun måtte overvåkes nøye en stund fremover, men snart kunne hun dra hjem.

«Vincente, mamma», sa hun sløvt, mens tårene strømmet nedover kinnene hennes. Det var tårer av ren lykke over å være i live. Tårer av takknemlighet for å få dele dette øyeblikket med de to menneskene hun elsket mest i verden.

Hun strakte armene ut for å omfavne dem begge sammen. De foldet seg inn mot henne. Hun kjente varmen og styrken i kroppene deres, nesten som om hun fikk styrke av deres samlede energi.

Vincente og Helen så på hverandre og ventet på at Grace skulle slippe dem.

«Har du noen smerter?» spurte Helen.

«Jeg føler meg bare trøtt, mamma.»

«Jeg er glad for at du føler deg bedre,» sa Vincente. «Jeg går og henter legene – forteller dem at du er våken.»

Han snudde seg og gikk ut av rommet. Han sto der et øyeblikk og følte seg takknemlig for at hun hadde kommet seg helt. Han tenkte at nå hadde han kanskje gjort sin plikt, og kunne dra hjem. Han håpet at hun hadde glemt eller ikke hadde hørt det han hadde blitt tvunget til å si til henne i operasjonssalen. Han var glad for at Helen Greenway ikke hadde vært der og hørt hans tvungne og falske erklæring.

Han aksepterte at han hadde gjort det rette for å hjelpe henne. Hans eneste håp nå var at dette ville være slutten på det hele. Han ville ha sitt gamle liv tilbake. Og det livet inkluderte ikke Grace Greenway.

***

«Så, mamma, liker du ham?» spurte Grace.

«Han er en hyggelig gutt,» sa Helen. «Jeg forstår hvorfor du er tiltrukket av ham.»

«Tiltrukket av ham?» utbrøt Grace. «Jeg er mer enn tiltrukket av ham, mamma. Vi er gift! Se!» sa hun og strakte ringfingeren mot moren. Det var ingen ring.

«Det er greit, Grace,» sa Helen beroligende, da hun la merke til datterens fortvilelse. «Det er greit at du er litt ute av deg. Du har vært gjennom mye de siste dagene.»

«Mamma, det er sant! Du tror meg ikke, gjør du vel?»

«Uh, ikke bli opprørt, kjære,» sa Helen, mens hun klappet datteren på hånden.

«Vi er gift, mamma. Gift!» sa Grace igjen. Dørene svingte opp, og Helen flyktet ut i gangen og etterlot datteren sin i en opprørt tilstand og helt alene.

Merkelig, tenkte Grace. Veldig merkelig. Hvor er ringene mine?

***

I korridoren støtte Helen Greenway rett på doktor Ackerman. Han var på vei etter å ha hørt den gode nyheten fra Vincente om at hun var våken og klar i hodet.

«Å, doktor Ackerman!» utbrøt Helen.

«Å, hva har skjedd? Skal jeg gå rett inn? Har hun fått tilbakefall? Vincente sa at hun hadde det bra. Våken og snakkesalig. Helt klar i hodet.»

«Det er hun, doktor Ackerman. Hun er våken og snakkesalig, men hun ser ut til å ha en vrangforestilling om at hun er gift med Vincente Marino!»

«Å, hvordan kan det være?»

«Hun fortalte meg at de var gift. Hun og Vincente. Dessuten prøvde hun å vise meg ringene sine. Hun var veldig fortvilet over at de var borte.»

Vincente kom ut av den åpne heisen med et brett med cappuccinoer. Han gikk bort til dem.

Doktor Ackerman så på Vincente og stoppet ham med en håndbevegelse. Han ledet Vincente bort til sittegruppen og ba ham bli der. Ackerman gikk tilbake til Helen.

Vincente satte seg ned og begynte å nippe til en av koppene.

«Jeg vil gjerne snakke med Grace – alene – et øyeblikk,» sa doktor Ackerman. «Vennligst vent her med Vincente, Helen, så skal jeg snakke med dere begge etterpå.»

Helen satte seg ved siden av Vincente. Han tilbød henne en kopp kaffe. Hun takket høflig nei og foldet armene rundt seg selv.

Vincente visste at noe var på ferde, men han hadde ingen anelse om hva. Han tok en ny slurk kaffe og håpet at de snart ville la ham gå hjem. Han var utmattet og ganske sikker på at Helen ønsket å være alene med datteren sin.

Tross alt var dette, etter hans mening, en familieangelegenhet.

***

Da doktor Ackerman kom ut av Graces rom, sa det bekymrede uttrykket i ansiktet hans alt.

Helen reiste seg umiddelbart og gikk bort til ham.

Vincente la også umiddelbart merke til legens dystre uttrykk. Uansett hva som skjedde på Graces rom, var det definitivt ikke gode nyheter. Han lurte på om han noen gang ville komme hjem igjen.

«Helen,» sa doktor Ackerman, «vi må snakke sammen – under fire øyne. Vennligst bli med til kontoret mitt.»

«Om hva?» Helen vendte blikket bort fra Vincente.

«Han har det bra der han er til vi kommer tilbake,» sa doktor Ackerman. Så til Vincente: «Hvis du kan vente, skal vi informere deg om situasjonen snart.»

Vincente nikket og begynte å nippe til den andre cappuccinoen – Helens drikke. Hun ville jo ikke ha den, og han hadde betalt for den. Hvorfor la den bli kald? Dessuten trengte han koffeinen for å holde seg våken. Han tok frem telefonen og spilte et spill Bejeweled Blitz, og så skummet han gjennom Facebook. Han hadde én melding fra Missy Malone. Hun ville møtes senere. Han håpet at han ikke ville bli for trøtt av alt dette med Grace Greenway.

Nysgjerrig gikk han til Graces dør og kikket inn gjennom glasset. Grace sov dypt. Merkelig, tenkte han, siden hun nettopp hadde våknet. Vincente gikk tilbake til setet sitt. Mens han tenkte på Grace, tok han en ny slurk av Helens kaffe. Han drakk også Graces kopp før de kom tilbake for å hente ham.

BOK 14

«Helen, vi håpet at Graces hukommelsestap ville bli rettet opp. Men det ser ut til at vi nå har flere bekymringer.»

«Så hun fortalte det til deg også? At hun er gift med Vincente?»

«Ja, og hun fortalte meg ikke bare at de var gift, men hun beskrev alt i detalj. Det var nesten som om hun opplevde det på nytt. Det var så ekte, et så komplett bilde. Jeg kunne nesten høre den romantiske sangen spille i bakgrunnen.»

«Hvilken romantisk sang?» spurte Helen.

«Hun sa det var en sang fra en gammel smykkeskrin.»

«Ja, jeg husker den. Graces far og jeg ga den til henne i julegave da hun var liten.»

«Ah, en barndomsgave, som hun nå har forestilt seg er bryllupssangen hennes. Datteren din har definitivt en veldig levende fantasi,» sa doktor Ackerman.

«Så hva skal vi gjøre, doktor? Fortelle henne sannheten? Vi må fortelle henne sannheten.»

«Sinnet er veldig skjørt. Kanskje Grace, da hun kjempet for livet, skapte denne situasjonen som en overlevelsesmekanisme. For å gi seg selv noe å leve for, å kjempe for. Det er en primitiv teknikk. Når vi står på dødens rand, skaper eller dikter vi noen ganger en alternativ virkelighet.»

«Men datteren min hadde allerede så mye å leve for!» sa Helen.

«Ja, du tror det, og jeg tror det, men ville Grace være enig?»

«Så hva sier du, doktor? Hva skal vi gjøre?»

Det banket på døren. Doktor Christiansson stakk hodet inn. «Unnskyld at jeg forstyrrer. Doktor Ackerman, du ville snakke med meg?»

«Ja, hvis du kan gi oss et øyeblikk, Helen,» sa Ackerman. Han ba henne sette seg, og så gikk han og doktor Christiansson.

Helen bladde tankeløst gjennom et par blader. Legene diskuterte Grace's prekære situasjon i enerom.

«Jeg er redd vi ikke har noe valg i denne saken,» sa doktor Christiansson. «Vi må gå med på Grace's fantasi. Hun er ikke sterk nok til å takle sannheten på dette tidspunktet. Hvis vi presser henne for hardt, kan konsekvensene bli svært skadelige.»

«Jeg er enig,» sa doktor Ackerman. «Det beste vi kan gjøre for Grace, inntil hun er klar til å høre sannheten, er å forsterke hennes egne vrangforestillinger. Saken er at vi må sikre oss at Vincente er med på dette. Vi må fortelle ham alt Grace har fortalt oss. Vi må få ham til å gå med på å spille med, inntil Grace er klar, det vil si sterk nok både mentalt og fysisk til å takle sannheten.»

«Ja, Marino-gutten klarte å hjelpe Grace før, og jeg håper han kan hjelpe henne igjen,» sa Christiansson.

«Og når hun er frisk nok, sterk nok, da vil vi fortelle henne sannheten,» bekreftet doktor Ackerman.

«Jeg liker det ikke,» sa Helen, da legene hadde fortalt henne om planen sin. «Vi vil mate fantasien hennes og fremme løgner og flere løgner.»

«Men det er ikke løgner for Grace. Hun tror på hvert eneste ord, og det er henne vi må sette først her,» sa doktor Ackerman.

«Hva om gutten ikke går med på det?» spurte Helen.

«Han må,» sa Ackerman. «Det finnes ikke noe alternativ. Grace har kommet så langt, og hun er på vei tilbake til å bli frisk, fysisk sett. Kroppen hennes tåler kanskje ikke et nytt tilbakefall. Graces mentale stabilitet er avgjørende akkurat nå.»

«Grace har skapt denne drømmen, og Vincente er en stor del av den. Han må gå med på å hjelpe henne. Vi må overbevise ham om hvor viktig han er for henne,» sa doktor Christiansson.

«Hvor lenge må vi alle spille dette spillet?» spurte Helen.

«Vi skal spille til hun er klar,» sa doktor Christiansson, «og ikke et øyeblikk lenger.»

«Hva skal jeg si til gutten da?» spurte Helen. «Hvordan kan jeg få ham til å forstå når jeg ikke engang forstår dette helt selv? Jeg liker ikke tanken på å lure min egen datter.»

«Han må stole på oss, stole på Grace. Når hun er klar til å møte virkeligheten – til å høre sannheten – da, og bare da, vil ting bli som de var før,» sa Ackerman.

«Jeg skal gjøre mitt beste for å overbevise ham.»

«Lykke til,» sa doktor Ackerman.

«Hvis du trenger min hjelp ...» avbrøt Dr. Christiansson, «... hvis du vil at jeg skal snakke med ham, for å avklare noe, så send gutten til meg.»

«Takk,» sa Helen.

BOK 15

Helen gikk på dametoalettet og vasket hendene. Å være på sykehuset døgnet rundt syntes å kreve en paranoia for bakterier.

Hun strakte ut høyre hånd og merket at den skalv. Hun hadde ingen anelse om hvordan hun skulle overbevise gutten om å gå med på en så merkelig løgn. Alle med livserfaring visste sikkert at sannheten alltid var best. Likevel var hun nå tvunget til å overbevise Vincente om å bli medskyldig i å støtte Graces vrangforestilling.

Hun stakk hånden ned i vesken og følte seg frem, og fant to leppestifter. Hun tok på seg den ene, og på en eller annen måte fikk det henne til å føle seg litt bedre. Hun stakk hånden ned i vesken igjen, fant parfymen og sprayet litt bak ørene. Nå var hun klar til å gå ut og snakke med Vincente.

Helen lukket døren bak seg og gikk ut i den travle korridoren. Hun ble presset opp mot veggen i noen sekunder da sykehuspersonalet dyttet en båre forbi. Hun trakk pusten dypt, samlet seg og begynte å gå mot venterommet.

Hun fikk øye på Vincente, og han fikk øye på henne. Hun vinket, og lurte så på om hun var litt for familiær. Hun holdt seg tilbake ved å legge hånden på lærstroppen på vesken sin. Nå så hun ut som noen som var redd for å bli ranet.

Vincente så Helen Greenway komme raskt mot ham. Han så på henne et øyeblikk, og så ned på føttene sine. Han la umiddelbart merke til at hun hadde pyntet seg og lurte på hvorfor. Kanskje hun hadde et øye på en av legene? Var det ikke litt tidlig etter at mannen hennes døde? Han var ikke sikker, men han var ikke en som dømte hva folk sa eller gjorde.

Helen satte seg overfor Vincente og sa navnet hans. Han så opp og ventet på at hun skulle si noe mer, men det gjorde hun ikke. Han så ned på føttene sine igjen. Han var så trøtt, dødtrøtt, men de tre store kaffene hadde gjort ham oppkvikket.

Hun sa navnet hans igjen og lente seg fremover, med albuene hvilende på knærne.

Vincente lente seg tilbake i stolen og lot som om han trengte å strekke seg og gjespe. Stillheten ble stadig mer ubehagelig.

Helen ventet på at han skulle bli ferdig med å bevege seg, og gikk så rett på sak. «Vincente, jeg trenger din hjelp med noe, noe ganske personlig.»

Han nølte og lente seg frem, nå nysgjerrig.

«Kan jeg snakke fritt og åpent med deg?» hvisket hun.

Vincente var nå virkelig nysgjerrig. Han hadde blitt sjekket opp av eldre kvinner før – men vanligvis ikke kvinner som var så gamle – og ikke av kvinner som var mødre til skolekameratene hans.

Han følte seg plutselig ukomfortabel. Hans første reaksjon var å avbryte henne der og da og være helt ærlig med henne. Men selv om han ikke var det minste interessert, var han nysgjerrig på hva hun hadde å si.

Hvordan hun ville gå frem. Og han lurte på om sjokket over det Grace hadde vært gjennom også hadde tatt på henne. Så i stedet for å si noe, satt han stille og ventet.

Helen lente seg nærmere: «Det jeg må spørre deg om, er ganske pinlig,» hun nølte og lo nervøst. «Jeg mener, det er latterlig! Men jeg håper du vil si ja og likevel hjelpe meg.»

Helen blunket med øynene og nølte. Hun rettet seg opp og lente seg igjen fremover. Denne gangen enda nærmere Vincente, så nær at knærne deres nesten berørte hverandre. Så virket det som om hun vinket med hånden, skapte en avstand mellom dem og lot hånden streife lett mot kneet hans.

Hun var så nær at han kunne kjenne pusten hennes på ansiktet sitt.

Vincente flyttet seg ubehagelig tilbake i stolen. Trakk føttene under setet. Krysset armene over brystet. Han fokuserte oppmerksomheten på gulvet. Han kjempet mot trangen til å ta frem telefonen for å distrahere seg fra den vanvittige situasjonen.

«Det er Grace, Vincente. Hun ser ut til å ha... Vel, dette er vanskelig for meg å si. Spesielt til noen som er så ung som deg, noen som jeg antar allerede har en kjæreste. Eller kanskje til og med mer enn én kjæreste?» Helen nølte før hun slapp bomben og så ham rett inn i øynene. Hun prøvde å relatere til ham, å få kontakt på hans premisser. Hvis hun kunne bygge bro over aldersforskjellen mellom dem, ville han kanskje forstå. Kanskje han ville være enig.

Vincente syntes dette begynte å bli pinlig. Han ville spare henne for lidelsen: «Jeg har en kjæreste, Mrs. Greenway. Vi er ikke eksklusive, men vi har en avtale, hvis du forstår hva jeg mener?»

Blunket han nettopp? Helen var sikker på at hun hadde sett ham blunke! Og hun likte det ikke, ikke i det hele tatt.

Vincente ønsket at hun skulle gå. Han var veldig trøtt, og alt han ønsket var å gå hjem. Utålmodig og avskyfull reiste han seg.

«Ja, jeg forstår hva du mener, Vincente,» sa Helen litt klønete. «Vennligst sett deg.»

Vincente gjorde det. Han krysset armene igjen og skapte en fysisk barriere mellom dem.

«Vincente, datteren min er forelsket i deg. Det vet du vel?»

«Ja, jeg vet at hun liker meg. Grace er fantastisk! Hun har reddet livet mitt ved å hjelpe meg med matte. Uten henne ville jeg blitt kastet ut av laget nå.»

«Har hun det? Det visste jeg ikke. Så du kjente henne egentlig, ansikt til ansikt?»

«Ikke ansikt til ansikt som kjærester, nei. Men vi var kompiser. Venner.»

«Men du er en stjerne i cricket, og du er kjekk. Jeg forstår hvorfor hun var, eh, forelsket i deg. Men det jeg må spørre deg om er...», hun stoppet og stammet, og syntes det var vanskelig å komme til poenget.

«Beklager, Mrs. Greenway, men jeg må komme til saken. Det har vært en veldig lang natt, og jeg er trøtt. Jeg må si at jeg er smigret over din – eh – oppmerksomhet, men som jeg sa tidligere, har kjæresten min, Missy, og jeg en slags avtale.»

«Jeg er sikker på at hun ikke vil ha noe imot det, under disse omstendighetene, fordi du vil hjelpe noen – noen i nød. Tross alt er dette et spørsmål om liv eller død,» sa Helen.

«Du er litt melodramatisk nå, ikke sant, Mrs. Greenway?» Vincente krysset armene og gikk nærmere henne. «Jeg er smigret og alt det der, men kan du ikke finne noen som er nærmere din alder? Kanskje en av legene?»

«Hva!» utbrøt Helen og flyttet hele kroppen så langt unna Vincente Marino som mulig, mens hun fortsatt satt overfor ham. Så reiste hun seg og flyttet seg enda lenger unna, med ryggen mot ham. Hun tok et dypt åndedrag og gjenvant fatningen akkurat da Vincente klappet henne forsiktig på baken. Hun hoppet og kjempet mot trangen til å gi ham en ørefik.

«Bare så du vet det,» korrigerte hun, nå rasende, «jeg synes ikke du er det minste attraktiv, din dumme, dumme gutt!»

«Jada, jada, jeg avviser deg, så blir du sur – nå skjønner jeg hva du driver med. Men ikke lek for mye med meg, jeg kan komme til å like det,» sa han og flyttet seg enda nærmere henne.

«Nå må du slutte med det!» sa Helen med skjelvende stemme mens Vincente Marino kom nærmere og nærmere henne. Hun var nå presset fast mot stolen – og tvunget til å sette seg. Ansiktet hennes var rødmusset, og hele kroppen skjelvet.

«Jeg har fått nok av dette tullet,» sa Vincente. «Jeg kom hit midt på natten for å hjelpe datteren din… greit. Men hun er tilbake på avdelingen nå, og jeg henger her for hva? Jeg vet ikke. Ikke for å bli sjekket opp av moren hennes!»

Helens ansikt lignet på fargen på rødbeter. «Vincente, jeg trenger en tjeneste fra deg, så jeg skal ignorere denne misforståelsen og si det rett ut. Å gå rundt grøten var ikke en smart idé!»

Vincente nikket utålmodig, men fortsatte å lytte.

«Grace har en vrangforestilling om at du og hun er gift.»

«Hva?»

«Det er sant. Hun våknet og er fastlåst i denne ideen om dere to. Hun har skapt en fantasi i hodet sitt.»

«Gift? Grace Greenway og jeg, gift?»

«Ja, det er det hun tror.»

«Så fortell henne sannheten. Hvorfor forteller du meg dette?»

«Fordi legene mener at vi må gå med på det, foreløpig.»

«Med 'vi' mener du meg, ikke sant? Forventer du at jeg skal spille mann og kone med Grace?»

«Jeg vet at det er mye å be om, Vincente. Men hvis du kan finne det et sted i hjertet ditt, å hjelpe henne, kan det være et spørsmål om liv og død for henne.»

«Dette er for mye å be om,» sa Vincente, og han reiste seg og begynte å forlate venterommet, «altfor mye.»

Helen fanget ham og grep tak i armen hans.

«Det er det minste du kan gjøre! Du fikk henne hit, med det slaget i hodet. Det var du som gjorde det! Du må da ha en moralsk kompass et sted inne i deg, en samvittighet. Grace ville ikke vært her hvis det ikke var for deg! Og, som du sa, Grace hjalp deg med å sikre deg plassen på cricketlaget.»

Vincente visste at alt dette var sant, selv om slaget hadde vært et uhell. «Hva er det egentlig du vil at jeg skal gjøre?»

«Oppfør deg som en ektemann ville gjort. Vær der for henne. Snakk med henne. Hold henne i hånden. Min datter er en intelligent jente; hun vil fortelle deg hva hun trenger.»

«Men hva om hun vil at vi skal gjøre de tingene som gifte mennesker gjør?» Han smilte skjevt. «Hva da?»

«Jeg er sikker på at før vi kommer til det punktet, vil hun enten begynne å huske sannheten, eller så vil jeg fortelle henne det.»

«Hvorfor ikke spare deg for dette dramaet og fortelle henne sannheten nå?»

«Det er selvfølgelig det jeg vil gjøre, men legene har frarådet det,» sa Helen. «De mener Grace er i for skjør tilstand til å sjokkere henne med så mye virkelighet akkurat nå.»

Vincente følte at han ikke hadde noe valg i saken, han måtte gå med på dette. Selv om han var helt uenig med legene, ville han spille med. «Hva med skolen?» spurte han. «Jeg har en kamp i morgen – jeg mener i dag.»

«Grace vil huske at du går på skolen. I mellomtiden kan du kanskje invitere noen av de andre elevene fra skolen til å besøke henne. Kjente ansikter kan kanskje vekke minnene hennes.»

«Jeg kommer ikke på noen hun er venner med, men jeg skal prøve. Kan jeg dra hjem nå?»

«Ikke før du har snakket med henne. Og husk at hun nettopp fortalte meg nyheten – at dere to nylig giftet dere – og jeg trodde ikke på henne. Jeg løp ut av rommet og fant legen hennes. Så jeg regner med at datteren min vil bli veldig glad for å se deg og ganske sint for å se meg. Hun vil kanskje også presentere deg for meg som sin ektemann.»

«Jeg skal gjøre mitt beste, men jeg er ikke en særlig god skuespiller, og jeg har aldri vært flink til å lyve.»

«Vel, la oss gjøre dette til en prisvinnende forestilling!» Helen coachet ham mens de gikk mot rommet til Grace.

«Nå går vi inn!» sa Vincente, mens han åpnet døren og holdt den åpen for sin nye fiktive svigermor.

BOK 16

Grace så opp og så moren komme inn på rommet hennes, etterfulgt av – Vincente! Hun satte seg opp, smilte fra øre til øre og åpnet armene for ham. Han beveget seg så sakte mot henne at hun intuitivt skjønte at noe var galt.

«Kjære», sa Helen med en munter stemme, noe som overrasket Vincente. «Jeg har snakket med Vincente, og han har fortalt meg alt. Alt om bryllupet deres. Ikke sant, Vincente?»

Vincente så først på Grace og deretter på Helen. Hun kastet ham for ulvene og tvang ham til å lyve. Han hadde ikke noe annet valg. «Ja, jeg fortalte moren din alt om oss», sa han. Han gikk litt nærmere Grace, som omfavnet ham hjertelig.

Mens hun holdt ham, kjente Grace en avstand der, som hun aldri hadde følt før. Det føltes som om hun holdt fast i en treplank.

De skiltes, og Grace så dypt inn i Vincente sine øyne. Han skjulte noe. Eller kanskje var han bare flau? Kanskje var det bare dette, at hun var for kjærlig foran en annen person. De hadde vært alene før, så dette var noe de måtte venne seg til, å ha andre mennesker rundt seg som vitner til deres kjærlighet.

Grace strakte seg ut og tok hånden hans i sin og sa: «Jeg forstår helt hvordan du føler deg, gitt omstendighetene. Vi er ikke vant til å være så kjærlige – foran andre.»

Vincente følte seg elendig. Han ble tvunget til dette, og han syntes synd på Grace, som ikke ante at han bare spilte. Men etter det han hørte, var det mye å ønske seg av hans opptreden. «Ja, det er det,» sa Vincente. «Du har alltid vært veldig oppmerksom på mine, øh, følelser.»

Grace fortsatte å observere hans ubehag. Vincente, som merket at hun fulgte ham nøye med blikket og var redd for at hun skulle bli opprørt, løftet hånden hennes opp til leppene sine og kysset den. Da han så opp, stirret han dypt inn i øynene til sin påståtte kone. Påstått fra hennes side, men fra hans side var alt han så Grace Greenway – en alminnelig jente med over gjennomsnittlige, nesten geniale matematiske evner. De var totale motsetninger. Han ville aldri gifte seg med henne, ikke engang om han og hun var de to siste personene igjen på planeten.

Grace vendte oppmerksomheten mot moren sin, som sto i bakgrunnen og så på dem. Ja, det var det. Moren hennes hadde nå fått alt bekreftet, men hun var ikke enig i valget deres. Tross alt var de bare seksten år gamle, og uten foreldrenes tillatelse var ekteskapet deres kanskje ikke legitimt i hennes øyne. For ikke å nevne at verken en prest, en pastor eller en fredsdommer hadde gjort det offisielt. De hadde utvekslet løfter og ringer. Det var ikke et ekte bryllup, og alt moren hennes måtte gjøre var å annullere det. Kanskje var det derfor Vincente så så forskrekket ut?

Grace så på Helen, som sto der med tårer i øynene.

«Er du ikke glad på våre vegne, mamma?» spurte Grace.

«Selvfølgelig er jeg veldig glad på deres vegne, kjære,» sa Helen, mens hun omfavnet dem begge.

Nå som det var så nært, så Grace Vincente inn i øynene, og han så bort. Hun sa: «Jeg vet at jeg sannsynligvis ser forferdelig ut,» mens en tåre rant nedover kinnet hennes. «Det har vært en så lang prøvelse, med operasjonen og alt.» Hun trakk pusten dypt og samlet seg. Vincente prøvde å oppmuntre henne med et smil, og så fortsatte hun: «Jeg gleder meg til vi kan gå tilbake til det normale. Til vi kan dra tilbake til huset vårt og svømme på stranden som vi pleide.»

Vincente så bort igjen. Som en burrotte flakket øynene hans nervøst fra side til side.

«Jeg er sikker på at Vincente gleder seg til det øyeblikket, kjære,» sa Helen.

Vincente slapp ut et «Humph», som han bare hadde ment skulle være et ekko inne i sitt eget hode. Dessverre ble lyden hørt og lagt merke til av alle tilstedeværende. Helen stirret på Vincente, som om han nettopp hadde begått mord. Grace så så såret ut at flere tårer strømmet fra øynene hennes.

«Vil du ikke tilbake dit? Til Manly? For å bli lykkelig igjen?» Grace var sikker på at Vincente hadde forandret seg. Noe i ham hadde endret hans kjærlighet til henne, og den erkjennelsen knuste hjertet hennes.

Helen stakk albuen i siden på Vincente. Han lo høyt og svelget litt luft før han sa: «Ikke før du er frisk igjen, Gracie.»

«Du vet hvor mye jeg hater det!»

«Hva? Hva hater du?» spurte Vincente. Han var helt forvirret og gjorde definitivt ikke en god jobb med å spille skuespill. Han hadde advart Helen om at han ikke var en god løgner, og nå ødela han alt. Ødela Grace. Stakkars jente.

«Du vet hva jeg mener!» ropte Grace. «Du vet hva jeg hater. Hvordan det får hårene til å reise seg på meg.»

«Å,» sa Vincente, og husket endelig. Ja, han hadde kalt henne «Gracie» en gang før, og hun hadde blitt helt gal på ham. Nå gjentok han det. For en idiot han var! «Jeg er så lei meg, Grace, det gikk helt ut av hodet mitt. Jeg er så trøtt, jeg har ikke sovet. Min feil – det var bare en hjernedød.»

Trioen lo, og latteren fortsatte til Grace avbrøt den med: «Hvis du er trøtt, kjære, kan du dra hjem. Vi kan snakkes i morgen.»

Vincente vurderte det. Hans flukt var så nær at han kunne smake den. Han var desperat etter å komme seg vekk derfra, å avslutte denne patetiske farsen. «Jeg har en kamp i ettermiddag, så jeg kan ikke komme tilbake på besøk før i kveld.»

«Det er greit. Du må hvile deg før den store kampen,» sa Grace.

«Vincente,» sa Helen, «Grace og jeg setter pris på alt du har gjort for å hjelpe oss. Vi forstår at du må dra hjem nå. Jeg skal bestille en taxi til deg.»

«Det trengs ikke,» sa Vincente, «mamma ringte for litt siden og sa at hun ville vente på meg utenfor. Hun så lappen jeg la igjen, og hun var bekymret.»

«Jeg skulle gjerne møtt henne en dag,» sa Helen.

«Ja, jeg også!» sa Grace. «Jeg føler at jeg allerede kjenner henne, siden du viste meg maleriene hennes. Spesielt det landskapet med treet og kyrne ble et samtaleemne for oss begge.»

«Det med... hva?» stotret Vincente. Han var helt forvirret over det Grace nettopp hadde sagt. Han hadde ikke vist det maleriet til Grace – eller noen andre utenom foreldrene og besteforeldrene sine. Faktisk hadde det vært lagret siden han var barn.

«Når viste jeg deg mors maleri?» spurte han.

«Det hang over peishyllen i foreldrenes hus.»

Vincente snublet bakover. Helen fanget ham opp. Hun hadde ingen anelse om hva denne samtalen handlet om, men Vincente virket mer opprørt av den enn Grace.

«Går det bra?» spurte Helen, oppriktig bekymret.

«Det går bra,» sa han, men det gikk absolutt ikke bra. Han ville rømme, men samtidig måtte han være sikker på at de snakket om det samme maleriet. Kanskje Grace bare var forvirret. «Var det noe spesielt med maleriet? Noe spesielt jeg fortalte deg om det?»

«Ja,» sa Grace nøkternt. «Du fortalte meg at du var redd for maleriet da du var barn, fordi du trodde treet hadde et ansikt. Det var derfor foreldrene dine la det på lager. Men da vi besøkte foreldrene dine, hang det rett over peishyllen.»

Vincente var mer enn målløs. Det var sant om maleriet, men ikke om at det hang over peishyllen. Det ville aldri ha skjedd. Han lurte på hvordan hun kunne ha visst om det maleriet.

Hun fortsatte: «Men nå er maleriet i huset vårt, huset vårt i Manly. Det er fortsatt på lager. Vi syntes begge det var best å legge det bort. Du må spørre moren din om hun vil ha det tilbake.»

Vincente snublet over gulvet til Grace og mumlet noe om at ja, det skulle han gjøre. Distrahert hvisket han noe til seg selv, og så til Helen. Han hadde ingen anelse om hvordan Grace kunne vite de tingene hun syntes å vite.

«Mamma,» sa Grace, «jeg tror du ville komme godt overens med Vincentes mor, fordi dere begge elsker noen av de samme tingene, som solsikker. Vincentes mor har solsikker i de fleste av maleriene sine, og du har solsikker over hele huset.»

«Det er nydelig, kjære,» sa Helen.

«Og du skulle sett de fantastiske figurene Vincente snider!»

Vincente satte seg tungt ned i stolen. Ansiktet hans var nå spøkelsesaktig hvitt.

Grace fortsatte: «Han er mye mer talentfull enn han gir inntrykk av når det gjelder andre ting enn sport. Han er en fantastisk kunstner i seg selv. Det må ligge i blodet hans.»

«Hvordan, hvordan kan du vite om det?» spurte Vincente. «De er på soverommet mitt.»

«Soverommet ditt!» skrek Helen.

«Og ingen har sett dem – ingen – bortsett fra mamma og pappa og besteforeldrene mine.»

«Du viste dem til meg, dumming, og vi tok dem med oss til huset vårt i Manly. Jøss! Du må være veldig, veldig trøtt, siden du har glemt så mye. Du bør virkelig gå hjem og få deg litt søvn, Vincente.»

Vincente følte det som om blodet hadde blitt tappet ut av kroppen hans, og det så man også på ham.

«Vil du at jeg skal følge deg ut til bilen til moren din?» spurte Helen. Hun var oppriktig bekymret fordi han så ut som om han kunne besvime. «Trenger du å oppsøke lege?»

Vincente hadde lyst til å snu seg og løpe, men en del av ham ønsket også å strekke ut hånden og kysse Grace Greenway.

Kysse Grace Greenway?

Det var et behov, et ønske, som han hadde kjempet mot de siste øyeblikkene. Han holdt seg tilbake, følelsesmessig. Han tenkte at han kanskje følte en tiltrekning fra henne, et behov fra henne. Kanskje fordi hun ville at han skulle kysse henne?

Vincente reiste seg og gikk mot sengen. Grace så på ham, men øynene hennes var rolige, fulle av kjærlighet. Kjærlighet til ham.

Han lente seg frem og kysset henne rolig på pannen.

Men Grace hadde andre planer.

Hun beveget hodet, og merket at han var flau foran moren hennes, slik at han kysset henne fullt på leppene. Så trakk hun ham inntil seg, klamret seg til ham, og han slappet av i omfavnelsen. Hun holdt ham så tett at han ikke kunne slippe taket, og ganske snart ville han ikke det heller.

På en eller annen måte nådde hun dypt inn i ham. Han var fortapt, fortapt i henne. Da han fikk igjen pusten og trakk seg tilbake, sto han og stirret, som om et vindu nettopp hadde blitt åpnet i hjertet hans.

Han visste ikke hvordan hun visste de tingene hun visste. Han hadde ikke fortalt henne noe av det, og likevel visste hun det, på en eller annen måte. Han var opphisset og skremt på samme tid. Han ønsket og trengte å komme seg vekk derfra.

Og likevel ønsket en del av ham å kysse henne igjen og igjen. En annen del ønsket å løpe, og fortsette å løpe og løpe og løpe.

«Kjære,» sa Helen, «jeg tror Vincente virkelig bør gå nå.» Hun la merke til hans robotaktige oppførsel. Det var som om han var under en forhekselse.

«God natt, Mr. Marino,» sa Grace.

«Uh, god natt, Mrs. Marino,» sa Vincente impulsivt. Hun smilte sitt største smil, som om himmelen hadde åpnet seg og strømmet gyldent solskinn over ham. Han kjørte fingrene gjennom håret og trakk seg så ut derfra.

Så snart han var ute av døren, begynte han å løpe.

Han løp ned åtte trapper.

Og ut på gaten.

Han ville ha fortsatt å løpe, hele veien hjem, hvis ikke moren hans hadde stoppet ham først.

BOK 17

«Er alt i orden, Vincente?» spurte Ellen Marino sønnen sin. Vincente hadde røde kinn og mumlet for seg selv mens hun gikk mot ham. Hun åpnet armene for ham, og han falt inn i dem med et hørbart sukk. Hun klappet ham på hodet slik hun pleide å gjøre da han var liten. Denne følelsesmessige forbindelsen fikk ham til å gråte ukontrollert.

«Så, så,» sa hun.

Selv om Vincente følte seg trygg og varm, kunne han ikke slutte å tenke på Grace. Han prøvde å være til stede i øyeblikket, men selv morens beroligende ord kunne ikke lette sinnet hans.

Mens han klemte seg inntil moren sin, spilte hjernen hans en barnesang om og om igjen i hodet hans: «Vincente og Gracie, sitter i et tre og k-y-s-s-e-r.»

Han kunne ikke forklare hvordan han følte seg til moren sin. Han kunne ikke engang forstå det selv.

Likevel kunne han ikke få det kysset ut av hodet. Og det var et vakkert kyss. Et dypere, mer minneverdig kyss enn noe annet kyss han noensinne hadde opplevd, og likevel – hvorfor gråt han som et barn?

Vincente trakk seg tilbake fra moren sin. Han prøvde å ta seg sammen.

Ellen så inn i sønnens øyne og holdt haken hans mellom fingrene. Hun kysset ham på pannen. Han mistet kontrollen og begynte å gråte igjen!

«Si meg, Vincente, hva er galt? Døde jenta, vennen din ... Døde hun?»

«Vincente ropte «Nei!» høyere enn han hadde forventet. Han gikk bort og landet med ryggen mot veggen. Han klemte nevene og følte seg sint, trist og glad, som om alle mulige følelser hadde strømmet over ham som en tsunami.

«Snakk med meg!» oppfordret Ellen.

«Jeg vil hjem, mamma. Jeg vil bare hjem.» Sa Vincente mens han holdt tilbake tårene. Han følte seg så dum.

Ellen foldet sønnens hånd inn i sin, slik hun alltid hadde gjort da han var liten. Inntil den dagen da han var ni år og ikke ville la henne holde hånden hans lenger. Men i kveld protesterte han ikke da fingrene hennes omfavnet hans og strammet grepet. Det som opprørte sønnen hennes, var ille. Så ille at han ikke klarte å kontrollere følelsene sine.

Vincente Marino var ikke den typen gutt som gråt, selv ikke når han skadet seg som liten. Han prøvde alltid å være modig. Spesielt når andre så på. Vanligvis var det annerledes når de var alene sammen. Eller det hadde det vært, inntil i dag.

Da de hadde festet sikkerhetsbeltene, lot Vincente tankene vandre tilbake til Grace igjen. Ikke til kysset denne gangen. I stedet tenkte han på hvordan hun visste de tingene hun visste. Som maleriet – hvordan kunne hun vite om akkurat det maleriet? Det var umulig for henne å finne på eller gjette seg til de tingene hun syntes å ha kunnskap om.

«Gjett hva som skjedde i går?» spurte Ellen.

«Jeg vet ikke, mamma.»

«Vel, jeg solgte et nytt maleri!»

«Flott nyhet, mamma! Hvilket var det denne gangen?»

«Jeg er ikke engang sikker på at du ville huske det. Jeg malte det for lenge, lenge siden.»

«Jeg er sikker på at jeg ville huske det, mamma. Jeg vedder på at jeg kan gjette hvilket det var. Jeg vedder på at det var det med åkeren full av villblomster, så realistisk at man nesten kunne lukte dem!»

« Å, du er en kjærlig sønn, takk. Men nei, det var et jeg malte for noen år siden, da du var liten gutt. Jeg la det på lager fordi noe ved det skremte deg.»

Vincente satte seg rett opp. Han lyttet intenst nå. Det kunne ikke være sant.

Hun fortsatte, uvitende om Vincentes økte spenning: «Det er i en eng, med et stort tre og en ku.»

Det var det samme maleriet. Nøyaktig det samme maleriet han hadde diskutert med Grace Greenway tidligere. Kanskje salget hadde blitt offentliggjort? Det ville forklare Graces kunnskap om det. Han slo seg selv i pannen. Ja, det ville forklare alt!

«Det skjedde først i går kveld. En privat forhandler hørte om det og kom for å se det, og kjøpte det der og da for sin klient. Han er på vei til Europa nå og skal hente det når han kommer tilbake.»

«Så salget har ikke blitt offentliggjort på noen måte?»

«Nei, jeg har ikke engang fortalt det til faren din ennå!»

Grace kunne ikke ha hørt om det med mindre hun kjente mannen. Nei, med hennes tilstand og alt, kunne det ikke være slik.

Mens de kjørte gjennom byens gater, var Vincente fast bestemt på å ikke tenke på noe. Ikke maleriet. Ikke Grace. Ikke kysset. Spesielt ikke kysset.

BOK 18

Da de kom hjem, spurte Ellen Vincente om han følte seg bedre. Han svarte med et vagt grynt, som betydde at han følte seg mer som sitt gamle jeg igjen. Hun tilbød ham mat, men han sa at han ikke var sulten.

«Jeg er utmattet, mamma,» innrømmet han. «Jeg vil sove litt.»

«Jeg må spørre deg om noe før du går – er jenta du besøkte ...»

«Grace?»

«Ja, er Grace, blir hun bedre?»

«Ja, hun blir bedre,» sa Vincente mens han gikk rundt hjørnet og satte foten på trappen. Han snudde seg og så på Ellen: «Men jeg trenger virkelig en tjeneste.»

«Vil du at jeg skal stikke innom og se til Grace?»

«Nei, men takk. Det jeg virkelig ønsker, er at du ringer treneren. Si at jeg ikke føler meg bra, så jeg kan hvile noen timer til før kampen.»

«Vincente, du vet hva vi – faren din og jeg – mener om sport. Du må gå på skolen og ha en vanlig skoledag, ellers får du ikke spille.»

«Men dette har ikke vært en vanlig dag, mamma!» protesterte han. «Jeg har vært på sykehuset hele natten og er utrolig trøtt.»

«Ok, kjære,» sa hun. «Jeg skal la det passere denne gangen. Nå er det på tide å legge seg!»

Oppe på rommet sitt lette Vincente forgjeves etter pyjamasen sin. For trøtt til å finne den, klatret han opp i sengen med bare svart undertøy på.

Vincente vridde og vendte seg og innså raskt at han var for trøtt til å sove. Han var også ganske oppkjørt av kaffen og den ikke akkurat Oscar-vinnende opptredenen tidligere.

Problemet var at Grace ikke hadde spilt. Hun mente hvert eneste ord hun sa, og han kjente det i kysset hennes. Hun la hele sitt hjerte og sjel i ham.

Han trakk gardinene til side og så på treet utenfor vinduet sitt, som svaiet frem og tilbake i vinden. Dråpene falt mot vinduet og rant nedover glasset som perleformede tårer.

Mens dråpene falt, en etter en, og treet svaiet, virket lydene og bevegelsene som en vuggesang for Vincente. Etter kort tid sovnet han dypt.

BOK 19

«Grace? Grace, hvor er du?» ropte Vincente mens han løp opp trappene som førte til Operahuset i Sydney. Han var nesten fremme, og fortsatte å rope på henne som om han forventet å finne henne sittende på toppen av de gigantiske hvite seilene som lignet marengs.

Etter å ha lett rundt Rocks-området, begynte han å løpe ned George Street, mot Parramatta Road. Han ropte Graces navn om og om igjen, til han ble så utmattet av den varme solen i Sydney at måkene, kakaduer og ravnene også virket å skrike.

Han måtte finne Grace. Han måtte bare det.

På Parramatta Road, på en ny bilforhandler, fanget en rød Ferrari hans oppmerksomhet. Det var en kabriolet med taket nede, og han klatret inn. Dekkene skrek da han kjørte ut av parkeringsplassen. Hvor i all verden var Grace? Han tutet. Hvor er du, Grace?

Vincente skrudde på stereoanlegget, og en sang han ikke kjente, en sentimental kjærlighetssang, spilte. Først ville han skifte spor, men noe ved sangen fikk ham til å la den stå.

Da sangen var ferdig, viste displayet på stereoanlegget at det var en duett av to popsangere.

Sangen begynte å spille igjen. Vincente byttet umiddelbart spor, bare for å oppdage at den samme sangen spilte igjen, men denne gangen sunget av to rhythm and blues-sangere. Han trykket på bryteren igjen, bare for å oppdage at den samme sangen spilte igjen, denne gangen sunget av to country-sangere. Hva slags CD var dette? Alle sporene spilte den samme sangen! Han prøvde å ta ut platen, men ikonet viste at sporet var tomt. Hva i ...?

Vincente tråkket hardt på bremsen, noe som fikk bilen til å snu 180 grader og deretter stoppe helt. «Grace,» ropte han, «Grace Marino, hvor i helvete er du?» Han lente hodet mot rattet i fortvilelse, akkurat da de to popsangerinnene igjen fylte nattelufen med sine stemmer. Grace var fortsatt intetsteds å finne.

Vincente var helt alene i en sportsbil, drømmebilen hans, men den betydde ingenting for ham uten Grace ved siden av seg. «Hun er ikke engang min type!» utbrøt han, mens han kjørte av gårde. Denne gangen skrudde han av stereoanlegget, men den forbannede sangen fortsatte å spille i hodet hans.

Da hjulene suste inn i en rundkjøring, mistet Vincente kontrollen over bilen, og bang – den krasjet rett inn i et tre. Panseret på bilen var knust innover, men han var i live. Han pustet tungt. Røyk velte ut fra under panseret, mens han hvisket i luften: «Grace.»

Hans hvisking ble besvart: «Vincente?»

«Grace!» gjentok han. Vincente satte seg opp, nå våken, og sa til luften: «Grace, hvor i helvete er du?»

I neven holdt han noe. Det var et sammenkrøllet stykke av skjorten hans. Det var rødt nå, rødt av hans tykke, varme blod. Og da han åpnet neven, dannet det en form: formen av et hjerte.

Og da han lukket knyttneven og sang høyt refrenget til den romantiske sangen og deretter åpnet den igjen, var den igjen formet som et hjerte.

Da begynte smerten å stikke ham, og han la merke til flekkene. Store bloddråper dryppet ned på gulvet, og de dekket også sakte setet og gulvet. Dråper hang på bakspeilet og langs innsiden av frontruten.

Det var blod overalt, på gulvet, veggene, taket. «Grace!» ropte han en siste gang før han lukket øynene og forsvant inn i mørket.

BOK 20

Da Vincente våknet, strømmet sollyset inn i rommet hans gjennom en åpning i gardinene. Først husket han ikke hvor han var. Han lå riktignok i sin egen seng, men utenfor dynen. Han var trygg. Det hele hadde vært en gal drøm! Han lo ved tanken på at det kunne ha vært noe annet.

Han kikket på idrettsprisene sine et øyeblikk, før han så på de utskårne figurene. Han la merke til at en av dem manglet. Den første han noensinne hadde laget: Aboriginen. Han lette overalt, men den var borte.

En kookaburra skrek, og latteren dens fylte luften mens Vincente grublet over den manglende figuren. En flue surret rundt ham, og han viftet den bort.

Vincente så på klokken og innså at han var sen. Han hadde sovet bort skoledagen, og nå ville han også komme for sent til kampen hvis han ikke fikk ræva i gir. Han kunne ikke svikte laget.

Vincente løp inn på badet, sprutet vann i ansiktet, pusset tennene og stakk ut tunga. Han så ut som om han ikke hadde sovet på flere uker.

Han kjente stubben på haken og så på klokken igjen. Han hadde ikke nok tid til å barbere seg, så han smurte på litt aftershave og sprayet på litt deodorant.

Deretter tok han på seg et par svarte jeans og en t-skjorte og hoppet ned det meste av trappen i ett hopp.

Det gjorde ikke Vincente noe bedre å vite hvor mye laget trengte ham. Han var ikke stolt av at det var den absolutte sannheten. Men de andre spillerne – lagkameratene hans – virket aldri å holde det mot ham. De visste at han hadde en gave, men noen ganger ønsket han at presset ville hvile på noen andres skuldre, ikke bare hans.

Når han kom ned, tok han en flaske vann fra kjøleskapet og ropte på moren sin. Da hun ikke svarte, bekymret han seg ikke. Han visste hvor han mest sannsynlig ville finne henne – ute på verandaen, hvor hun malte.

Og ja, der var hun, oppslukt av sitt kreative arbeid. Han sto der og så på henne et øyeblikk, tok inn hennes kreative ånd, før hun merket at han var der. Da hun gjorde det, var det som om en strøm av kreative tanker ble brutt, men hun ble utrolig glad for å se ham.

«Å, du er våken, hvordan føler du deg, kjære?» spurte hun, mens Vincente lente seg frem for å kysse henne på pannen. Så hoppet Vincente over rekkverket og landet som en katt i hagen. «Pass på blomstene!» utbrøt hun. Så så hun opp mot den truende himmelen og sa: «Vent, jeg henter en paraply til deg.»

«Det er ikke nødvendig,» svarte Vincente. «Jeg løper, og ingen regndråper vil kunne ta meg igjen!» Vincente begynte å løpe, fort, og snudde seg bare én gang i noen sekunder for å vinke farvel.

BOK 21

Tilbake på sykehuset savnet Grace Vincente. Hun ønsket å være alene – sammen med mannen sin. Hun ønsket at ting skulle være som før, med bare dem to alene i verden.

Hun lukket øynene og husket deres mest intense kyss. Han hadde holdt seg tilbake – nei – han hadde nølt.

Helen stønnet i søvne, rørte seg og gjespet høyt. Hun strakte seg og satte seg opp, og så rett over rommet, bare for å oppdage at datteren hennes hadde sett på henne. «Beklager at jeg sov over meg,» sa hun. «Hvordan har du det i dag?»

«Jeg har det bra. Jeg har vært våken i flere timer. Tenkt.»

«Tenkt på hva? Vincente, antar jeg,» sa Helen.

«Ja, jeg har tenkt på ham siden jeg våknet.»

Helen strakte seg igjen og gjespet.

«Du snorket, mamma.»

«Jeg snorker ikke!» sa hun.

«Det gjør du absolutt, og neste gang må jeg ta opp lyden, så du kan høre hvor høyt det er!»

«Jeg drømte om faren din; jeg savner ham.»

«Jeg savner ham også, mamma,» sa Grace, og innså at dette var det perfekte tidspunktet å be henne om hjelp.

Grace trakk pusten dypt og krysset fingrene.

BOK 22

«Mamma, jeg savner å tilbringe tid med mannen min.»

«Jeg vet det, kjære, men Vincente har fortsatt ansvar overfor familien sin, og han har skolearbeid og sport. Dere er unge. Dere har god tid.»

«Men vi er nygifte, og vi burde tilbringe mer tid sammen.»

«Du må bli frisk først,» sa Helen, etter å ha reist seg, gått bort til datterens seng og tatt hendene hennes i sine. «Du må fokusere energien din på å bli frisk, så vi kan dra hjem.»

«Jeg vil dra hjem, mamma, men jeg vil dra til vårt hjem.»

«Ja, det er det jeg mener, kjære.»

«Nei, ikke ditt hjem, men vårt hjem – jeg mener mitt og Vincentes.»

Helen trakk pusten dypt. Hun visste at Grace fantaserte, og hun måtte spille med, men denne løgnen ble stadig vanskeligere. Helen sa: «Det er mindre enn 72 timer siden operasjonen din. Du er kanskje ikke klar over hvor nær du var en katastrofe, men jeg vet hvor nær det var, og jeg vil ikke ta noen sjanser med deg. Du er fortsatt under streng observasjon her. Det er legens ordre.»

«Vil de noen gang la meg dra hjem da?» spurte Grace.

«Ja, når du er helt frisk.»

«Men hvor lenge? Hvor lang tid vil det ta?»

«Doktor Ackerman sa at de må ta noen nye blodprøver i dag. De må kanskje endre medisinen din. Du får den beste pleien her.»

«Jeg vet det, men jeg vil være sammen med mannen min.»

Helen prøvde å skifte tema. «Fortell meg litt om huset ditt. Hvor lå det?»

«Huset vårt ligger i Manly, rett ved stranden.»

«Ved stranden, sier du?» Helen visste at eiendommer i det området var verdt millioner. Hun spurte om de hadde vunnet i lotto.

«Selvfølgelig ikke, mamma. Penger var ikke noe problem. Før vi flyttet inn i det huset, flyttet vi rundt og bodde på hoteller.»

«Og hvordan tjente dere penger? Jobbet dere? Hvordan forsørget dere dere? Kjøpte dere mat og klær?»

«Fordi penger ikke betydde noe, dro vi bare ut i verden og tok alt vi trengte. Det var bare oss to da, så vi trengte ikke penger. Vi overlevde på en overflod av alt, inkludert vår kjærlighet til hverandre.»

Dette førte ingen steder. Helen sa: «Jeg skal hjem for å skifte, og lurte på om du vil at jeg skal ta med noe mer til deg – for eksempel laptopen din? Eller noen andre bøker?»

«Det går bra, mamma. Jeg vil ikke ha noe annet enn mannen min. Dessuten har jeg denne haugen med bøker her, som jeg har lest. Jeg har fortsatt problemer med å konsentrere meg over lengre tid. Jeg klarer ikke å fokusere. Det jeg virkelig trenger, mamma, er din hjelp til å overbevise legene om å la Vincente overnatte her hos meg. Det er det jeg trenger mer enn noe annet.»

«Ærlig talt, Grace, man skulle tro at livet før Vincente Marino aldri hadde eksistert!»

«Det føles som om vi har vært sammen hele livet, og nå er vi fra hverandre, uten at det er vår skyld,» sa Grace. «Jeg savner ham så mye. Det er annerledes når du er her, eller når legene er her. Han er ikke seg selv. Vi trenger å være alene – slik nygifte par bør være.»

«Grace, han kommer snart, etter at kampen er over. Men det er ikke bra for deg å være så fortvilet og opprørt. Prøv å fokusere energien din på å bli frisk. Overlat det til meg, så skal jeg se hva jeg kan gjøre for deg, hvis du er snill jente nå og lukker øynene.»

Grace lente seg tilbake mot puten, og Helen kysset begge øynene hennes lukket, slik hun hadde gjort da Grace var liten. Øyelokkene hennes flakset under berøringen hennes, som to sommerfugler. Hun sa: «Vincente vil være tilbake før du vet ordet av det.»

«Spør legene om han kan overnatte her med meg i dette rommet, mamma. Vær så snill! Én natt. Alt jeg ber om er én natt.»

«Jeg skal spørre,» sa Helen, mens hun gikk ut av rommet. Innerst inne visste hun at det aldri ville skje.

Det var umulig at Vincente Marino ville tilbringe hele natten alene i samme rom som datteren hennes. Spesielt ikke når Grace trodde at de var mann og kone.

«Over mitt lik!» sa Helen til seg selv mens hun lukket døren til Graces rom.

BOK 23

De to elskende spaserte langs stranden, hånd i hånd, helt oppslukt av hverandre. Innimellom stoppet de for å kysse hverandre. Deretter fortsatte de å gå litt videre, og stoppet for å lytte til lyden av bølgene som brøt mot kysten.

«Jeg har mistet ringene mine!» utbrøt Grace.

Vincente ba henne ikke bekymre seg. Han sa at de ville finne dem, og hvis de ikke fant dem, ville han kjøpe nye ringer til henne. Han sa at selv om ringene hadde affeksjonsverdi, kunne de erstattes. Ringene var tomme sirkler, mens deres kjærlighet var full og rund og sentrert dypt inne i hjertene deres.

«Jeg hadde dem før, men nå er de borte! Kanskje en av sykepleierne stjal dem fra meg? Kanskje de tok dem av meg da jeg ble operert?»

«Grace, hvorfor er du så bekymret? Ikke vær redd. Vi skal finne dem,» beroliget Vincente.

«Ringene er borte – og jeg blir holdt fanget på dette sykehuset. Det føles som om jeg har vært her i en evighet.»

«Du kan komme og gå som du vil, min kjære,» sa Vincente.

Han gikk foran henne, med ryggen vendt mot henne og ansiktet vendt mot Grace. Han strakte ut sine åpne håndflater mot henne, og hun tok hendene hans i sine. Forbundet igjen, gikk de videre langs stranden. De holdt øyekontakt på denne måten og delte ordløse tanker.

«Selv om du sier at jeg kan dra, kan jeg ikke. De vil ikke la meg gå.»

«Har du en vond drøm, min kjære?» spurte Vincente. «Våkn opp nå, så blir alt bra. Det lover jeg.»

«Nei,» sa Grace. «Det er omvendt. Alt er omvendt. Når jeg våkner, er du annerledes. Vi er ikke de samme.»

«Hva er vi da, kjære?» spurte Vincente.

Men det kom ikke noe svar.

BOK 24

Helen klarte å spore opp doktor Ackerman – eller å presse ham opp i et hjørne – avhengig av hvem som fortalte historien. Hun forklarte situasjonen om at Grace ønsket å tilbringe natten alene på rommet sitt med sin påståtte ektemann.

Doktor Ackerman reagerte ikke som om dette forslaget var en overraskelse. Faktisk hadde han forventet en slik forespørsel.

«Hvorfor advarte du meg ikke da?» spurte Helen.

«Det hadde kanskje aldri skjedd,» forklarte doktor Ackerman. «Og du ville ha vært bekymret, og din reaksjon overfor Grace kunne ha virket unaturlig.»

«Så hva skal vi gjøre? Vi kan ikke la henne være alene hele natten i det rommet med den gutten! Han er så full av seg selv; han kan utnytte henne og situasjonen.»

«Helen, datteren din er fortsatt i en tidlig fase av bedringsprosessen. Jeg må si at det er best å fortsette å spille med på denne vrangforestillingen. Faktisk å presse den til det ytterste, fordi det kan være den eneste måten Grace kan bryte fri fra fantasien på – og velge virkeligheten.»

«Så du mener at han blir der inne med henne, og hun innser at han ikke er den hun tror han er?»

«Ja, du har skjønt det. Hvis han ikke er den hun tror han er, hvis bildet av ham sprekker i speilet i hennes sinn, da, og bare da, kan hun akseptere virkeligheten, avvise det som er fiktivt og bli Grace igjen.

Og gutten? Hvem skal overbevise ham? Spesielt når han ikke ser Grace på samme måte som hun ser ham. Han har ingenting å risikere, og å late som om de er et ekte ektepar kan være for mye å be om. »

«Vincente har ingenting å risikere, men han har alt å vinne. Når denne episoden er over, kan han gå tilbake til sitt gamle liv. Han trenger ikke lenger å spille skuespill, å komme til sykehuset, å late som om han er noe han ikke er. Det vil vel være nok til å motivere ham til å hjelpe oss?» foreslo Ackerman.

«Det er sant, jeg hadde ikke tenkt på det på den måten,» sa Helen. «Nå som du sier det, er jeg faktisk ivrig etter å få det til å skje – og jo før, jo bedre. Det er bare ett problem. Hva om Grace blir forelsket i Vincente og ønsker at han skal dele ekteskapsseng med henne?»

«Ja, det kan være et problem,» bekreftet doktor Ackerman.

«Vel, gutten må advares om at Grace, i sin nåværende mentale tilstand, kan ha visse forventninger til kvelden, som han under ingen omstendigheter bør gjengjelde,» sa Helen.

«Jeg er sikker på at vi kan overbevise ham om å 'spille spillet' uten å gå for langt.»

«Men han er en mann,» sa Helen. «Ikke ta det ille opp. Han er vant til at jenter faller for ham – og gir ham alt han vil ha.»

«Send gutten til meg for en prat etter at du har snakket med ham. Jeg skal forklare ting for ham mann til mann.»

«Hvilken grunn skal jeg gi ham?» spurte Helen. «Hvilken grunn har du for å snakke med ham?»

«Bare send ham til meg etter samtalen din, Helen. Jeg skal ta meg av resten.»

Helen så på klokken. «Vincente kommer til Grace når som helst nå. Jeg skal ta opp temaet med ham, og så sende ham inn til deg.»

«Og hvordan skal du forklare din tête-à-tête til datteren din, for ikke å nevne hans plutselige forsvinning?»

«Jeg skal oppholde Grace. Hun har bedt meg om å ordne overnatting for ham, og jeg skal si til henne at jeg jobber med saken.»

«Høres ut som en god plan,» sa doktor Ackerman.

«Da sender vi Vincente hjem i kveld for å hente klærne sine og så videre, og den store kvelden blir i morgen kveld.»

«Ja.»

«Jeg stoler på at du beskytter datteren min.»

«Ikke vær redd, jeg skal passe på det,» sa doktor Ackerman.

Helen sto utenfor datterens rom et øyeblikk mens hun samlet tankene. Da hun endelig var klar, trakk hun pusten dypt og kikket inn gjennom vinduet før hun åpnet døren.

BOK 25

Grace åpnet skuffer og lukket dem igjen. Da Helen kom inn i rommet, sa Grace: «Gudskjelov at du er her, mamma! Gudskjelov!»

«Jeg er aldri langt unna», sa Helen, mens hun la armen rundt datterens midje og ledet henne tilbake til sengen. Helen stirret inn i datterens ansikt. En ting slo henne – noe hun ikke hadde lagt merke til før – Grace var ikke lenger en liten jente.

«Mamma, jeg finner ikke vielsesringene mine!»

«Kjære, du har nevnt dette før, husker du?» gjentok Helen. «De kan vel ikke ha forsvunnet så langt, kan de?» Da følte hun seg utrolig trist. Datteren hennes lette fortsatt etter ting som ikke eksisterte. Hun snufset litt, men tok seg sammen igjen før Grace kunne merke endringen i humøret hennes.

«Jeg sverget på at jeg aldri skulle ta dem av, og nå er de borte!» utbrøt Grace.

Et øyeblikk så Helen for seg at hun ristet datteren sin, tvang henne til å komme til seg selv og innse sannheten. Men det var en kamp Helen ikke hadde råd til å kjempe alene. Hun trengte støtte fra det medisinske personalet før hun kunne avsløre datterens fantasier.

På den andre siden av rommet rant Grace: «Skjønner du ikke, du må bare hjelpe meg, mamma! Kanskje de falt ned her?» spurte hun mens hun bøyde seg ned på gulvet og lette under og i hver krik og krok.

Da hun var alene, hadde Grace gått gjennom alle mulige grunner til at Vincente hadde endret holdning til henne. Hun kom frem til at det var fordi hun hadde mistet ringene. I nederlag satte hun seg på gulvet og begynte å gråte.

Helen knelte ved siden av henne og tok hendene hennes i sine egne. Hun skulle til å si noe, men Grace åpnet munnen først og ropte: «Jeg må absolutt finne dem før Vincente kommer tilbake. Når jeg finner dem, vil han bli som han var før. Da vil han være min Vincente igjen.»

«Kjære,» sa Helen og løftet datterens hake opp slik at øynene deres var på samme høyde. «Ringene dine kan ikke være langt unna. Kanskje de ble fjernet da du ble operert? Ja, det ville forklare alt,» sa Helen mens hun løftet datteren opp. Da hun så et glimt av håp i øynene hennes, fortsatte hun: «Ja, jeg vedder på at de venter på at du skal bli utskrevet.»

«Men kan de ikke gi dem tilbake til meg nå?» spurte Grace. «Det er jo ikke som om jeg er i fengsel!»

«Det er sant, du er ikke i fengsel, men noen ganger har sykehus regler for å holde pasientenes ting trygge,» sa Helen. «Vil du at jeg skal spørre om dem? Spørre om de kan gjøre et unntak fra regelen for deg?»

«Ja, mamma! Ja, vær så snill!»

Helen tenkte på hvordan hun skulle spørre om ringer som ikke eksisterte. Det var tydelig at datteren hennes ikke kom til å glemme ringene. Hun måtte komme tilbake med enten et svar – eller med ringene.

«Grace, jeg tenkte på noe. Husker du da du først kom til sykehuset? Hadde du ringene på deg da?»

«Selvfølgelig ikke!» utbrøt Grace. «Vi var ikke gift da.»

«Så det var senere, etter at dere giftet dere, at Vincente tok deg med tilbake til sykehuset?»

«Ja,» sa Grace.

«Kanskje du kan beskrive dem for meg, i tilfelle jeg trenger å identifisere dem.»

«Ja, smart idé. Eller kanskje de har lagt dem i hvelvet under feil pasientnavn, og noen andre har ringene mine! Å, jeg håper ikke det!»

«Ikke bekymre deg for det nå, fortell meg hvordan de ser ut. Jeg vedder på at de var vakre!» beroliget Helen.

«Ja, Vincente har fantastisk smak. Forlovelsesringen min er formet som et hjerte med diamanter rundt hele kanten. Vielsesringen min har gullstjerner rundt hele ringen, og i hver stjerne er det en diamant. Jeg må bare finne dem, mamma.»

Helen tok et skritt tilbake. Hun ventet litt før hun spurte: «Og hvor kjøpte du disse ringene? De høres dyre ut. Vi bør nok forsikre dem.»

«Fra en liten gullsmed på George Street, som spesialiserer seg på unike, enestående gjenstander.»

«Hvilken ende av George Street? Det er en veldig lang gate,» spurte Helen.

«Nær Circular Quay-enden, i nærheten av The Rocks.»

«Ok, Grace,» sa Helen. «Jeg skal se på ringene dine. Jeg krysser fingrene for at du snart får dem tilbake på fingrene dine.»

Helen hadde ikke noe valg, hun måtte dra til den gullsmeden og beskrive ringene for ham. Hun måtte finne ut om han kjente til slike ringer eller om han hadde noe lignende i butikken.

Helen lukket døren bak seg. Hun sto stille med ryggen mot veggen og tenkte. Noen ting var nå klare for Helen Greenway. Det ene var at datteren hennes trodde hun hadde vært på sykehuset i ganske lang tid, mye lenger enn hun faktisk hadde vært der.

Det andre var at Grace trodde hun og Vincente hadde forelsket seg og forlatt sykehuset sammen. De hadde giftet seg og kommet tilbake en stund senere. En stund etter at de hadde levd sammen en periode og hatt nok tid til å etablere et hjem.

Og til slutt hadde hun oppdaget at de påståtte ringene var kjøpt lokalt. Hos en gullsmed Helen kjente godt. En gullsmed hvor det å betale tusenvis av dollar for en enkelt gjenstand ble ansett som beskjedent. Hvis det virkelig var den samme gullsmeden, hvordan hadde Grace og Vincente betalt for så dyre ringer?

Helen trakk pusten dypt og kjempet mot et sammenbrudd. Hun ville stikke av. Hun følte seg skyldig for at hun ville stikke av, og hun følte seg skyldig for at hun ikke visste hva hun skulle gjøre. Hun ga seg selv tillatelse til å stikke av.

«Taxi!» Helen vinket utenfor, og en stoppet ved fortauskanten. «Kjør meg til The Rocks, og sett meg av et sted i nærheten av George Street,» sa Helen. «Jeg leter etter en gullsmed, en veldig eksklusiv og dyr gullsmed. Jeg vet ikke adressen, men den ligger på George Street.»

«Ja, jeg vet hvilken du mener», bekreftet sjåføren mens han kjørte av gårde.

Helen satt på baksetet og lurte på hvorfor hun lot seg trekke inn i noe hun visste var usant.

Mens hun satt fast i køen, lyttet til bilhorn og sirener, klarte hun ikke å svare på sitt eget spørsmål.

BOK 26

Det hørtes jubel da Vincente Marino ble båret av banen på skuldrene til lagkameratene sine. Nok en gang hadde Vincente ført laget sitt til seier. For å vise sin takknemlighet ropte de navnet hans gjentatte ganger.

Vincente var henrykt. Hans prestasjon hadde overgått selv hans egne forventninger.

Da han ble kastet opp i luften, snudde han hodet et øyeblikk og fikk øyekontakt med Missy Malone. Hun hoppet opp og ned. Han beundret hvor søt hun så ut når alt hoppet i synkronisering. Hun blåste ham et kyss, og han nikket i takknemlighet.

Da han først kom på banen, løp Missy bort til ham. Han hadde sett henne komme mot ham med sammenpressede lepper. Han lot henne ta tak i ham. Han lot henne kysse ham med alt hun hadde – men han følte ingenting for henne.

Kysset fra Grace Greenway overgikk alle kyssene fra Missy Malone til sammen. Hun ville aldri tro på den sannheten, ikke i en million år. Han kunne knapt tro det selv.

Likevel, uansett hva han følte for henne, visste Vincente at Missy ville holde fast ved ham, selv om han ikke svarte. Hvorfor? Fordi Missy Malone betraktet seg selv som et tilbehør til Vincente. Hun mente at de passet sammen som Lamingtons og kokosnøtt, som vegemite og toast, som pai og chips.

Hvis han ville gi slipp på henne, måtte han være brutal. Han måtte fortelle henne direkte at han ikke lenger ville ha henne. Han måtte be henne om å gå sin vei.

Vincente så på henne nå, på hvor pen hun var. Så søt og full av forventninger. Så så han ned på lagkameratene sine, som fortsatt heiet på ham og kastet ham opp i luften, og alle tanker om Missy forsvant fra hodet hans. Hun betydde ingenting for ham.

Et øyeblikk vandret Vincentes tanker tilbake til sykehuset, og han så på klokken. Besøkstiden var snart over. Han måtte treffe Grace. Han hadde lovet å besøke henne.

Det verste var at han nå til og med drømte om henne! Han lurte på om han burde bryte løftet. La henne i stikken. Da kunne han kanskje prøve å glemme henne. Kanskje hun da også ville prøve å glemme ham.

Det ville imidlertid ikke løse noe, siden Grace Greenway var fanget i en romantisk fantasi. Hun var fanget i en drøm, som hun i dette øyeblikket trodde var virkelig. Kraften i drømmen hennes hadde vokst i ham med det kysset. Et øyeblikk trodde han til og med at det var virkelig. At han elsket henne, og hun elsket ham. Det føltes virkelig. Bare et øyeblikk.

Vincente skalv, og fikk nesten kompisene til å slippe ham ned på asfalten. De løftet ham høyere og fortsatte å synge.

Lei av det hele, vendte Vincente tilbake til tankene om Grace, vel vitende om at ingenting kunne komme ut av den tankegangen. Uansett hva som skjedde mellom dem, var Grace Greenway bare ikke noe for ham. Hun var rett og slett ikke hans type.

Folkemengden sluttet seg til sangen og strømmet fremover. Vincente løsnet seg nå og ba om å bli satt ned. Han fortalte gutta at han måtte gå for et par timer for å holde et løfte til en venn.

Skuffet over å høre denne nyheten, sang de navnet hans enda høyere. Vincente vinket og lovet at han ville komme tilbake senere.

De ba ham om å bli. De samlet seg rundt ham. Omringet ham. Fanget ham.

Missy Malone kom også nærmere. Hun og de andre blokkerte veien for ham.

Vincente følte at han skyldte Missy en forklaring, men han kunne ikke engang forklare ting for seg selv akkurat nå. Han visste at hvis Missy fikk vite om Grace, ville det føre til problemer. Ikke at hun ville bli sjalu, akkurat. Hun ville aldri tro at han foretrakk Grace fremfor henne. For ikke å snakke om gutta – de ville tro at han hadde gått helt fra vettet!

Vincente husket igjen kysset han og Grace hadde delt.

Han skalv. «Det er bare en fantasi. Og selv jeg blir fanget opp i den.»

Han forestilte seg hva som ville skje hvis han fortalte gjengen at Grace Greenway trodde at han og hun var gift.

Hun ville bli til latter, og han sammen med henne. De ville aldri la ham glemme denne matematiske tilstanden til Grace.

«Vi ses senere!» ropte Vincente, mens han presset seg forbi den motvillige mengden og kom seg ut av skoleområdet.

Når han var kommet gjennom porten, løp han og løp og løp, og nektet å senke farten.

Missy så ham gå. Hun krysset armene, helt sikker på at Vincente Marino ville komme tilbake. Tilbake til henne – for hun visste at Vincente Marino aldri kunne få nok av henne.

BOK 27

Helen kom tilbake til sykehuset uten ringen.

Grace satt oppreist i sengen med hendene foldet og blikket rettet mot døren, og ventet på at Helen skulle komme tilbake.

Da Helen kikket inn gjennom vinduet på datteren sin, så det ut som om hun holdt pusten. Men siden huden hennes ikke var blå, måtte hun ha pustet. Det var bare veldig korte åndedrag.

Helen gikk gjennom hva hun hadde tenkt å si til Grace, som var ingenting. Hun hadde tenkt å avlede datterens oppmerksomhet til andre ting.

Gullsmeden hadde vært svært hjelpsom. Da Helen beskrev ringene, visste han nøyaktig hvilke hun refererte til. Han sa at de hadde forsvunnet for noen uker siden. Han og eieren hadde gjennomgått overvåkningsvideoene gjentatte ganger. Ringene var der ett øyeblikk og borte det neste. POOF. Ingen forklaring. Veldig merkelig.

«Se på håret ditt, Grace!» utbrøt Helen. «Vincente kommer snart på besøk, og du må se vakker ut for mannen din.»

Grace så på seg selv i speilet. Hun bestemte seg for at moren hadde rett, satte seg ned, og Helen begynte å kamme og style datterens hår som hun hadde gjort mange ganger før.

Grace slappet av. Helen hentet sminkeposen sin og påførte et lett lag med pudder, etterfulgt av litt rouge. Grace smilte, glad for å dele disse mor-og-datter-øyeblikkene.

Snart gjorde Vincente sin tilstedeværelse kjent ved å skrape med skoene.

Han så Grace, som satt sammen med Helen som tok på håret hennes, og scenen foran ham fikk ham til å smile. Han bestemte seg uten å nøle for at han ville skjære dette øyeblikket i tre. Han strålte med et smil i Graces retning.

Grace hoppet opp og gjemte umiddelbart hendene sine. Hun ville ikke at han skulle ta på henne. Hun ville ikke at han skulle legge merke til de forsvunne ringene.

Han fanget henne med smilet sitt og trakk henne mot seg som en magnet. Motstand var nytteløst.

Da leppene deres møttes i et velkomstkyss, sprang det gnister – på begge sider. Grace beveget seg nærmere for å ta kysset til et nytt nivå, men Vincente trakk seg tilbake, mistenksom overfor Helen Greenways tilstedeværelse.

Vincente anerkjente deretter Helens tilstedeværelse og ga henne et lite kyss på kinnet. Han hadde aldri kysset Helen på kinnet før som hilsen. Han hadde ingen anelse om hva han gjorde. Det var som om han var under en fortryllelse.

Vincente husket fortsatt sjokket han hadde fått fra Grace, og trakk seg tilbake og stakk begge hendene dypt ned i jeanslommene. Han lente seg med ryggen mot veggen, venstre fot på gulvet og høyre fot mot veggen, nesten som om han poserte for GQ.

«Mamma, kan du la Vincente og meg være alene et øyeblikk?»

«Kaster du meg ut?» spurte Helen og lot som om hun var fornærmet, mens hun egentlig var fornærmet på innsiden. Faktisk var hun dypt fornærmet, men hun ønsket også å snakke med doktor Ackerman, og dette ville være den perfekte anledningen til å oppsøke ham.

Hun var bekymret for måten de kysset på – måten gnister syntes å fly. Selv Helen unngikk dem metaforisk og kjente temperaturen stige i rommet. Eller var det bare hennes fantasi?

Nei, det virket ekte. Dette gjorde at hun bestemte seg for å la de to bli i rommet sammen over natten. På en eller annen måte føltes ikke denne fantasien ensidig.

Vincente hadde imidlertid gjentatte ganger sagt at datteren hennes ikke var hans type.

Helen bestemte seg for at hun måtte ha forestilt seg forbindelsen – at hun hadde latt fantasien løpe av med seg sammen med datterens. Kanskje denne tilstanden var smittsom.

«Jeg går en tur», sa Helen, snudde seg og hvisket så bare Vincente kunne høre det: «Kan jeg stole på deg?» Han nikket, og ansiktet hans strålte av oppriktighet. Helen stolte ikke på ham i det hele tatt. «Jeg er snart tilbake», sa hun.

Etter at hun hadde forlatt rommet, sto Helen utenfor døren. Vincente kunne se henne kikke inn gjennom det runde vinduet og holde øye med dem. Han prøvde å være rolig og oppføre seg naturlig.

Grace hadde ikke lagt merke til at moren hennes lyttet. Hun gikk bort til en intetanende Vincente og ga ham et hett kyss på leppene.

Det siste Vincente så, var Helens ansikt som ble rødere enn han noensinne hadde sett det før. Så mistet han seg selv i kysset for et øyeblikk, lot seg rive med.

Grace avsluttet kysset brått, tok et skritt tilbake og sa: «Du elsker meg ikke lenger. Gjør du vel, Vincente?»

I hodet kunne Vincente høre sin egen stemme ekko og sprette rundt og si: WOW-WOW-WOW-WOW-WOW-WOW-WOW.

Hendene hans var fortsatt dypt begravd i jeanslommene, og nå var de knytt til never. Han kunne ikke høre hva hun sa, hva hun hadde spurt om. Alt han kunne fokusere på var WOW-faktoren i det kysset.

«Hva? Hva sa du?» spurte han, mens sansene hans sakte kom tilbake.

«Må jeg gjenta det?» spurte hun, mens en tåre rullet nedover kinnet hennes.

WOW! WOW! WOWS! i Vincentes hode smalt inn i den fjerne veggen av sinnet hans og knuste, før det snudde seg rundt og ble til ordene hun hadde sagt. Han hadde hørt dem, men budskapet hadde ikke nådd hjernen hans ennå. Nå ekkoet ordene hennes: «Du elsker meg ikke lenger.» Magen hans snudde seg.

Vincente så inn i hennes nøttebrune øyne og reiste dypt inn i dem. Det var som om han hoppet i et svømmebasseng, så innbydende, så levende.

Likevel så hun på en måte fortapt ut, og det verste var at han hadde fått henne til å føle seg slik, om enn utilsiktet.

Å se henne slik fikk ham til å lengte etter å trøste henne, å få henne tilbake til seg. For å oppnå dette, rykket han nærmere, slik at kroppene deres berørte hverandre, og han innledet et kyss.

Denne gangen var det enda sterkere. Så sterkt at han ønsket at tiden skulle stå stille. Han ønsket at alt skulle stoppe, og likevel ønsket han at det skulle fortsette. Han ønsket alt med denne jenta, å dele alt med henne – og likevel var hun ikke engang hans type. Han ønsket å gi henne verden og gjøre henne lykkelig. Å dele seg selv med henne. Å bli hennes verden.

Og han ønsket alt dette nå.

Vincente forble taus. Redd for å snakke. Redd for det han følte. Redd for hva han kunne si og gjøre. I stedet fortsatte han å svømme i bassenget av Graces øyne, og mistet seg selv i hennes dyp.

Hans taushet og forvirring var hjerteskjærende for Grace. Hun smuldret, brøt sammen i biter og gråt store tårer fra de hasselbrune øynene. Store, tykke, salte tårer strømmet ned.

Han strakte seg opp og fanget en på fingertuppen. Han førte den forsiktig til munnen, la den på tuppen av tungen, hvor saltheten eksploderte. Han fanget en til og en til, hver og en sprengte på tungen hans. Mens Grace fortsatte å gråte og gråte og gråte, i vantro over Vincentes merkelige handlinger og taushet.

Han elsket henne, og likevel visste han at han ikke kunne elske henne. Hun elsket ham ikke engang, ikke egentlig. Hun elsket ham bare i fantasien sin. Men han elsket henne, her og nå. Hans kjærlighet var ekte.

Han snudde seg og løp.

BOK 28

I korridoren, med ryggen mot Graces dør, forsto Vincente at han hadde etterlatt henne i en desperat tilstand. Han visste at han burde undersøke rommet for å sjekke hvordan hun hadde det. Han innså at han hadde oppført seg som en barbar. Han skammet seg over seg selv.

«Ah, akkurat den jeg har lett etter,» sa doktor Ackerman, da han la merke til at Vincente var andpusten, nesten pustende. Han klappet ham på ryggen på en faderlig måte og spurte: «Er alt i orden?»

«Jeg, jeg vet ikke. Jeg vet ikke noe lenger!» erklærte Vincente med skjelvende stemme.

«Bli med meg, unge mann,» sa doktor Ackerman. «Vi kan snakke privat på kontoret mitt, så kan du få igjen pusten.»

«Ja,» ga Vincente etter. «Men jeg vil ikke snakke om det.»

«Vel, jeg vil snakke med deg om Grace.»

«Grace?» sa Vincente og begynte å skjelve.

«Ja, bli med. Kontoret mitt ligger rett rundt hjørnet.»

Et øyeblikk senere kom de frem. Doktor Ackerman ba Vincente sette seg, og skjenket ham et glass iskaldt vann. Vincentes hender skalv da han løftet glasset til munnen.

Vincente husket de salte tårene. De eksploderende salte tårene.

«Er du roligere nå?» spurte Ackerman.

Vincente nikket.

«Greit, la oss snakke om Grace. Du forstår den nåværende situasjonen, ikke sant? Hvordan Grace Greenway har lurt seg selv til å tro at dere to er i et forhold, faktisk et ektepar – nygifte?»

«Ja, jeg forstår at det er slik hun føler det, men det jeg ikke forstår er hvorfor. Hvorfor meg?»

«Bare hun kan svare på det spørsmålet, Vincente. Kanskje er det noe vi aldri vil få vite. Hun vil aldri få vite det. Men i dokumenterte tilfeller som dette er årsaken til at man skaper en fantasi basert på fornektelse av en eller annen realitet. Muligens noe som ikke har noe med deg å gjøre i det hele tatt. Uansett årsak har hun skapt en verden der du og hun betyr alt for hverandre. Det er som om du og hun er hovedpersonene i en roman, og dere kjemper sammen mot verden.»

«Hovedpersoner i en roman? Å, det har jeg aldri tenkt på,» sa Vincente ettertenksomt. «Men noen ganger, når hun vever denne fantasien og inkluderer meg i den, føles det til og med ekte. For meg.» Vincente så ned i gulvet. Han orket ikke å se doktor Ackerman i øynene. Ikke nå som han hadde innrømmet at han var blitt dratt inn i nettet.

Ackerman så på gutten som satt på andre siden av rommet. Det gikk plutselig opp for ham at dette var en helt annen gutt enn den han først hadde møtt. «Elsker du henne?» spurte han.

«Jeg tror ikke det. Jeg vet ikke. Hun er ikke min type. Jeg kjenner henne ikke engang, ikke egentlig, og likevel vet hun ting om meg. Hun vet ting som ingen kan vite med mindre jeg har fortalt henne det selv – noe jeg ikke har gjort.» Vincente la hendene rundt hodet. Å snakke om det gjorde ham fysisk uvel. Rommet snurret rundt.

«Legg hodet mellom knærne, gutt,» sa Ackerman. «Du blir grønn på en måte jeg ikke har sett før.»

Vincente fulgte instruksjonene umiddelbart og uten å stille spørsmål. Rommet sluttet snart å snurre, men nå var det stjerner som glitret over hele taket. Stjerner som bare Vincente kunne se.

Ackerman fortsatte: «Jeg er ikke sikker på hvordan hun kunne vite så personlige ting om deg. Kanskje da hun var mellom jorden og det stedet ånder drar til når de reiser mellom verdener, kanskje hennes ånd på en eller annen måte koblet seg til din ånd. Jeg vet det høres umulig ut. Men jeg har hørt historier om nær-døden-opplevelser som selv jeg – en vitenskapsmann – har vanskelig for å avfeie.»

«Akkurat nå spurte hun meg om jeg elsket henne, og jeg kunne ikke svare henne. Hun tror hun elsker meg, men det gjør hun ikke. Ikke i virkeligheten. Jeg ville si ja, en gal del av meg ville si ja, men hvordan kunne jeg det? Jeg forstår henne ikke. Jeg forstår ingenting lenger! Noen ganger tenker jeg at hun må være en heks, siden hun vet de tingene hun vet.»

«Tror du på hekser?»

«Ikke egentlig.»

«Jeg tror du har sett for mye på TV. Grace Greenway er ikke en heks. Hun er en lettpåvirkelig, ung jente. En jente som er seksten år gammel og nylig har mistet både faren og broren sin i en tragisk ulykke. En jente som, av en eller annen grunn, har valgt deg til å være en del av fantasien hennes. Hun har valgt deg som sin ektemann. Hun trenger deg, i rollen som sin ektemann nå, mens hun fortsatt ikke er villig til å se sannheten i øynene.»

«Så du sier at hun er psykisk syk, og at jeg må gå med på denne farsen, uansett hva det koster meg?»

«Grace er på ingen måte utenfor fare. Vi overvåker hennes vitale funksjoner. Holder øye med henne. Det er derfor hun ikke er utskrevet ennå. Hun er under vår omsorg. Vincente, du er i sentrum av denne situasjonen. Du er katalysatoren. Hvis du forlater henne nå ...»

«Hvis jeg går min vei, er jeg ansvarlig for det som skjer videre. Er det det du sier?»

«Hun er veldig sårbar nå. Hun trenger noe fra deg, og hvis du gir henne det, oppfyller det ønsket for henne, så vil hun kanskje være i stand til å møte virkeligheten og gi slipp på deg. Hun trenger noen å tro på, noe å se frem til, og hun har valgt deg. Alle veier fører til deg. Jeg vet ikke hvorfor, kanskje er det fordi du brakte henne hit til sykehuset.»

«Jeg skadet henne, men det var en ulykke, doktor, jeg sverger.»

«Ja, du skadet henne på noen måter, men du reddet også livet hennes fordi hun ble brakt hit, med den beste pleien rundt seg da blodproppene til slutt brøt sammen. Hadde hun vært hjemme eller på skolen da det skjedde, hadde hun kanskje ikke overlevd.»

Vincente satt stille et øyeblikk og innså hvor stor innvirkning han allerede hadde hatt på Graces liv. Han lengtet etter å komme tilbake til henne, for å gjøre alt bra igjen. Han reiste seg. «Jeg må tilbake til henne. Hun spurte meg om jeg elsket henne, og jeg snudde meg og løp som en feiging.»

«Ja, gå tilbake til henne nå, og ikke si at du elsker henne med mindre du virkelig mener det. Med mindre du er villig til å gi henne ditt hjerte og være ved hennes side når hun får vite sannheten om deg og når fortryllelsen er brutt.»

«Ikke noe press!» spottet Vincente, mens han gikk mot døren.

«Kom tilbake hit når som helst for å snakke med meg, Vincente,» sa Ackerman. «Og ikke glem hvor viktig du er for henne. Ikke glem hva du betyr for henne.»

Vincente nikket, snudde seg og løp tilbake til Graces rom.

***

I rommet sitt sov Grace dypt. Han bøyde seg over sengen og kysset henne på pannen. Hun hadde fortsatt tårer på kinnene, og han tørket dem forsiktig bort.

Han satte seg ved siden av henne på sengen, og hun rørte seg ikke. Han så på henne mens hun sov. Han så på mens brystet hennes hevet og senket seg med hvert åndedrag. Da hun klynket i søvne, tok han hendene hennes i sine og forsikret henne om at alt kom til å gå bra. I mørket der, alene med henne, fortalte han henne at han elsket henne. Og så kysset han henne på pannen igjen.

Grace rørte seg kort i søvne, nesten som om ordene han hadde sagt hadde berørt drømmen hennes på en eller annen måte, og så falt hun tilbake i dyp søvn.

Vincente lot Grace ligge der, trygg og rolig sovende. Han gikk tilbake for å takke doktor Ackerman for all hjelp og råd før han begav seg hjem for kvelden. Han var utmattet ... så trøtt, og likevel oppkvikkende på en måte han aldri hadde vært før.

Aldri før hadde Vincente Marino følt seg så levende.

***

Stående utenfor doktor Ackermans kontor hørte Vincente høye stemmer. Han nølte før han banket på. Da stemmene stilnet litt, banket han på og ble invitert inn.

«Du burde skamme deg!» ropte Helen mens hun kastet seg over ham og begynte å hamre nevene inn i brystet hans.

«Ro deg ned», befalte doktor Ackerman.

Helen fortsatte å slå Vincente i brystet.

Vincente trakk pusten dypt og håpet at hun ville slå ut det som plaget henne. Det gjorde ikke vondt. Da han innså at sinnet hennes ikke ville brenne seg ut, grep han tak i begge håndleddene hennes og holdt dem fast til hun ble tvunget til å roe seg ned. Hun fortsatte med å hvesle i ansiktet hans.

Vincente holdt enda fastere og spurte: «Hva i?» mens han så i retning av doktor Ackerman, som prøvde å ikke miste besinnelsen.

«Vincente, da du kom hit tidligere, etter at du forlot Grace, fant Helen henne i en ganske dårlig forfatning. Hun var fortvilet. Knust. Hun var ikke i stand til å kommunisere. Alt hun kunne gjøre var å hulke og gråte.»

«Jeg kan se hvor hun har det fra!» sa Vincente og så Helen inn i øynene.

Hun knurret til ham.

«Ikke gjør det verre, gutt,» ba doktor Ackerman. «For å roe Grace ned, måtte de gi henne beroligende midler.»

«Jeg var akkurat der inne, og Grace sov. Hun så veldig fredfull ut.»

«Hva sa du til henne som fikk henne i en slik tilstand?» spurte Helen.

«Jeg gjorde en feil. Jeg stakk av, men jeg gikk tilbake. Jeg gikk tilbake.»

«For lite, for sent!» utbrøt Helen.

«Hør her, jeg ba ikke om noe av dette!» påpekte Vincente og løftet hendene i en gest av overgivelse.

«Nå kan dere begge sette dere ned og roe dere ned,» befalte doktor Ackerman, «og la oss slutte med dramaet. Vi må fokusere på Grace. Grace og bare Grace.»

«Enig,» sa Vincente.

«Enig,» snøftet Helen.

BOK 29

Da de førte Vincente ut av rommet, ropte han fortsatt ordene. For ham var de meningsløse, usanne følelser. Ord han bare sa for å være snill, for å redde henne fra avgrunnen.

Han ropte det igjen. Denne gangen ekkoet stemmen hans langs korridorene og ut i universet: «Jeg elsker deg, Grace Greenway!»

«Jeg elsker deg også, Vincente!» ropte hun tilbake til ham. Med kaoset og oppstyret mens de forsøkte å redde livet hennes, hørte han henne ikke.

Plutselig begynte den varme stjernen å snurre og rotere. Snart kom den ikke lenger mot henne eller brente henne med sin varme. I stedet kastet den ut pulserende bølger og ble en nøytronstjerne.

Da grepet om henne var borte, erklærte Grace Greenway for seg selv: «Jeg vil leve. Jeg vil leve.»

BOK 30

Doktor Ackerman spurte: «Da du kom tilbake for å treffe Grace, hvordan følte du deg da du så henne igjen?»

«Jeg følte et sterkt behov for å ta vare på henne, å elske henne, å beskytte henne, å gjøre henne til min egen. Herregud, jeg er så forvirret. Hvorfor føler jeg det slik?»

«Ja, la oss undersøke dette, Vincente,» sa doktor Ackerman. «Grace får deg til å føle noe annerledes, noe nytt. Stemmer det? Annerledes enn det andre jenter i livet ditt har fått deg til å føle?»

«Ja, hun er ikke kjæresten min. Jeg har en kjæreste på skolen – hun ville gjort hva som helst for meg,» sa Vincente.

«Men ville du gjort hva som helst for henne?»

«Jeg, hun er lite krevende – hvis du forstår hva jeg mener.»

«Greit, la meg si det på en annen måte,» sa doktor Ackerman. «Trenger kjæresten din deg?»

«Hun er populær, og jeg er populær. Vi er ment å være sammen. Skjebnen. Alle sier det. Alle forventer det.»

«Forventninger? Hva har andres forventninger med ekte kjærlighet å gjøre? Kjærlighet, ekte kjærlighet, er mellom to mennesker. Bare to mennesker. Tenk på det, Vincente, tenk på det før du svarer. Hva føler du egentlig for Grace Greenway?»

Vincente skrapte med føttene og virket urolig. «Nok av denne psykoanalysen. Dette handler ikke om meg. Det handler om at Grace skal bli frisk. Hva vil du at jeg skal gjøre nå? Gifte meg med henne?»

«Nei, jeg vil ikke at du skal gjøre noe som gjør deg ukomfortabel. Men Grace har bedt om at du skal være til stede. Hun har bedt oss om å spørre deg om du vil tilbringe natten i rommet hennes sammen med henne.»

«Hva? Mener du det?»

«Hun mener det, så vi må ta hennes ønske på alvor.»

«Og moren hennes, den strenge damen, er enig?»

«Motvillig, som du sikkert allerede har gjettet. Du hørte meg si at jeg ville snakke med deg. At jeg ville få deg til å forstå at Grace ikke skal bli såret, lekt med eller utnyttet.»

«Tror du jeg vil hoppe på henne? Det er mer sannsynlig at hun vil hoppe på meg!»

«Hvis du bryr deg om henne, virkelig bryr deg om henne, og hun, som du sier, 'hopper på deg', må du finne en måte å avvise henne på en skånsom måte, uten å avvise henne direkte.»

«Jeg forstår fortsatt ikke hvordan det å tilbringe natten i rommet med henne skal hjelpe.»

«Det er det hun ønsker, Vincente.»

«Men det er ingen garantier, ikke sant?»

«Det er ingen garantier, Vincente, men Grace vil bli frisk. Det er vårt endelige mål.»

«Det er jeg for,» sa Vincente.

«Så Helen vil fortelle Grace at du måtte dra hjem for å hente noen ting. Du kommer tilbake i morgen kveld, med intensjon om å overnatte på rommet hennes. Som du vet, er det to senger. Sengene skal ikke skyves sammen på noen måte, forstått?»

«Ja, doktor,» sa Vincente. «Jeg skal dra nå og få meg litt søvn – siden jeg ikke kommer til å få mye i morgen kveld!»

«Jeg håper virkelig at du ikke mener det slik det hørtes ut!» utbrøt Ackerman.

«Jeg mente; å, du vet hva jeg mente.»

«Bra, da, kom og besøk meg i morgen eller når du vil snakke. Jeg vil være på jobb hele kvelden, til din disposisjon, så å si.»

«Takk, doktor Ackerman.»

«God natt, Vincente.»

«God natt, doktor.»

BOK 31

Tidlig om morgenen våknet Grace og glemte for et øyeblikk hvor hun var. Hun husket vagt at Vincente hadde vært på rommet hennes. Det ene øyeblikket var han der, og det neste var han borte. Hvorfor hadde han dratt så brått? Hadde hun gjort noe som hadde opprørt ham? Sagt noe?

Hun håpet å finne ham et sted på rommet, ventende på at hun skulle våkne. Men bare Helen var der, og hun sov.

Grace kom seg ut av sengen og gikk på toalettet. Hun tok av seg sykehusskjorten og gikk inn i dusjen. Da vannet var oppvarmet til nesten kokepunktet, lukket hun øynene. Hun lengtet etter Vincente berøring.

Hun skrudde av vannet og hentet en ny skjorte fra hyllen. Hun brettet seg inn i den og bestemte seg for at ingen kunne se attraktiv ut i en slik skjorte.

Da hun kom tilbake til sengen, var Helen i full sving med å rydde rommet.

«Jeg har gode nyheter til deg!»

«Virkelig? Drømmer jeg fortsatt ikke, mamma?»

«Ja, Vincente skal overnatte hos deg.»

«I kveld? I kveld?»

«Ja.»

«Jeg trenger tingene mine, jeg trenger den fine nattkjolen min og parfymen min.»

«Du finner det du trenger i vesken i baderomsskapet.»

«Jeg gleder meg!»

«Vincente vil selvfølgelig sove i den sengen.»

Grace så allerede for seg at hun flyttet de to sengene sammen og laget én seng. Hun skulle dele seng med mannen sin. To senger for syns skyld, ja, men de trengte bare én. Grace omfavnet seg selv da hun fikk gåsehud på armene.

«Jeg drar rundt te-tid, men hvis du trenger hjelp, står doktor Ackerman til din disposisjon.»

«Vi er gift, mamma!» utbrøt Grace.

Grace løp mot henne og kastet armene rundt moren. Helen var glad for å se datteren sin lykkelig – det ville enhver mor vært, men det var løgnene som plaget henne. Løgnene og skuespillet hun ikke var fornøyd med. Hun følte seg som en bedrager. Dobbeltspillende.

Grace gikk inn på badet og tok frem overnattingsbagen. I den lå den vakreste, jomfruelig hvite nattkjolen hun noensinne hadde sett, med et rødt bånd foran.

«Mamma, den er nydelig,» utbrøt hun.

Sykepleier Burns kom og la merke til at Grace så litt rød ut i ansiktet.

«Føler du deg bra, Grace?»

Grace var fylt til randen av spenning i forventning om natten med Vincente. Hun ønsket at tiden skulle fly forbi, slik at han kunne være ved hennes side – nå.

«Prøv å spise noe», foreslo sykepleier Burns. «Jeg forstår at du får besøk som skal overnatte, så du trenger all din styrke.»

«Ja, du bør spise noe, kjære», sa Helen.

Grace tok en bit toast og en slurk kaffe, og så snurret det i magen hennes. «Kanskje senere,» sa hun. Lukten av kaffe gjorde henne kvalm. «Nei, ta den bort,» sa Grace.

«Var Vincente glad da du fortalte ham at han kunne bli, Grace?» spurte sykepleier Burns.

«Jeg fortalte ham det ikke, men jeg er sikker på at han var glad,» sa Grace. Hun skiftet til nattkjolen og gjorde seg klar for Vincente.

BOK 32

Klokka 18.15 ankom Vincente Marino sykehuset med en eske med et dusin langstilkede røde roser. De var bundet sammen med et karmosinrødt bånd.

Da han kom inn på Graces rom, trakk Helen seg litt motvillig tilbake.

Vincente gikk straks bort til Grace og kysset henne på begge kinnene. Han ga henne esken og så på mens øynene hennes ble større og større da hun løste opp det blodrøde båndet.

Han var nervøs, men det var hun også. Det var en sterk følelse av målbevissthet i luften.

Etter å ha takket Vincente med et kyss på kinnet for de vakre rosene, ba Grace sykepleieren om en vase. Hun kom tilbake med en, og Vincente begynte å ordne blomstene i den. Han hadde sett moren sin ordne vaser fylt med blomster hundrevis av ganger før.

Han begynte med å ta en rose ut av esken og kjærtegne den nonchalant før han satte den i vannet. Grace så intenst på ham og la merke til kontrasten mellom hans sterke, atletiske fingre og de tynne, tornete stilkene på rosene. Da han kjærtegnet rosen, fikk hennes handlinger henne til å skjelve.

Hun så på mens han plukket opp en rose, to roser, tre roser. Uten å være klar over at han gjorde det, kjærtegnet han lett stilken, kjente smerten fra tornen i fingeren i et sekund, og satte deretter blomsten forsiktig i vasen.

Hver bevegelse tok pusten fra Grace. Fikk hjertet hennes til å hamre i brystet. Det var nesten som om han holdt hjertet hennes mellom fingertuppene.

Vincente prøvde hardt å ikke sprute vann da han satte den ene rosen etter den andre i den gjennomsiktige glassvasen.

Nå og da kikket han på Grace. Hun stirret på ham. Han var glad for at han hadde valgt roser – hun elsket dem åpenbart.

Plutselig begynte han å føle seg ganske selvbevisst. Han stakk hånden ned i esken igjen og tok ut den neste rosen, mens han observerte Graces åndeløshet. Han satte rosen i vannet og stakk hånden ned i esken etter en til. Hun virket igjen andpusten, men denne gangen så hun også svimmel ut.

«Går det bra?» spurte Vincente.

Graces kinn var røde, og hun virket å ha økende problemer med å få puste. Han lurte på om han burde tilkalle hjelp. Han ville ikke at hun skulle få et tilbakefall nå, spesielt når det så ut til at ting var i ferd med å komme til en avklaring.

«Jeg har det helt fint,» sa Grace, mens hun lekte med det røde båndet på nattkjolen sin. «La oss snakke om noe mens du gjør ferdig med blomstene.»

«Hva tenkte du på?» spurte han mens han kjærtegnet stilken på en annen rose.

«Å,» sa Grace mens hun så på at han satte stilken i vannet, og så klarte hun å snakke. «Hva om vi forteller hverandre noe den andre ikke vet? Kanskje en misforståelse du hadde om meg, så forteller jeg deg en misforståelse jeg hadde om deg.»

«Ok,» sa Vincente, mens han satte en ny rose i vannet. «Du begynner,» sa han, mens vanndråper sprutet ut av vasen og landet på baksiden av hånden hans.

Grace så på dråpene mens han gikk til esken for å hente en ny rose. Han løftet blomsten opp, og vannet rant nedover underarmen hans.

Han tok opp den neste rosen og så på henne. Pusten hennes stakk seg i halsen. Tiden syntes å stå stille.

BOK 33

«Jeg hadde en gang et spesielt navn på deg, før jeg virkelig kjente deg,» avslørte Grace.

Vincente rullet den nåværende rosen mellom fingrene. Han la den i vannet. Han la merke til at Grace nå pustet mer normalt, og at kinnene hennes ikke var like røde. Han nikket og oppmuntret henne til å fortsette.

«Jeg pleide å kalle deg min gyldne middelvei.»

«Hvorfor?» spurte Vincente.

«Husker du da vi lærte om Fibonaccis gyldne snitt i matematikktimen? Vel, du var min gyldne snitt.»

«Mener du at du allerede da følte det slik for meg?» Nå var han virkelig forvirret. Hun sa at hun elsket ham før alt dette skjedde. Han visste at hun var forelsket i ham, men det var ikke kjærlighet, det var en forelskelse. Mange jenter var forelsket i ham. «Hjelp meg å huske Fibonacci,» sa han.

«Det er konseptet hvor det første tallet og det andre tallet legges sammen for å oppnå summen av det tredje tallet, som ett, to, tre, fem, åtte, tretten og så videre.»

«Å ja, jeg husker noe om det og noe om naturen, som bølger og blomster?»

«Det stemmer! Ser du, du husker det!» Grace sa, mens han satte en ny rose i vannet. «Det er symmetri i naturen, med bølger, snøfnugg og blomster, som alle bekrefter Fibonaccis teori om det gyldne snitt. Så du var mitt gyldne snitt.»

«Takk,» sa Vincente, uten å vite hva han ellers skulle si. «Det er utrolig at du fortsatt husker et navn du hadde gitt meg, med tanke på hva du har vært gjennom. Hvordan du mistet hukommelsen.»

«Det kom tilbake til meg nylig. Jeg hadde glemt det, men da jeg drømte om deg, om oss, kom alt tilbake.»

Vincente fortsatte med rosene, og Grace fortsatte å snakke. «Da jeg trodde du ikke elsket meg lenger, drømte jeg om deg, og i drømmen lovet du at du aldri ville forlate meg.»

«Jeg er lei for det, Grace, tilgi meg,» sa Vincente mens han satte den siste rosen i vasen.

«Denne gangen tror jeg deg.»

Vincente løftet vasen og satte den på nattbordet ved siden av Graces seng og sa: «Jeg kom tilbake, vet du.»

«Når?»

«I går kveld.»

«Det kan ikke stemme. Da ville jeg ha visst det.»

«Du sov dypt da jeg kom inn. Jeg kysset deg på pannen slik,» han bøyde seg over henne.

«Ikke gjør det,» sa Grace. «Ikke gjør det... med mindre du virkelig mener det.»

Han trakk pusten dypt og gikk tilbake. Han gikk bort til sengen sin, sparket av seg skoene og dinglet med beina over sengekanten. Han sparket dem frem og tilbake, som en liten gutt ville gjort.

«Nå er det din tur,» sa Grace.

«Hmm, la meg se,» Vincente tenkte seg om et øyeblikk. «Vel, jeg trodde du var sjenert, spesielt rundt gutter, men du virker ikke så sjenert rundt meg.»

«Er det alt? Er det det beste du kan komme på?»

«Hei, jeg er ny på dette – husk at det var din idé. Jeg vedder på at du ikke kan komme på en til?»

«Jo, det kan jeg!» sa hun. «Denne vil få deg til å le, men en gang for lenge siden trodde jeg at du var en vampyr.»

«Meg? En vampyr?»

«Ja, jeg vet det er sprøtt, men jeg gikk så langt som å lene meg over deg og vise deg halsen min, for å se om du ville, du vet, bite meg. Det var første gang vi kysset hverandre – husker du det? Jeg lente meg over deg slik, og ventet på at du skulle sette tennene i meg.»

«Det er rart!» sa han, mens han så på hennes hvite, blottlagte hals og følte et sterkt ønske om å kysse den.

Grace skalv og brystvortene hennes kriblet bare ved tanken på det.

«Så jeg må ha vært en skikkelig skuffelse for deg da du innså at du hadde giftet deg med en vanlig dødelig?»

«Det er morsomt. Du kunne aldri skuffe meg,» smilte hun. «Nå er det din tur.»

«Vel, før trodde jeg du var svak, en svak person. Men nå ...»

Grace avbrøt ham og spurte: «Svak, på hvilken måte?»

«Svak, som i lam,» sa han og søkte etter en reaksjon i ansiktet hennes på at han hadde sagt noe galt, men hun virket å være ok med det. «Det var nok fordi når du så meg, eller når jeg så deg, så du alltid på meg på en merkelig måte. Nå som jeg tenker på det, hvis du trodde jeg var en vampyr, så var det kanskje derfor du så på meg slik. Uansett, du er ikke svak eller lam – du er en sterk kvinne. Og du ser ut til å bli sterkere.»

«Vel, det er bedre enn det første,» sa Grace mens hun lente seg tilbake i puten og lukket øynene.

Ingen av dem sa noe på en stund, begge var fortapt i sine egne tanker.

«Kan vi snakke om det?» spurte Grace. «Kan vi snakke om hva som har endret seg for deg når det gjelder meg?»

«Grace, ingenting har endret seg, det er bare det at ...»

«Du føler deg fanget?»

«På en måte. Kanskje, men det er ikke din feil. Det er absolutt ikke din feil.» Han trakk pusten dypt og fortsatte: «Kan jeg spørre deg om noe, noe som har plaget meg?»

«Selvfølgelig, Vincente. Du kan spørre meg om hva som helst, absolutt hva som helst.»

«Hvem fortalte deg egentlig om min mors maleri?»

«Du gjorde det.»

«Virkelig, Grace, du kan fortelle meg sannheten. Hvem fortalte deg det? Leste du om det på nettet?»

«Jeg lyver ikke, Vincente. Som jeg sa før, du fortalte meg om det, og du viste meg det faktiske maleriet da vi dro til foreldrene dine.»

«Men hvorfor skulle jeg ønske å vise deg det maleriet?»

«På grunn av trærne!»

«Trærne?»

«Ærlig talt, hvem av oss har mistet hukommelsen her?» Grace rullet med øynene. «Trærne – som det som spiddet og spiste den ravnen, det som jeg ble holdt fanget i?» Grace ventet på at Vincente skulle vise tegn til gjenkjennelse, men det kom ingen. Hun pustet ut i utålmodighet.

Vincente var ganske sikker på at Grace holdt på å bryte sammen. Han visste ikke om han skulle være enig med henne eller uenig, så han forble taus.

Det gikk noen øyeblikk. Grace krysset og ukrysset armene og nektet å gi opp. «Og på grunn av de trærne ville du at jeg skulle se maleriet til moren din.»

«Men jeg forstår fortsatt ikke – hvorfor skulle jeg ønske å vise deg maleriet til moren min?»

«Fordi du alltid var redd for det maleriet. Fordi du sa at du som barn så et ansikt i trestammen, og det skremte deg.»

«Moren min solgte det maleriet forleden dag. Det hadde ligget på loftet i årevis. Det er sant at det var noe ved det som skremte meg, men jeg fortalte det aldri til noen.»

«Du fortalte det til meg, og du viste meg det.»

Vincente gikk gjennom rommet. Han satte seg ved siden av Grace. «Hva annet fortalte jeg deg?»

«Mange ting! Vi tilbrakte jo hver dag sammen, 24/7.»

«Fortell meg det,» sa han.

«Vil du virkelig at jeg skal gjøre det?»

«Ja.»

«La meg se. Du drømte alltid om å eie en Ferrari, en rød Ferrari, og vi kjørte en fra Princess Highway. Du var i himmelen da du kjørte den, og jeg var litt sjalu.»

Vincente tenkte tilbake på drømmen da han kjørte en rød Ferrari på jakt etter Grace. Merkelig. Han bestemte seg for å skifte tema. «Fortalte jeg deg noe annet om moren min?»

«Du viste meg atelieret hennes, og hun var i ferd med å male et nytt verk. Det var et bilde av hagen hennes, men det var ikke ferdig.»

Vincente trakk pusten dypt. Det var det samme maleriet moren hans hadde jobbet med i morges. Han kom tilbake til tanken om at Grace måtte være en heks. Han ventet på at hun skulle rykke på nesen som Samantha Stevens i Bewitched, men ingenting skjedde.

Grace trakk ham mot seg og kysset ham lidenskapelig på munnen.

Vincente lå nå oppå henne og kysset henne. Han prøvde å trekke seg unna, men ønsket samtidig å lene seg inn mot henne, mens alle oppdemmede følelser eksploderte i hodet hans. Hun fortsatte å kysse ham, til han var helt andpusten.

«Du er ute av trening, ikke sant?» spurte Grace, mens hun ga Vincente tid til å få igjen pusten.

Han snublet ut av sengen.

«Endelig har jeg klart det!» utbrøt hun. «Endelig har jeg gitt deg spaghettiben! Det var på tide – du har alltid gitt meg det!»

«Hvor har du lært å kysse slik?»

«Veldig morsomt, Vincente, du har lært meg alt jeg kan.»

«Sier du at jeg er den eneste mannen du noensinne har kysset?»

«Ja, du er min eneste. Min eneste ene.»

Han skiftet tema igjen. «Hva annet så du i huset mitt?»

«Du viste meg de vakre treskulpturene dine, og jeg har fortsatt denne.» Grace stakk hånden i en skuff og tok frem den aboriginske mannen.

Vincente tenkte i hundre kilometer i timen. Han måtte komme seg vekk. Ut av det rommet – nå.

«Hvor fikk du tak i den?» spurte han.

«Jeg tok den fra rommet ditt.»

«Du tok den, men når?»

«Da vi besøkte huset ditt. Jeg hadde den i lommen, og plutselig var den der, og så var den inne i maleriet til moren din.»

«I maleriet? I lommen din?» utbrøt han.

«Ja, beklager at jeg ikke fortalte deg at den var her. Det sjokkerte meg også – det ene øyeblikket var den i maleriet, det neste øyeblikket var den i lommen min igjen.»

«Eh, jeg er litt tørst, jeg skal hente en brus. Vil du ha noe?» spurte Vincente. Han skalv. Hele kroppen hans skalv. Han måtte komme seg ut derfra nå. Dra. Løpe.

«Skal du hente noe å drikke? Nå?»

«Ja, jeg trenger noe å drikke.»

«Ok, men skynd deg tilbake,» sa Grace. Hun blåste ham et kyss og la aboriginen tilbake i skuffen.

Utenfor ville Vincente stikke av. I stedet gikk han langs korridoren for å snakke med doktor Ackerman.

BOK 34

«Doktor!» ropte Vincente mens han hamret på Ackerman's dør gjentatte ganger. «Doktor, jeg må snakke med deg!»

Doktor Ackerman la ned telefonrøret da Vincente kom inn på kontoret hans.

«Doktor, du må få meg ut av dette! Jeg kan ikke bli her over natten. Jeg drukner der inne, og hun er så gal at hun begynner å gi mening for meg!»

«Hva mener du? Pust dypt, Vincente. Ro deg ned!»

«Hun fortalte meg om en samtale. Vel, ikke en samtale som sådan, men hun fortalte meg om noe som skjedde i går. Hun vet ting som ingen andre kan vite, og så ...»

«Så hva? Hun ville ikke at dere to skulle ...? Skulle ...?»

«Nei, doktor, men hun er ivrig og ... hun påvirker meg.»

«Sier du at du er forelsket i henne? På ordentlig?»

«Jeg har aldri vært forelsket før, men jeg har kysset noen jenter. Ingen jente har kysset meg slik hun kysser meg, og likevel sier hun at jeg er den eneste mannen hun noensinne har kysset!»

«Så du blir følelsesmessig overbelastet og vil hjem? Du vil stikke av. Er du redd for å miste kontrollen?»

«Jeg sier at hun har forhekset meg. Hun er ikke engang min type! Det må være en forhekselse!»

«Ja, det har du sagt før, kompis, og det ga ikke mer mening da enn det gjør nå. Så hva vil du at jeg skal gjøre, fortelle henne at du har dratt hjem? At det har oppstått en krise, så du ikke kan bli?»

«Kanskje du kan gå inn og gi henne en sovepille, så går jeg inn igjen og sover. Det blir morgen før vi vet ordet av det.»

«Jeg kan ikke gi henne en sovepille bare fordi du ber meg om det.»

«Men doktor, hun forteller meg historier om oss. Om ting vi har sett og gjort sammen. Ting som aldri har skjedd. Hun snakker med hjertet på hånden om oss, som om vi er én person, og hun er overbevisende. Det er nesten som om jeg vet hva hun snakker om.»

«Nå,» sa Ackerman, «dette er alvorlig. Du sier at du uten tvil blir dratt inn i denne fantasien? At beskrivelsene hennes til og med virker virkelige for deg noen ganger?»

«Gud hjelpe meg, ja.»

«Ok, Vincente, jeg forstår deg. Du er ikke min pasient, men du hjelper Grace, som er min pasient. Under disse omstendighetene må du dra hjem. Jeg skal gi deg en resept, slik at du kan sove, og kanskje det vil være best om du holder deg unna i fremtiden.»

«Men det kan jeg ikke!»

«Du må, Vincente. Du er ikke til nytte for noen i denne tilstanden.»

«Jeg kan ikke dra uten å si det til henne selv, uten å si god natt til henne. Jeg lovet henne at jeg aldri skulle forlate henne igjen.»

«Du elsker henne virkelig, Vincente.»

Vincente nikket mens han lukket døren bak seg.

Han gikk sakte langs korridoren, forbi Graces rom, og inn i heisen. Da han kom til første etasje, gikk han ut av sykehuset og ut i den mørke natten. Han spaserte over asfalten og fant et tre som sto alene. Han lente seg mot det og gråt.

BOK 35

Grace ventet spent på at mannen hennes skulle komme hjem. Da døren svingte opp, kom doktor Ackerman inn.

«Hvor er Vincente?»

«Hvordan går det, Grace?»

«Hvor er Vincente? Hva har du gjort med ham?»

Han smilte. «Jeg er glad for at du fikk tilbringe denne ekstra tiden med ham, men noen av prøvene dine er kommet tilbake, og resultatene er tvilsomme. Jeg må ta en ny blodprøve. Bare for å dobbeltsjekke at alt er i orden. Jeg har bedt Vincente om å utsette overnattingen mens disse prøvene blir fullført.»

Grace satte på sitt tristeste ansikt og strakte ut armen for at han skulle finne en blodåre. Han stakk nålen inn uten problemer. Hun rykket ikke til og følte ingen smerte, fordi smerten i hjertet hennes allerede var uutholdelig.

Doktor Ackerman var ferdig med å legge bort blodprøven. «Vincente var skuffet, akkurat som deg, men vi ordner en ny overnatting. Det kan ikke hjelpes, Grace. Helsen din er viktigst.»

«Jeg vil ha Vincente!» ropte Grace, og hun begynte å sparke og vri seg i sengen. Hun kastet av seg dynen og rev av plasteret han hadde satt på armen hennes. Blodåren åpnet seg igjen, og blodet sprutet ut.

Doktor Ackerman holdt henne fast. Han trykket på nødknappen for å få hjelp av en sykepleier. «Beklager», sa han mens han ga henne beroligende midler.

BOK 36

Doktor Ackerman trengte litt frisk luft og gikk over rullebanen. Der så han Vincente, som sto lent mot et tre.

«Så du henne?» spurte han.

«Ja, det gjorde jeg, og jeg forklarte alt.»

«Og hvordan tok hun det?»

«Hun tok det ikke bra. Jeg måtte gi henne beroligende.»

Vincente klemte nevene og reiste seg. Ansiktet hans var bare noen centimeter unna Ackermans ansikt. «Jeg sa jeg skulle komme tilbake. Du trengte ikke å gjøre det. Jeg trengte tid. Tid var alt jeg trengte.»

«Du trenger mer enn tid, Vincente. Du trenger avstand. Jeg er ikke sikker på hva som vil skje med den jenta hvis du forelsker deg i henne, og hvis fantasien hun har skapt kolliderer – og blir virkelighet. Jeg er ikke sikker på hva som vil skje da.»

«Hvis hun har drømt det og det så blir virkelighet, ville hun da bli frisk med en gang, ikke sant?»

«Vincente, det kan skje, men det kan også gå den andre veien.»

«Hva mener du?»

«Grace står på kanten av en klippe. Sannheten kan dytte henne utfor. Hun kan innse at alt rundt henne er en løgn. At vi alle har spilt med på fantasiene hennes, og hvor vil hun da være?»

«Så selv om jeg elsker henne nå, bør jeg trekke meg tilbake, la henne være i fred, gå tilbake til skolen – til jenta alle andre forventer at jeg skal være sammen med, og bare håpe at Grace Greenway til slutt kommer over meg? Jeg vil ikke at hun skal komme over meg! Og hun vil tro at jeg forlot henne igjen; hun vil tro at jeg brøt løftet mitt – igjen.»

«Vi må ta hensyn til dine følelser når vi går videre med dette, dette, hva det nå enn er. Vi må tenke gjennom det på nytt, omgruppere oss. Gå hjem nå. Kom tilbake i morgen tidlig. Grace vil sove i minst åtte timer. Kom til meg når du kommer tilbake, så skal jeg oppdatere deg. Ikke gå rett inn og besøk Grace. Kom til meg først.»

«Avtale.»

Vincente og doktor Ackerman krysset parkeringsplassen, hvor en rekke drosjer ventet på passasjerer. Vincente satte seg i baksetet på en av dem og var snart på vei hjem.

Hjem – hvor han håpet å kunne sove uten å drømme.

BOK 37

Om morgenen våknet Grace opp i et tomt rom.

Hun følte seg alene og sveket, mens en av sykepleierne rystet puta hennes og satte et frokostbrett foran henne.

Hun skjøv det bort. Bare lukten av det gjorde henne kvalm.

«Jeg er ikke sulten», sa Grace.

Da rommet hennes igjen var tomt for mennesker, lente Grace seg tilbake på puten og lukket øynene.

Hun spilte bryllupsdagen sin om og om igjen i tankene, til hun igjen sovnet.

BOK 38

Dagen etter kalte doktor Ackerman Helen inn på kontoret sitt. Han ba henne sette seg, med et svært forvirret uttrykk i ansiktet.

Helen visste at han hadde dårlige nyheter å fortelle. Hun visste også at hun ikke burde ha latt datteren være alene med den gutten.

Doktor Ackerman satte seg overfor Helen, slik at knærne deres nesten berørte hverandre.

Han så henne rett inn i øynene og sa: «Grace er gravid.»

Helen lo.

«Grace er gravid», gjentok han.

«Hva?»

«Vi tok noen blodprøver forleden dag, og testen var positiv. Jeg tok noen flere blodprøver i går kveld, og det er bekreftet – datteren din er gravid.»

«Det kan ikke være sant! Jeg skal drepe den lille drittungen!»

«Hvordan skal det hjelpe?» spurte han. «Du må roe deg ned og høre på meg. Hør nøye etter.»

Hun trakk pusten dypt. Slapp knyttnevene.

«Det er tidlig i svangerskapet, og din overreaksjon hjelper verken deg eller Grace.»

«Vet hun det?»

«Nei, du er den første som får vite det. Jeg syntes det var riktig. Vi må diskutere hvordan vi skal gå videre.»

«Hvordan vi skal gå videre? Det er ingen vits i å diskutere dette. Vi må bli kvitt det.»

«Grace er seksten, hun har rettigheter.»

«Det må være Marinos!»

«Ikke nødvendigvis. Hun har vært her, omgitt av ansatte og besøkende, hver dag. Han hadde ikke vært alene med henne før i går kveld, og forresten, han ble bare et par timer før jeg sendte ham hjem.»

«Datteren min går på skolen og kommer hjem. Hun jobber med matte og eksperimenterer om kveldene. Hun kjenner ingen andre gutter. Det må ha vært Marino!»

«Men vi må være sikre før vi anklager noen. Og viktigst av alt, vi må fortelle det til Grace.»

«Først må vi bekrefte at han er faren, og så kan vi fortelle det til henne,» sa Helen.

«Vincente bryr seg dypt om datteren din. Han er forvirret, og han har fortalt meg at de to ikke har gjort noe mer enn å kysse hverandre. Grace tror imidlertid at de to er et ektepar. Derfor, hvis vi forteller henne det, vil hun være 100 % sikker på at hun bærer Vincentes barn.»

«Hvis det ikke er hans, hva da? En ubesmittet unnfangelse?»

«Alt jeg vet med sikkerhet, er at vi må fortelle det til Grace. Hun vil trenge din hjelp til å bestemme hva hun skal gjøre,» sa Ackerman.

«Hvis det ikke er hans, vil beviset være åpenbart, at vi har lekt grusomt med henne ved å gå med på fantasiene hennes,» sa Helen. «Det kan være for mye for henne å takle.»

«Vi trenger bekreftelse så snart som mulig. Jeg skal spørre Vincente om han går med på noen tester når han kommer for å treffe meg senere i dag.»

«Og hvis det ikke er hans, vil hun mest sannsynlig gå med på å bli kvitt det.»

«Ønsker du å fortelle henne nå at hun er gravid? Når Vincentes tester er klare, kan vi ta opp temaet om hvem faren kan være med henne, forutsatt at han ikke er faren,» sa Ackerman.

«Ja, jeg tror vi bør fortelle henne det. Jo før, jo bedre.»

« La oss gå til rommet hennes nå og se hvordan hun har det. Vi kan vurdere situasjonen og bestemme hva vi skal gjøre.

«Hun må få vite det. Datteren min må få vite det.»

***

Vincente kom til Graces etasje akkurat i det øyeblikket Helen og doktor Ackerman kom ut av kontoret hans.

«Doktor Ackerman, jeg ville snakke med deg,» sa Vincente. Og så: «Hei, Helen.»

Hun så på ham med et knivskarpt blikk.

«Vi må gå inn og snakke med Grace, men vent på meg på kontoret mitt. Jeg kommer snart tilbake, så kan vi snakke sammen.»

Vincente kjørte fingrene gjennom håret. Han så Helen og doktor Ackerman gå bort. Da de kom til Graces dør, nølte de kort og gikk så inn. Han lurte på hva nølingen skyldtes.

Han følte seg skyldig for å ha latt Grace være alene. Han ville se henne – for å ordne opp mellom dem.

Da han kom inn på doktor Ackermans kontor, lukket han døren bak seg og skjenket seg et glass vann. Vincente satte seg ned og tok opp et sportsmagasin.

Han bladde gjennom det mens han ventet, men tankene hans var for distraherte. Han klarte ikke å sitte stille, så han reiste seg igjen og gikk frem og tilbake. Han stakk nevene i lommene. Og han ventet.

***

«Jeg er så glad!» utbrøt Grace. «Dette er den beste nyheten Vincente og jeg kunne fått. Vi skal ha barn!»

Helen omfavnet datteren sin, som skalv av spenning.

«Grace, du må holde deg sterk og du må spise. Hva er dette jeg hører om at du hopper over frokosten?» sa doktor Ackerman.

«Jeg hadde ikke lyst da, men jeg skal spise noe nå. Kom med det! Jeg er så spent!» utbrøt Grace.

Etter å ha tatt noen dype åndedrag sa Grace: «Be Vincente komme inn til meg. Jeg gleder meg til å fortelle ham nyheten!»

BOK 39

«Takk for at du ventet, Vincente,» sa doktor Ackerman.

«Hvordan har Grace det i dag?»

«Hun stråler! Søvnen har gjort henne godt, og du ser også uthvilt ut. Har du sovet godt?»

«Ja, jeg sov hele natten.»

«Jeg er klar over at du ikke er en av mine faste pasienter, men jeg vil gjerne be om tillatelse til å ta en blodprøve.»

«En blodprøve. Hvorfor?»

«Du virket overanstrengt i går kveld, og jeg tenkte det kunne være lurt å sjekke deg for å forsikre meg om at du er i god form.»

«Jeg har følt meg veldig trøtt.»

«Da er det like greit, vi sjekker deg,» sa Ackerman. «Vennligst brett opp ermet, så tar jeg prøven med en gang.»

Etter at prøven var tatt og glasset lagt bort, ga doktor Ackerman Vincente et samtykkeskjema å signere. Det ga ham tillatelse til å bruke blodprøvene til å utføre alle nødvendige tester.

«Kan jeg få se henne?» spurte Vincente.

«Ikke i dag, men kom tilbake i morgen. Kanskje du kan se henne da.»

«Men du sa at hun var strålende og uthvilt.»

«Ja, og vi vil at hun skal forbli slik! Gå hjem, kom tilbake i morgen. Gi henne litt rom, litt tid. Hun er sammen med moren sin nå.»

«Ok, doktor. Vi ses i morgen, da.»

«Takk, Vincente,» sa doktor Ackerman mens han skyndte seg ut med blodprøvene. Han kunne ikke vente med å få dem til laboratoriet.

***

Tjuefire timer senere var de alle samlet i Graces rom.

Da doktor Ackerman endelig kom, smilte han ikke. Han snakket ikke og så ikke noen av de tre tilstedeværende i øynene. Han holdt resultatene tett inntil brystet på et skrivebrett.

Grace var helt oppspilt av spenning.

Helen hadde knyttnevene og kjevene sammenpresset. Hun lignet på noen som trengte å gå på toalettet ganske så desperat.

Vincente var clueless.

«God morgen, alle sammen,» begynte doktor Ackerman. «Basert på blodprøvene ser det ut til at Grace og Vincente venter barn.»

Grace brøt ut i jubel og åpnet armene for Vincente.

Vincente sto og så på Grace. Han var blekere enn lakenene på sengen. «Hvordan kan dette være mulig?» spurte han seg selv, og så sa han høyt: «Hvordan kan dette være mulig når alt vi har gjort er å kysse hverandre?»

Helen besvimte og falt til bakken med et dunk.

BOK 40

«Grace? Våkn opp, Grace. Det er på tide å dra,» hvisket en barnestemme.

Grace skalv. Rommet var veldig kaldt og mørkt. Hun så at persiennene på den andre siden av rommet virket å bevege seg frem og tilbake i brisen. Det så ut som om vinduet var vidåpent.

Sykehusvinduer kan ikke åpnes, tenkte hun.

En liten hånd tok tak i Graces hånd og dro henne ut av sengen.

Grace, som fortsatt var halvt sovende og halvt våken, gikk ved siden av barnet. Sammen gikk de mot det åpne vinduet, som i transe.

Den lille jenta var også kledd i en hvit linnekjole med rød sløyfe. «Hold godt fast», sa hun og la et mykt teppe i armene til Grace.

Grace holdt instinktivt teppet og lukket armene rundt det.

Nattkjolene deres blåste og suste mens de gikk mot vinduet.

I måneskinnet kjente Grace igjen den lille jenta som hadde vist seg to ganger før. En gang midt på veien, og den andre gangen da Grace var strandet i et gigantisk tre. Hun skalv da den lille jentas nattkjole glitret i måneskinnet.

Den lille klatret opp på vinduskarmen, mens hun fortsatt holdt Graces hånd i sin. Hun trakk, men Graces føtter ville ikke bevege seg.

«Hvor skal vi?» spurte Grace.

«Til verdens hjerte,» forklarte den lille.

Grace holdt teppet tett inntil brystet og så ned på føttene sine. Hun prøvde å blokkere det fra tankene sine, det som hadde skjedd forrige gang hun ble dratt ut av vinduet og ut i natten.

Den lille fortsatte å se utålmodig på Grace. «Jeg er akkorden,» sa hun. «Du må bli med meg nå. De venter.»

«Hvem, hvem venter?» spurte Grace.

«Du får se», sa den lille. «Kom.»

Med den ene hånden holdt Grace teppet, og med den andre vridde hun det røde båndet rundt og rundt og rundt. Hun prøvde å vinne tid – hun ville ikke sitte på vinduskarmen. Hun ville ikke gå ut i natten. Denne gangen trengte hun ikke å gå. Hun ville ikke gå.

«Skynd deg, Grace. De har ventet på deg i evigheter,» forklarte den lille jenta.

Grace trakk seg unna.

Da Grace ikke ville bli med henne, klatret den lille jenta ned fra vinduskarmen. Hun tok Graces hånd i sin igjen. Hun holdt hånden hennes fast og ledet henne til vinduet. I noen sekunder løftet føttene seg fra gulvet, og snart satt de side om side på vinduskarmen.

Sammen satt de og så på månen.

«Pust dypt inn», sa den lille jenta, og så telte hun stille ned: «5, 4, 3, 2, 1!»

Og sammen falt de fremover ut i den cimmeriske natten.

BOK 41

Etter å ha falt i mange minutter, som føltes som timer, landet de på ryggen til et ventende dyr.

Dette dyret var ikke det samme som hadde båret Grace for en stund siden og satt henne høyt oppe i et tre.

Dette dyret var ikke pelsete eller fjærkledd. I stedet hadde det vinger laget av metall, som reflekterte måneskinnet og stjernelyset mens det sveipet over den svarte himmelen.

Grace hadde så mange spørsmål å stille, men vinden ulte, og dyret brølte med jevne mellomrom. Grace klamret seg fast til teppet og ønsket hele tiden at det var Vincente hun holdt fast i.

Den lille jenta kastet det mørke håret bakover og løftet ansiktet mot månen. Hun lukket øynene og begynte å nynne en beroligende vuggesang. Grace kjente igjen melodien; det var deres sang, hennes og Vincente sin. Grace lukket øynene og sank inn i en dyp drøm.

BOK 42

De fløy i usedvanlig lang tid, helt til Moder Sol begynte å føde en ny dag.
 Det var signalet deres til å begynne nedstigningen. Grace og den lille jenta holdt seg fast i det metalliske beistet mens sollyset reflekterte fra kroppen hans og forårsaket lyn som skjøt ut i alle retninger. Himmelen ble opplyst av dagtidens fyrverkeri mens de falt gjennom skyene.
 Så begynte skyene å spre seg mens de sank ned mot jordens hjerte.
 I det fjerne kunne Grace se en gigantisk rød stein, som brant i sollyset. Den var omgitt av sand.
 Men da hun blunket med øynene og lukket dem noen ganger, begynte og sluttet havet rundt kantene av steinen. Bølgene brøt og rullet, men de brøt aldri utenfor kanten av monolitten. Det var som om havet begynte og sluttet her ved steinen.
 Nå som hun kom nærmere, kunne Grace skjelne et mønster av konsentriske sirkler. Fra luften så det hun så nedenfor ut som en gigantisk darttavle.
 Nå som hun kjente igjen mønsteret, kunne Grace dele avstanden mellom de påfølgende ringene og skille mellom de ulike områdene.

På utsiden steg den røde sanden sporadisk opp som om jorden pustet inn og ut. Den neste sirkelen var, som vi har forklart, havet, som begynte og sluttet der bølgene kysset den røde klippen uten å renne over. Den røde klippen dannet en ring, og fra den vokste det en sirkel av trær.

Trærne strakte sine grener ut mot hverandre, men ett tre raget høyt over alle de andre: et oliventre. Det strakte seg opp mot skyene langt over metallfuglen som Grace satt på. Ved siden av oliventreet sto det lønnetrær, palmer og eukalyptustrær i normal størrelse, for å nevne noen. Denne delen begynte og endte med trær, og deretter var det igjen synlig en skillekrets av rød sand.

Inne blant trærne var det en annen seksjon med blomster. Den besto av solsikker og gullakater og tulipaner og roser og mange, mange flere.

Så kom mer rød sand, etterfulgt av veldig høye dyr som dinosaurer, sjiraffer, elefanter og bjørner.

Der den seksjonen endte, begynte en annen. Rød sand, så andre sirkler med vannlevende dyr som hvaler, haier og maneter. Vannet strømmet over og rundt dem uten å berøre noen av de andre seksjonene, siden de var beskyttet og innesluttet.

I en sirkel var alle de flygende og glidende dyrene. Det var ravner, rever, sommerfugler og kakaduer. De steg og falt nesten som om en imaginær dukkefører holdt dem nede. Dyret, som Grace og den lille jenta hadde reist på ryggen til, ville ta sin plass i denne sirkelen.

Etter en annen sirkel av sand kom en seksjon med reptiler, pungdyr og mange andre dyreseksjoner, slik at hver dyregruppe og art var representert.

Det var altfor mange seksjoner til at Grace kunne telle dem alle. Lydene som kom fra dem steg opp fra jorden, nesten som om de snakket med én stemme.

Nå som de kom nærmere og nærmere, kunne Grace også se sirkler av mennesker.

Menn og kvinner, både unge og gamle, var delt inn i seksjoner. De kom fra hele verden og representerte alle aboriginske og urfolkskulturer. Noen var kledd i tradisjonelle drakter. Noen bar spyd. Noen bar boomeranger. Andre var pyntet med pels og fjær, og noen få hadde malt ansiktene. Andre lagde musikk med regnpinne og trommer.

Da de kom nærmere, følte alle sirkelbeboerne intuitivt Graces tilstedeværelse. I synkronisitet begynte hver seksjon å svinge. Den røde sanden steg og falt innenfor sirkelens grenser.

De fløy nærmere og nærmere, og et øyeblikk trodde hun at hun så Vincente. Det var sant. Han sto i en sirkel sammen med andre gutter på samme alder som ham. Alle guttene hadde blondt hår og var kledd i lange kapper som gikk ned til gulvet, slik munker kan ha på seg.

Vincente fikk øyekontakt med Grace. Han vinket med sin aboriginske utskårne mann i luften for å bekrefte hennes tilstedeværelse.

I sollyset la Grace merke til at familiens arvegodsring var tilbake på fingeren hans. Guttene løftet armene i hennes retning. Grace ble midlertidig blendet da sollyset traff ringene deres samtidig. De hadde alle på seg nøyaktig samme ring som Vincente.

Da hun blunket tilbake til virkeligheten, så Grace at hver av guttene tok av seg ringen og la den foran seg på et lite tøystykke.

Inne i guttegruppen var det en sirkel av jenter. Igjen var det tusenvis av dem, en jente for hver av guttene. Jentene var alle kledd i hvite linnekjoler med røde bånd rundt kragen. Hver jente holdt et teppe i armene.

Da de nesten hadde landet, så Grace at de røde båndene svevde opp og ned i brisen, så ble stille, og så steg og falt igjen.

Vincente stirret på Grace. Hun hoppet nesten av dyrets rygg, men Vincente så bort, nesten som om hun var død for ham. Føttene hennes berørte sanden. Hun ville ha løpt til ham, hvis ikke den lille jenta hadde hindret det ved å ta tak i hånden hennes.

Grace sluttet seg til sirkelen der jentene ventet i stillhet. Grace hadde mange, mange spørsmål hun ønsket å stille, som hun trengte svar på. Den lille jenta la fingeren på leppene og sa: «Hysj.»

Graces røde bånd steg og sank nå i takt med de andre jentene mens den varme brisen kjærtegnet dem. Selv om hun var varm, skalv Grace.

«Legg teppet på bakken foran deg», befalte den lille jenta.

De andre jentene i sirkelen fulgte Graces eksempel.

Igjen prøvde Grace å stille et spørsmål, men som før sa den lille jenta bare: «Hysj».

BOK 43

Nå var fire nye seksjoner lagt til. En sirkel av rød sand, etterfulgt av en sirkel av stoff med en ring på foran guttene. Dette ble etterfulgt av en annen sirkel av sand og en sirkel av tepper foran jentene.

Da begynte sangen. Den begynte på utsiden og beveget seg fra seksjon til seksjon. Hver seksjon hadde en lyd å lage, som sammen dannet en sang. Sammen red de på melodienes vinger mens solen klatret høyere og høyere opp i den nyfødte dagen.

Like raskt som den hadde begynt, stoppet sangen.

Et øyeblikk var det absolutt stillhet. Så brølte de sammen med én stemme, én sang.

Det var en vakker lyd, beroligende og lindrende, ikke i det hele tatt slik man kunne forestille seg, men den var så høy at Grace dekket ørene sine.

Den lille jenta så Graces frykt og hvisket i øret hennes: «Smerten har blitt båret av jorden i så lang, lang tid. Jorden frigjør nå smerten. Dens overlevelse avhenger av det. Ikke vær redd. Du er vitne til helbredelsen.»

Grace senket hendene og lukket øynene, og da hun ikke lenger var redd, kunne hun føle og sette pris på det hele.

Moder Sol strømmet sine stråler inn i hjertene til alle de som var til stede. Hun syntes å trekke ut hjerteslagene og synkronisere dem. Hun fikk dem til å gjengjelde i universets ene hjerteslag.

«Si det nå», sa den lille jenta. «Grace, si ordene.»

Grace trakk på skuldrene i forvirring. Hun hadde ingen anelse om hva den lille jenta ville ha av henne.

«Si det nå. Si ordene, ordene. Ordene du har lært. Du er den siste. Du må si dem nå. Vi venter alle sammen.»

Graces tanker fløy tilbake til sangen den lille jenta hadde sunget for henne for en stund siden. Hun var ikke sikker på om hun kunne huske ordene. Men på en eller annen måte visste hun instinktivt at hun husket dem.

Alle var stille. Alle ventet.

Grace trakk pusten dypt, men hun klarte ikke å få frem en eneste lyd.

«Snakk fra hjertet ditt,» sa den lille jenta. «Da vil ordene komme.»

Grace roet pusten og lukket øynene. Ordene strømmet ut av munnen hennes som en gave:

«Jeg er kvinnen som tegner,
jeg er gråten;
jeg er den hemmelige stemmen,
jeg er sukk;
jeg er det som høres
lavt i skumringen;
fugler svarer med en tone,
blomstene med moskus;
jeg er den smertefulle planten,
uttalt der det kaller
en ensom fugl som vandrer forbi
dunkle fossefall;

jeg er kvinnetegneren,
gå ikke forbi meg;
jeg er den hemmelige stemmen,
hør mitt rop;
Jeg er kraften som natten
Mister i utlandet;
Jeg er livets rot;
Jeg er akkorden.» *

Jentene i gruppen begynte å synge. Én sang for én, én sang for alle. Så tok de hverandre i hendene og svaiet i varmen fra Moder Sol.

Den lille jenta smilte til Grace og forvandlet seg tilbake til en ravn. Hun fløy mot gruppen, hvor hun ble møtt av lyden av deres vingeslag.

Mens de sang, begynte menn og kvinner å samle seg utenfor sirkelen. De var kledd i tradisjonelle klær, og de hadde kommet til den røde klippen fra mange, mange fjerne land. De sto sammen i par og holdt hverandre i hendene. Snart ble hendene skilt, og mennene sto i rekken som førte inn i sirkelen av menn, og jentene sto i rekken som førte inn i sirkelen av jenter.

En aboriginsk gutt sto foran den første blonde gutten, og de omfavnet hverandre. Deretter tok den blonde gutten opp ringen og det firkantede stoffet og la det i den aboriginske guttens åpne hånd. Den aboriginske gutten satte ringen på fingeren. De omfavnet hverandre igjen, og den aboriginske gutten ventet.

Guttenes partner sto foran den første jenta, kledd i en hvit linnekjole. De to jentene omfavnet hverandre slik guttene hadde gjort. Jenta ga den aboriginske jenta det røde båndet fra kjolen sin. De omfavnet hverandre igjen, og så bøyde hun seg ned, plukket opp teppet, og hun og partneren hennes gikk i retning av solen. Da paret gikk inn i lyset, forsvant de.

Det samme skjedde gjentatte ganger i mange, mange timer. Sammen bygde mennene og kvinnene bro over tidens kløft. Det var mye gråt og omfavnelser. Snart var de eneste to som var igjen Vincente og Grace og et par utenfor sirkelen.

Den siste aboriginske mannen kom inn i seksjonen, og han og Vincente utvekslet båndene.

Og så begynte bunken ved Graces føtter å gråte.

Det var ikke bare et teppe. Det var ikke en tom bunt. Det var et barn. Grace og Vincentes barn.

Grace bøyde seg frem for å klappe på teppet, men den aboriginske kvinnen var allerede der, og seremonien hadde allerede begynt.

Babyen fortsatte å gråte ved Graces føtter.

Hun så på kvinnens hånd og så at den skalv.

Kvinnen omfavnet Grace.

Grace kikket over skulderen for å bekrefte at kvinnens partner nå hadde på seg Vincentes ring. Det hadde han, noe som betydde at Vincente hadde gitt sin tillatelse.

En trassig tåre rullet ned Graces kinn.

Neste punkt i seremonien var gaven av det røde båndet. Hvis Grace nektet å gi det fra seg, ville avtalen ikke bli gjennomført. Hun ville se babyen sin, trøste babyen sin.

Kvinnen omfavnet Grace igjen.

Og så skjedde det.

BOK 44

Bølgene rundt den røde monolitten steg høyere og høyere, til de hadde krøllet seg rundt den røde steinen og dannet en ny seksjon med gigantiske, sirkulære filmskjermer.

Da den nye sirkelen av skjermer var ferdig, begynte bakken under Graces føtter å riste og skjelve, mens den brøt sammen. Plattformen løftet Grace og barnet hennes høyere og høyere og høyere.

Der foran henne begynte historien om verdens urfolk og innfødte folk å blinke over skjermene. Hun var vitne til at babyer ble tatt, stjålet og overlevert til fremmede, og foreldre som gråt gjentatte ganger gjennom dager, år og århundrer.

Og for hvert barn som ble tatt, vridde oliventreet seg og skar et sår i Graces kropp. Først skrek hun av smerten, men da hun så inn i de sårede øynene til babyene som ble revet bort fra familiene sine, åpnet hun armene og tok imot smerten, og omfavnet den som en del av seg selv. Hun innså nå at oliventreet var den konstante. Forbindelsen mellom her og der, mellom dem og oss, mellom verdener.

Da hun hadde akseptert smerten i kroppen sin, kikket hun i retning av Vincente. Han hadde prøvd å løpe til henne, men føttene hans ville ikke tillate det. Det var som om de var støpt fast i bakken.

Hun snurret rundt, blodet dryppet fra de gapende sårene hennes, og hun ropte på Moder Jord, som senket skjermene og brakte Grace tilbake til jevn mark der den aboriginske jenta ventet.

Så snart hun var tilbake på fast grunn, nølte Grace ikke med å omfavne den aboriginske kvinnen, hviske en unnskyldning i øret hennes og gi henne det røde båndet.

Den aboriginske kvinnen tok opp det som nå var hennes eget barn. Hun vinket og så seg ikke tilbake mens hun trøstet barnet sitt, og de beveget seg i retning av de varme solstrålene.

Først begynte babyen å gråte igjen, men snart ble hun trøstet, og luften var rolig, veldig stille og merkbart stille.

Og så kom et kaos av støy, da alle trærne og dyrene brølte i synkronisering.

En ravn fløy ned til der de to siste, Grace og Vincente, sto. Hun forvandlet seg tilbake til den lille jenta og strakte seg etter Vincentes hånd og deretter etter Graces hånd.

Balansen var nå gjenopprettet for Moder Jord, og trioen gikk inn i sollyset.

«En ting til», hvisket den lille jenta, og så slapp hun hendene deres.

BOK 45

Jorden begynte å riste og skjelve under føttene deres.

Grace og Vincente holdt hverandre fast mens kreftene presset dem sammen og fra hverandre, sammen og fra hverandre.

De holdt hverandre i hendene mens de løftet seg fra bakken.

De snurret og snurret i en svart tunnel, nesten som om de var inne i en virvlende svart paraply.

De holdt sammen. De kysset hverandre.

Et samlet rop hørtes.

I løpet av et øyeblikk brakte Moder Jord alt og alle tilbake til der de hørte hjemme.

Og igjen sto den røde monolitten alene.

EPILOG

En ung mann satt på surfebrettet sitt ved Manly Quay.
Han ventet på den store bølgen.
I det fjerne så han noe som blinket og duppet.
Han padlet mot det. Det var et kamera.
Han la stroppen rundt halsen, og da den store bølgen endelig kom, surfet han inn til kysten.
Senere gikk han opp og ned stranden i ganske lang tid og spurte om noen hadde mistet et kamera. Ingen gjorde krav på det.
Nysgjerrig tok han det med til den lokale fotobutikken. Filmen inni var ikke skadet eller våt. Han ba om å få den fremkalt.
Noen timer senere, da filmen var klar, kom surferen tilbake til fotobutikken. Den unge kvinnen bak disken beklaget at det bare var ett bilde på filmen.
Han åpnet konvolutten.
En ung mann med blondt hår, iført en svart smokingjakke, uten skjorte og et par svarte jeans, sto arm i arm med en kvinne med rødbrunt hår, iført en tiara og en brudekjole i blonder. De så veldig lykkelige ut. Bak dem hadde lysslynger, månen og havet skapt den perfekte bakgrunnen for bryllupet deres.

Han kjente ikke igjen noen av dem, så han kastet bildet og kameraet i søpla.

Tre ravner skrek i det fjerne.

ETTERORD

Slik det var
Og slik det alltid vil være...
Barn betaler prisen
For historien.

TAKKSIGELSER

***DAME MARY GILMORE (1865-1962)**

Dame Mary Gilmores dikt med tittelen «The Song of The Woman-Drawer»
er inkludert i denne boken med tillatelse fra forlaget ETT Imprint, Sydney, Australia.
Jeg håper du også vil lese Mary Gilmores andre verk!
Gjør et søk, og du vil bli overrasket og INSPIRERT av alt hun har oppnådd!

LESETIPS

Jeg håper du vil lære mer om:
GADIGAL-FOLKET I EORA-NASJONEN OG AUSTRALIAS
URBEFOLKNING
KVINNLIGE FORSKERE
KVINNLIGE MATEMATIKERE
LEONARDO FIBONACCI
ALBERT EINSTEIN.
Gjør et søk og LA DEG INSPIRERE!

MERKNAD FRA FORFATTEREN:

Kjære lesere,

Takk for at dere valgte å lese historien om Grace og Vincente. Jeg håper dere likte å lese den like godt som jeg likte å skrive den!

Jeg er født i Ontario, Canada, men bodde i Sydney, Australia i over femten år sammen med familien min.

I løpet av den tiden oppdaget jeg verkene til Mary Gilmore. Diktet som er inkludert i denne romanen inspirerte meg veldig, og jeg ønsket at andre også skulle oppdage det.

Da karakterene Grace og Vincente først kom til meg, var jeg ikke sikker på om jeg var klar for oppgaven som lå foran meg. Hun var en matematisk begavelse, og han var en cricketspiller - to ting jeg ikke hadde særlig mye kunnskap om. Det krevde mye grubling, research og planlegging før jeg i det hele tatt satte meg ned for å skrive førsteutkastet.

Jeg var endelig i full gang med å skrive førsteutkastet da jeg deltok på en forfatterretreat med Society of Women's Writers NSW Inc. Under en av seminarøvelsene åpnet jeg meg og ga meg selv tillatelse til å skrive det. Etter den åpenbaringen fløt historien naturlig. Jeg håper du liker å lese den like godt som jeg likte å skrive den.

Nå er jeg tilbake hjemme i Ontario, Canada, sammen med mannen min, sønnen min, katten og hunden min.

Takk! Som alltid: GOD LESNING!

Cathy

OGSÅ AV:

UNGDOMSLITTERATUR
E-Z DICKENS SUPERHELT BOK 1 OG 2 TATTOO ANGEL: DE TRE
E-Z DICKENS SUPERHELT BOK 3 RØDT ROM
E-Z DICKENS SUPERHELT BOK 4 PÅ IS
FIKSJON:
13 KORTE HISTORIER
INTERVJUER MED LEGENDARISKE FORFATTERE FRA DET HINSIDIGE
NON-FICTION
103 Fundraising Ideas For Parent Volunteers With Schools and Teams (3RD PLACE BEST REFERENCE 2016 METAMORPH PUBLISHING)
+ Children's Books

www.ingramcontent.com/pod-product-compliance
Lightning Source LLC
LaVergne TN
LVHW041653060526
838201LV00043B/422